baitiande jiehunzhe

大鱼

有爱的青春陪伴者

拜托了，继承者！

岁今 / 著 /
SUIJIN

花山文艺出版社
河北·石家庄

图书在版编目（CIP）数据

拜托了，继承者！ / 岁今著. —石家庄：花山文艺出版社，2019.10
ISBN 978-7-5511-4864-1
Ⅰ. ①拜… Ⅱ. ①岁… Ⅲ. ①长篇小说—中国—当代 Ⅳ. ①I247.5
中国版本图书馆CIP数据核字（2019）第169584号

书　　名：拜托了，继承者！
著　　者：岁今

策划统筹：张采鑫
特约编辑：琵　琶
责任编辑：董　舸
责任校对：齐　欣
美术编辑：胡彤亮
封面设计：刘　艳
封面绘制：碎　碎
内文设计：孙欣瑞
出版发行：花山文艺出版社（邮政编码：050061）
（河北省石家庄市友谊北大街330号）
销售热线：0311-88643221/29/35/26
传　　真：0311-88643225
印　　刷：湖南凌宇纸品有限公司
经　　销：新华书店
开　　本：880×1230　1/32
印　　张：9
字　　数：200千字
版　　次：2019年10月第1版
2019年10第1次印刷
书　　号：ISBN 978-7-5511-4864-1
定　　价：36.80元

目录

目录

baituode jichangzhe

· CHAPTER 1 ·
她踏夜色而来

“我没有！我没有骗你，你一定要相信我啊！”陈佳佳激动地站起来，上半身前倾，瞪大的眼睛里满是惊慌与无措。

“我问你的是，你有没有隐瞒我什么？”邵冬吟的语气一如既往地平淡，眼神犀利地盯着陈佳佳。

良好的修养使她没有对陈佳佳发火，可她不停地敲击在桌面上的手指显示出了她的烦躁。

她进入律师行业至今已经六年了。六年来，她所接的每一个案子都是事先调查过、有把握胜诉的。

她从未想过，今天她竟然会栽在自己的委托人手上。那些一向看不惯她的同行陆陆续续给她发来了所谓的“慰问”，想看笑话的意图简直是尽人皆知。

这是一起利用网络暴力杀人的案件，被害者陈彤与被告陈佳佳是闺蜜。

一切起因都是陈彤所发的一个帖子。帖子里爆出了女网红茉桐的各种黑料，陈彤因此遭到了茉桐粉丝的人肉与谩骂，甚至有人找到了陈彤家的地址，给她寄虫子和动物死尸。

陈彤无法忍受这样的恐吓，在5月22号晚上跳河自杀。

6月2号，陈彤的后事处理完之后，其养父陈威向法院提起了诉讼，控告陈佳佳唆使陈彤在网上发黑帖，同时撺掇着茉桐粉丝对陈彤进行恐吓与威胁，最终导致陈彤自杀。

此案因涉及网红与网络暴力而备受大众关注，邵冬吟也因此特意去查了一下这起案子，在确定了陈佳佳谋划杀害陈彤的嫌疑极小后，决定做陈佳佳的辩护律师。

就陈佳佳原本口述的案情和陈威提交的那些证据而言，邵冬吟有八成的把握打赢这场官司，可如今……她自己都开始怀疑是不是调查出了错，陈佳佳真的谋划了这一切。

今日庭审快要结束时，陈威的律师提交了一份证据。证据证明陈彤抢了陈佳佳的男友且多次陷害陈佳佳，让陈佳佳因此受到了学校的记过处分。并且在陈彤发表的那个黑茉桐的帖子中，有一大半的黑料都是陈佳佳收集整理交给陈彤的。

这些证据虽然抹黑了茉桐的形象，却证实了陈佳佳存在杀人动机以及有推动陈彤自杀的行为。

由于陈威方提供的证据不足，案件延期至9月再审。

邵冬吟对这桩案情并不惊讶，她见过更离奇的案件。只是，因为陈佳佳，她有可能会迎来职业生涯中的第一次败诉。

陈佳佳失神地坐回到凳子上，肩膀微缩，两眼发直，有泪水在眼眶里打转。

“说话。”邵冬吟嗓音低沉，透着几分寒意。

“她确实抢了我男朋友，也确实让我替她背过几次锅……可那都是我跟她的交易。”陈佳佳不安地搓着手指，“我早就想跟我男朋友分手了，但是他一直纠缠我，正好陈彤想跟他玩玩，我就赶紧脱身了。帮陈彤背锅也是因为……我借了网贷，还不上。那时候陈彤跟别人喝酒玩嗨了，把学校的化学实验室窗户砸了，她说如果我一个人承担下所有的过错，就帮我把贷款还上，修窗户的钱也是她来出……”

“只是一个小过错而已，我就觉得没什么，而且她后来确实帮我把钱还上了，还送了我一个LV的包。我根本没想过要杀她啊！”

“那你先前怎么不说？在法庭上怎么不说？”邵冬吟手掌摊开，轻轻地拍了下桌子，吓得陈佳佳浑身一抖。

陈佳佳眼眶又红了，抽抽搭搭地哭起来。

邵冬吟揉了揉眉心，做了个深呼吸，平复心绪：“把你隐瞒的所有事全部告诉我，不然你就等着坐牢吧。”

陈佳佳攥紧了双手，委屈地开了口：“是陈彤给我钱叫我收集茉桐的黑料……”

邵冬吟仔细听着陈佳佳的陈述，时不时拿笔在本子上记下重点。

陈佳佳陈述完毕，她放下笔，把本子和文件收进包里，冷淡地瞥了眼陈佳佳：“你最好没有再隐瞒其他事，不然我帮不了你。”

到时候，她本想借这起案件声名大噪，同时得到母亲认可的计划，也会变成行业内的笑话。

陈佳佳连忙拼命摇头，带着希冀看向邵冬吟："我什么都没说了，我没有再隐瞒其他的了。"她捂住脸哽咽起来，"我不想坐牢……"

邵冬吟没搭理陈佳佳，轻抿起的薄唇和毫无情绪波动的眼神显得她有些冷漠。

她挎起包往外走，出了拘留所直接打车回了家。

孔雪柳在厨房做饭，听到开门的动静侧了下头："回来啦。"

"嗯。"邵冬吟脱下让她感到不适的高跟鞋，脸上的表情依旧紧绷。

"我刚刚看到网上说了，你这场官司要打输了是吧？"

"没有的事，输不输还不一定呢。"

"别吹了，我打电话问过你同事了，他也说这案子悬。"

邵冬吟深吸一口气，抑制住内心的烦躁和愤怒："你打电话给我同事干吗？"

"怎么，我问问你的情况也不行？"孔雪柳把菜端上桌，语气武断，毫无商量的余地，"这场官司要是输了，你就别做律师了。整天跟那些罪犯打交道，像什么样子。二十五岁都过了，连个男朋友都没有。"

邵冬吟懒得跟孔雪柳吵。不让她做律师的话，孔雪柳已经不知道说过多少遍了。

她赤脚走回房间，把包往床上一扔，又快步走回到玄关，换上运动鞋，丢下一句：“我还有事，你自己吃吧。”

关门声响起，孔雪柳望着一桌子的菜，皱了皱有些发酸的鼻子。

仙鹤山公墓，正午刚过没多久，盛夏的阳光正是最火辣的时候。

邵冬吟跪在邵城的墓碑前，用手帕细细擦去墓碑上的灰，一向强硬淡然的她，脸上浮现出平时少有的柔软与无助。

“爸，妈明明以前很支持你做律师，为什么我做律师就不行呢……”

邵冬吟眼眶发热，她伸手抹了把眼睛，静静跪在墓前，在心中默默诉说自己的烦恼。

耳边有风吹草地的声音，有鸟儿轻鸣的歌声，一切平和的轻响，都好像是在安抚她烦躁不安的心。

“啊——”一声凄厉的痛呼打破了这份平和。

邵冬吟循声望去，一名身材颀长的男人正被五六个人围攻，地上还倒着一个捂住下身不断痛呼的黄毛。

男人一脸慌张无措地应对攻击，身手却干脆利落。

米娅？男人的背影与邵冬吟熟悉的朋友重叠在了一起，很快她又清醒过来，米娅在米兰走秀，不在国内。

最重要的是，米娅是名女性。

邵冬吟站起身，一边快步向男人走去，一边掏出手机，播放警车鸣笛的录音。

那几个人听到鸣笛声，动作停顿了一下，随即更加凶狠地向男人进攻，看架势不像是为了教训他一下，更像是要把他给打死。

至于打死后会不会被警察抓走，他们好像根本不在乎。

男人左躲右闪，一旦抓准机会便狠踢那些人的弱处，但双拳难敌四手，身上挨了好几下。

邵冬吟眉头蹙起，收起手机，飞速走到他们面前，挺身挡住攻向她面门的拳头，给攻击她的人来了个过肩摔，在人摔倒在地的同时，用膝盖狠狠顶向了他的腹部。

那人瞬间浑身抽搐了一下，两眼翻白晕过去。

“你们刚刚听到警笛了吧，是我报的警。”邵冬吟甩了甩胳膊，镇定地扫了一圈剩下的人，“你们要是还想继续打，我保证你们接下来几天得在看守所度过。”

他们是专门冲那个男人来的，并不想惹到无关的人，在这种没成事的情况下，他们可不想去局子里蹲几天。

其中一个男人恶狠狠地瞪了眼邵冬吟，与其他四人扶起倒在地上的兄弟，面带不甘地离去。

“谢谢。”男人的嗓音低沉，略有些醇厚，说话时像是在无意地撩人。

邵冬吟抬眼看他，他五官精致，瞳孔在阳光下是澄净的琥珀色，白皙的皮肤衬得他右眼角下方的红色泪痣尤为艳丽。他身形跟邵冬吟做模特的朋友米娅相似，估计有一米八五以上。

“我没报警。”邵冬吟揉了揉自己的手腕，太久没有锻炼，稍微用了点力就差点扭伤，“我不报警是因为我还有事，不方便去警局做笔录。我建议你自己去报个警，虽说不一定能抓到那些人，但是在警局先备个案也没坏处。”

“嗯。”男人的视线在邵冬吟手腕上停留了一秒，随即从口袋里掏出一张钞票递给她，“我……”

他话未说完，邵冬吟便接过他手上的钞票塞进口袋，径直离开。她帮人不图回报，但伤了手腕买药酒的钱总不能自己掏。

男人微微歪了下头，嘴角渐渐扯出一个浅浅的弧度。他站在原地目送邵冬吟离开，兀自轻笑出声。

口袋里的手机振动起来，来电显示：吴胜邢。

他接起电话：“什么事？”

“书鹤，我想到找谁帮忙了，你现在在哪儿？”

……

走出公墓的邵冬吟坐在公交车站台的座椅上，点开手机上的一条未读短信。

发件人：吴胜邢。

内容：小学妹，有空吗，我有点事想找你商量。

邵冬无视了吴胜邢的短信，从电话簿里找出一个号码，发了条短信过去：“吴叔，麻烦帮忙盯一下陈彤父母和他们雇的那个律师最近的动向，尤其是双方的经济情况要查清楚，谢谢。”

老吴很快回复道：“不麻烦，你加油，争取像你爸那样做个受人尊敬的律师。”

邵冬吟盯着吴叔回的话，脸上难得浮现出一丝笑意。

她不理解为什么孔雪柳会在邵城死后变得那么讨厌律师，整天在她面前念叨让她转行。不过幸好像吴叔这样受过邵城恩惠的人，一直在帮助她、鼓励她、支持她，让她知道，她以自己的父亲作为人生目标是一件正确的事情。

公交车进站，邵冬吟上了车，找了个靠窗的位置坐下。

屁股刚一挨到座位，手机再次振动起来，这次是电话，吴胜邢打来的。

“小学妹，我真的有事找你商量。你帮帮我，我也帮帮你，好不好？”吴胜邢带着撒娇的口吻哼哼唧唧。

邵冬吟头靠在玻璃窗上，没把吴胜邢的话当回事，随口道：“你能帮我解决手上的案子吗？”

“这个……”吴胜邢不敢一口答应下来。网络暴力杀人案他有所耳闻，听说今天庭审上出了变故……

“这样吧，我找个地方，请你吃顿饭，咱们边吃边谈行吗？我不太了解你那个案子，不确定能不能帮得上忙。”

邵冬吟在脑海里迅速过了一遍吴胜邢的人际关系网，心中有了计较，应道：“好。”

“那就今晚六点见，我在御庭酒店订好位置，待会儿把包厢名发给你。”吴胜邢说完，好像生怕邵冬吟会反悔似的，飞速挂了电话。

御庭酒店……邵冬吟总觉得有些不对劲，可又捉摸不出是哪里反常。

晚上六点，她掐着时间到达御庭酒店，望着酒店门前整齐有礼的迎宾人员，她终于明白不对劲的地方在于：吴胜邢一个穷鬼，竟然订了这么贵的酒店。

踏进酒店大门，服务员立刻迎了上来，询问清楚她是来赴约的，打了个电话确认完她的身份，这才叫另外两名服务员送她上楼。

有酒店服务员全程服务，她连电梯都不用自己摁楼层，只需要跟着走就行了。

吴胜邢订的桃花坞包厢在顶楼，邵冬吟对这种高档酒店了解不多，但她记得以前听谁说过，这种酒店的高层都只招待酒店的特殊会员。

吴胜邢这是……傍大款了？

邵冬吟推开包厢门，包厢里正坐着两名男人，吴胜邢在那名陌生男人身旁，正跟他说些什么。

男人百无聊赖地靠在椅背上，手撑下巴望向窗外，神色恹恹，显然对吴胜邢的话不感兴趣，可两人头靠得很近，看上去有些暧昧。

邵冬吟轻咳几声提醒他们注意形象，吴胜邢闻声抬头："你来啦。来来来，坐过来。"他指了指男人身侧空着的座位。

男人缓缓转过身来，红色的泪痣晃了邵冬吟的眼。

真是个称得上十分漂亮的男人，而且还有点眼熟。邵冬吟在他身边坐下，默不作声地打量着他。

吴胜邢向邵冬吟挤出谄媚的笑："来，我介绍一下。这位是邵冬吟，我大学的学妹，大学四年，年年都是法学院第一，可厉害了。这位是……"

男人对邵冬吟微微一笑，眼睛眯成了弯月，打断了吴胜邢的话："邵小姐，我们白天才见过的，还记得我吗？"

邵冬吟细细回想了片刻，慢悠悠地开口："记得。仙鹤山公墓，你被人堵了。"

吴胜邢一听，笑意瞬间变成了担忧。他瞪着眼睛气愤地咬牙："你都这样了，他们怎么还不放过你！"

男人仿佛没听见吴胜邢的话，目光自始至终停留在邵冬吟身上："白天你走得急，我还没来得及自我介绍。"

他向邵冬吟伸出手："你好，我叫虞书鹤。"他的手五指修长，骨节分明。

邵冬吟没有立刻握上去。

"你好。"她犹豫了一会儿才轻轻握了下他的手，触感柔软微凉。

吴胜邢早已习惯被虞书鹤忽略，他轻咳了几声以缓解自己的尴尬，把菜单推到邵冬吟面前："小学妹，你看看想吃什么，随便点。"

"你直接说吧，要我帮什么忙？"邵冬吟把菜单推回去，一副公事公办的架势。

虞书鹤抿唇笑了笑，像在和朋友聚餐般悠然拿起菜单点菜。

吴胜邢搓搓手，有些紧张地低声道："这事说来话长……"说到此处，他顿住，眨巴着眼睛观察邵冬吟的反应。

邵冬吟平静地挑眉："继续。"

吴胜邢点点头，皱着眉说："你应该接手过很多遗产纠纷案吧？书鹤他们家的情况比那个还要复杂一点。你知道虞家吗？就是……"

“请你长话短说。”邵冬吟止住吴胜邢准备从“盘古开天辟地”说起的架势，“我又不为他辩护，你只要告诉我，你想请我帮什么忙就行了。”

她说话时，有意无意地觑了眼虞书鹤。他白皙修长的手指在电子屏上轻滑着，专心地点菜，仿佛她和吴胜邢说的事与他无关。

吴胜邢挠了挠头，整理了一下语言：“十六年前，书鹤的父母被杀害了，虞家财产的管理权暂时都交到了书鹤的大伯虞立文手上。由于虞立文其实不是虞老爷子所生，所以虞家最终的财产继承人仍然是书鹤……”

邵冬吟越听越觉得复杂，从包里掏出本子和笔，记录下吴胜邢话中的重点。

总结一下，大概就是，虞书鹤的父母被杀，虞书鹤成了巨额财产的继承人。他因此被亲戚盯上，所有人都想让他“意外死亡”，这样那群所谓的亲戚就有机会争夺遗产。虞书鹤不得不装疯卖傻，时不时在别人面前表演一下精神病发作。

在虞家人看来，虞家老太太都因为他的病对他不闻不问，搬回虞家祖宅去住了。这样神志不清，无人庇护，患有间歇性精神病的他已经没有了同他们抢夺家产的能力。

原本那些想要虞书鹤命的人，大多都更愿意让他就这样活着，只有少部分人还不放心地监视着他。

这部分人不多，虞书鹤自己能够勉强应对。他直觉当年父母被杀是虞家人下的手，暗地里一直在调查这桩案件。凶手具体是谁，这么多年来他一直查不到。

“小学妹，邵叔叔不是给你留了很多人脉吗？这几年他们帮了你不少忙吧？我想请那些叔叔也帮书鹤调查一下，可以吗？”吴胜邢祈求地对邵冬吟抛媚眼。

邵冬吟转着茶杯，想也不想便直接拒绝：“警察都查不到的东西，我们怎么可能查得到？”

“不是警察查不到，而是这桩案件发生在十几年前，当时条件落后，警察刚找到犯罪嫌疑人，那人就出了意外。案件拖了两年，又有我大伯作为亲属出面说希望让我父母早日安息……他请警方尽快结案，不要细查。”虞书鹤看似漫不经心，实则一直在仔细听邵冬吟和吴胜邢的对话。

邵冬吟“哦”了一声，对吴胜邢说：“那你怎么不去查？”

“我不方便啊。”吴胜邢很是无奈，“你看看桌子底下。”

邵冬吟伸手摸了摸桌底，什么都没摸着。她推开椅子，蹲下身看，桌底中间有一个小小的黑色物体，是窃听器。

她在以前接手的一桩财产分割案件中见过这种。那笔财产数额巨大，不论是她的委托人还是对方，都无所不用其极，恨不得时时刻刻监视对方，好抓住对方的把柄。

“看来你们家钱真的很多。”她嘴角扯起讥讽的弧度，开起了玩笑。

吴胜邢叹了一声：“虞家的人都知道我跟书鹤关系好，盯着我俩呢。”

“那这事我更不能管了。”邵冬吟把本子和笔放回包里，拎起包就要离开。

吴胜邢忙抓住她的衣摆：“别呀，帮帮忙嘛。哦，对了，你想叫我帮你什么忙来着？你说，只要能帮的，我都帮；不能帮的，我也想办法帮！”

邵冬吟掰开吴胜邢的手，掸掸自己的衣角：“我那个比起你这个，就是一点小事，我自己费点心，也不是办不到。”

吴胜邢有同学是娱乐圈的，跟茉桐认识。她本想拜托吴胜邢请那位老同学打听一下茉桐和陈彤有什么过节，现在看来还是算了。她那点小事比起这种豪门之间要人命的争夺，不值一提。

吴胜邢又开始扯邵冬吟的衣袖：“小学妹，你回想一下，你大学时是多么孤僻，多么讨人厌，要不是学长照顾你，多少人都想排挤你啊！看在咱俩这交情的份儿上，你就帮帮忙呗。”

虞书鹤站起身来，走到邵冬吟面前，高大的身影将她笼罩。

邵冬吟皱了皱眉头：“怎么，打算来强的？”

“怎么会？”虞书鹤语速轻缓，“其实我想找你帮忙的原因还有一个。”

吴胜邢仍扯着邵冬吟的衣袖晃来晃去地撒娇，邵冬吟用力甩开他，瞪了他一眼：“再扯，咱俩就一点交情都没了。”

不管虞书鹤有什么原因，她都不感兴趣。

她接的那桩财产分割案，虽然最后得到的报酬很多，但她一个接受委托的辩护人在那段时间里都受到了监视。如果这次她帮了虞书鹤，那她将会面临怎样的局面是可想而知的。

她真的很厌恶那种一举一动都被人尽收眼底的感觉。

“我父母的案子，你的父亲以前也调查过。”

邵冬吟的脚步顿住，回过头来直勾勾地盯着虞书鹤，眼眸中闪过一丝诧异。

他脸上的笑容淡淡的，邵冬吟有一种被抓住了弱点般的恼火。

吴胜邢惊讶地微张着嘴，直至邵冬吟又走回来站到了他的面前，他才回过神来：“书鹤，这事你怎么没跟我说过？”

虞书鹤依然无视他，对邵冬吟说：“你父亲叫邵城对吧？”

“你查过我？”邵冬吟内心的烦躁溢于言表。

“算是吧。”虞书鹤嘴角轻勾着，“信息化时代，很多东西都很好查到，尤其是像邵城那样的律师，他的事迹可是被很多营销号作为编故事的素材呢。”

“不是，书鹤，咱们这是要请她帮忙，你不能……”

“你闭嘴！”邵冬吟愤怒的目光在吴胜邢身上扫了一圈，吴胜邢立刻把嘴抿得紧紧的。

“邵小姐，别生气，我没别的……”门口传来响动，虞书鹤抿起双唇，闭嘴不言。

敲门声传来，柔柔的女声响起：“您好，请问现在方便上菜吗？”

“进来吧。”吴胜邢拉着一头雾水的邵冬吟坐下，态度像是变了个人一般，客气有礼，“小学妹，你妈不是一直催你结婚嘛。我是看你说不想结婚，只想要个孩子才介绍你过来的，正好书鹤他跟你想法差不多。他情况特殊，主要是想给家里的老人一个交代，你看你们俩不是正好各取所需吗？”

听了吴胜邢这番话，邵冬吟反应过来，配合着演戏：“那我要一个孩子，他要一个孩子，意思是要我生两次？”

答不答应帮忙另说，她不是那种爱拆台的人，尤其对方被监视得这么严，吴胜邢找她过来竟然是用这种理由，这台要是拆了，大家都别想好过。

虞书鹤坐在椅子上，眼睛直勾勾地盯着天花板看，嘴巴微微张着，倒真有几分傻样。

“不是不是，你要是不想生，我们也可以去国外找正规的机构，只不过提供女方基因这方面还是得要你帮忙。你放心好了，所有的费用都由书鹤承担。”吴胜邢悄悄对邵冬吟竖了个大拇指。

邵冬吟不说话，严肃地沉思着。

菜陆续上齐，摆满了整张桌子，服务员领班对邵冬吟等人鞠了个躬方退出去。

“她同意了吗？”虞书鹤眼睛扑闪着，压低声音问吴胜邢，说的话却依旧能让在场所有人听清，“她不同意那我就不要啦，反正我也不太想。”

见邵冬吟没有立刻回答，虞书鹤赌气般地转过了头。

“书鹤听话，之前你可不是这么说的。”吴胜邢配合着虞书鹤，把他当一个孩子哄，又给他舀了碗甜汤，叫他坐着慢慢喝。

虞书鹤动作生疏地拿起勺子喝了一口，弄得嘴边都是。吴胜邢又不得不拿纸巾替他擦，像个保姆似的。

“有些具体事项我还是不太懂。”邵冬吟很清楚虞书鹤说的同意代表了什么，“给我留个联系方式吧，等我回去想清楚了再联系你。”

“好。”虞书鹤猛地起身，一不小心将甜汤打翻在他的西装外套上。他却毫不在意，将自己的电话号码一字一顿地报给邵冬吟。

吴胜邢则一边给他擦外套，一边大惊小怪：“哎呀，叫你小心点。”

晚上八点十四分。

夜风微凉，御庭酒店门口的服务员站得依旧挺直端正，对着走出来的邵冬吟鞠了个躬。

邵冬吟拿出手机打了个电话给老吴，问有关邵城当年调查虞书鹤父母被杀一案的情况。

老吴沉吟片刻，道：“是有这么桩案子，当初你爸就是为了调查这桩案子，在路上出了车祸。你怎么突然问起这个？你妈跟你说的？”

“不是，是我最近听别人说到了这件事。吴叔，这桩案子我爸是不是到最后也没能调查清楚？”

“嗯……当初你爸也托我们几个查过，说是要还人情。但你爸后来出了车祸，这案子不久也结案了。”

“吴叔，我还有件事要麻烦您。”邵冬吟望着酒店对面的高楼大厦。

城市中闪烁的璀璨灯光依旧无法点亮高楼背后的黑暗。远处熄了灯的楼群像一个个庞大的怪物，隐藏在黑夜深处。

“什么麻烦不麻烦的，你再这么客气我就真不管你了。”

“毕竟麻烦你们那么多事了。”邵冬吟拦下一辆出租，上了车，“可不可以把你们当年查到的有关这桩案子的详细信息告诉我？”

晚上八点二十分。

站在酒店顶层的男人指间夹着烟，目光追随着正离去的出租车，直至那辆车转过弯，消失在视野中。

他身后的虞书鹤跟吴胜邢有说有笑地吃着精致的菜肴。见他伫立窗旁许久，虞书鹤大为不悦：“大伯，你特意过来，是为了站在这儿看风景的吗？”

虞书鹤语气十分孩子气，听上去就只是单纯地发牢骚。

虞立文弹弹烟灰，将香烟置于唇间，吞云吐雾：“小吴介绍的女孩子，脾气似乎不太好啊。”

被点名的吴胜邢脊背一凉，汗毛直立，紧张地放下筷子准备回话。

虞书鹤则笑眯眯地抢先说：“脾气是不太好，但人不错。今天大伯不是叫我去祭拜父母嘛，我就去了，结果在墓地正好碰上她……”

吴胜邢嚼着嘴里的菜，难以下咽，他直觉虞书鹤的话阴阳怪气，说得好像他介绍邵冬吟是跟虞立文串通过了似的。

回头去看虞书鹤，果然瞥见虞书鹤眼中充斥着被戏耍的怒火，顿时他所有的话都堵在喉头，说不出口。

虞书鹤嘟着嘴，瞪大眼睛：“要不是大伯提醒，我还想不起来这事呢。”他有意给吴胜邢递了个暗示的眼神，吴胜邢却只管低着头。

什么叫猪队友，这就是。

虞立文走到吴胜邢身边，顺手拍了拍虞书鹤的背，对虞书鹤笑道：“那你们倒是有缘。”

虞书鹤侧头瞪了眼虞立文，用力把筷子砸在地上，仿佛在气他唯一的玩伴也被抢走了。

虞立文捻灭香烟丢进烟灰缸：“好了，你们年轻人玩吧，我这上了年纪的就不打扰了。”

他整了整领带，领着自己的秘书离开包厢。安静的走廊上，能听见他轻笑：“这孩子近来的状态越发好了。”

虞立文一离开，包厢内的吴胜邢立刻想要对虞书鹤解释。虞书鹤对他使了个眼色，摇了摇头，起身，抬腿踢翻了凳子，冷哼一声。

“书鹤！”吴胜邢这才福至心灵，配合地伸手去抓虞书鹤的胳膊，却抓了个空，“这真的是巧合，你别多想啊！”

虞书鹤冷哼一声，不愿再听他多说，愤然离开包厢。

虞立文尚未走远，听到动静，回过头关切地问：“书鹤，你这是怎么了？”

虞书鹤从他身边走过，斜了他一眼，什么话也不说，怒气冲冲地快步走向电梯。

跟在虞立文身边的秘书低声说：“我瞧着，倒和以前没什么两样。”

虞立文“啧”了一声，蹙眉望着秘书。

秘书一愣，赔着笑脸说：“我这不是为您觉得不值吗？您对他比对亲生的还好，可他……一犯起病来，心情好了就和您说两句，心情不好了便觉得是个人都要害他。老太太都不管他了，也就您整天担心他这担心他那的。”

“行了。”虞立文吸了一口刚点燃的烟，吐出一口浓烟，“这都是我该做的。”

幽静的电梯里，虞书鹤烦躁地脱下外套扔在地上，狠狠地踩了几脚，暴戾之色在他脸上一览无遗。

他抬眼看了看电梯一角的摄像头，把外套捡起，用力扔到摄像头上，外套挂在摄像头上晃了晃。口袋里的手机在这时振动了几下，很快回归平静。

他手插进口袋，摁灭闪烁的手机，装着没有察觉到短信的样子，目不斜视，径直走出酒店，招了辆出租车。

有些埋在记忆深处的画面忽然在脑海中浮现，他望着车窗外的夜色，耳边回荡着一个稚嫩的女孩声音，嘴角不自觉地上扬。

他竟然真的来找她了……

虞立文站在电梯前，等待电梯从一楼回到楼顶。

“叮——”电梯门打开。

他应声将香烟掐灭，扔进垃圾桶。走进电梯，黑色的西装外套挂在墙角摄像头上，显眼至极。

“您瞧瞧，这不还是跟以前一样？”

“不一样了。”虞立文把外套扯下来，慢条斯理地整理好。黑色西装外套映在他眼里，在他眸底形成一片阴沉的暗色深潭。

虞立文似笑非笑地轻叹一声：“我的乖侄子就算犯病，也不再是小孩了。”

晚上九点十九分。

洗完澡的邵冬吟走出浴室，看见手机正在闪烁，一条来自虞书鹤的未读短信显示在手机顶端，短信内容只有一个字：好。

“好”字的上一条是她约虞书鹤五天后见一面的信息。

连续的艳阳天后，天空开始飘下连绵的细雨。阴沉潮湿的天气令人的心情也如这天一样沉郁。

“宝贝，我回来啦。现在在机场，你要不要来接我呀？”

米娅撒娇的声音，即便透过电话也能听出其中的甜腻。邵冬吟冷淡地“嗯”了一声，挂断电话，收拾东西准备开车去接米娅。

同事王菲菲睨她一眼，不满地嘀咕：“又早退，当事务所是她家开的？”

邵冬吟去老板办公室打了声招呼，走回来拿包时，刻意从王菲菲身边经过，俯身在她耳畔低语：“下次说坏话时不要被我听见。”

王菲菲当着她的面不敢发作，在她走到门口时瞪了一眼，不满地向旁人抱怨：“你看她那样。”

“行了，干你自己的事吧。老板都没说什么，你瞎操什么心。”

余宓整理着手上的文件，不耐烦地瞥了眼王菲菲。

王菲菲努努嘴，皱皱鼻子，用力敲击键盘以发泄不满。

邵冬吟所在的律师事务所离平江机场不远，开车半个小时便到。

走进大厅，她老远就看见打扮亮眼、受人瞩目的米娅。

米娅是模特，一米八几的个子，身材极好，标准的高级脸，不算精致，但很有特点。在一群正常身高的人群中，踩着高跟鞋的她简直是鹤立鸡群。

米娅拖着小行李箱，踏着小碎步快步走到邵冬吟身边，挽住她的胳膊："快走，快走。"

邵冬吟一声不吭，接米娅上了车才问："你经纪人呢？"

"你没看娱乐新闻吗？"

"我很忙。"

"哦。"米娅撇了撇嘴，正准备解释为什么她的经纪人没来接她，邵冬吟的手机却响了。

她等邵冬吟打完电话，深吸一口气，再次准备开始自己的解释，却见邵冬吟又拿着手机打给了另一个人。

她瘫在座椅上，赌气不想解释了。

车行驶到市区，邵冬吟找了个路边的车位停下，没一会儿，走过来一个高大挺拔的男人，正是虞书鹤。

虞书鹤打开后车门，看座位上瘫坐着个女人，又将车门重新关上，坐了副驾驶的位置。

车重新启动，邵冬吟简洁明了地说："我先把她送回家。"

虞书鹤点点头，对米娅没有一点好奇心，看都没看她一眼。

米娅反而来了精神，趴在邵冬吟的椅背上侧头看虞书鹤，兴奋地对他挥手，做了个自我介绍：“嗨，我是冬吟的闺蜜，我叫米娅。请问，你是冬吟的什么人呀？”

虞书鹤先看了眼邵冬吟，而后对米娅微微一笑：“暂时什么人都不是。”

米娅拖长尾音“哦”了一声，八卦之情溢于言表。

邵冬吟专心开着车，后视镜中，有一辆黑色保时捷一直跟在她车后，随着她转过了两条街道。

她眸色微暗，把车开上国道。

虞书鹤镇静地看了眼后面的保时捷，米娅一脸茫然地敲邵冬吟的椅背：“走错了，我家在那边呢。”

“有人跟着我们。”邵冬吟示意米娅看后视镜。

米娅惊讶地捂嘴：“天哪，那些记者怎么还能跟上我？”

她带着歉意对虞书鹤笑了笑：“不好意思啊，我在国外出了点事，我经纪人明明已经开车把记者们引开了，没想到竟然还有人跟着我。没耽误你事吧？”

虞书鹤嘴角微扬：“没有。”

邵冬吟嘴角抽了抽：“你跟他道什么歉，这些人是因为他才跟过来的。”

虞书鹤明知如此，还坦然接受米娅的道歉。邵冬吟不满地瞄了眼他，他还是一脸笑意，眼睛眯得像只狐狸。

“哦。”米娅撩了撩自己的长发，满不在乎地摆摆手，“没事，反正我没什么急事。”

虞书鹤“嗯”了一声以示回应，依旧毫无歉意。

邵冬吟盯着后视镜里怎么都甩不掉的保时捷，突然猛打方向盘把车拐上了一条泥泞小道。米娅由于惯性，头猛地撞在车门上，惨叫一声。

保时捷险些开过头，倒车回来，跟着邵冬吟的车转进小道。

邵冬吟开着车，往恰好能过一车的小巷里钻，最后转进一条水泥路上。道路不宽，路的尽头是一口水井，水井旁是一户人家自己砌的台阶，把路都给占了。

邵冬吟开到台阶旁，瞬间转了个方向，从台阶底下的斜坡开了过去。

跟在她车后的保时捷看不清前面的路况，也跟着她转，前杠撞在台阶上，把半块台阶给撞塌了。在家门前择菜的大妈听到动静，连忙冲下来拦住保时捷要求赔偿。

邵冬吟开着车从不远处的停车场大门进去，又从小门转上国道。

保时捷赔完钱跟进停车场再转出来时，已经不见邵冬吟的踪影。

邵冬吟先把米娅送回了家，然后载着虞书鹤去了泰和广场五层的茶餐厅。

茶餐厅老板蔡兴一见邵冬吟过来，直接让伙计把她请进了最里边的包厢。老吴和邵城当年的几个朋友正在里边等着，见邵冬吟进来，同她寒暄了几句。

随后，老吴在桌子底下捣鼓一阵后，拿出两个文件袋递到邵冬吟面前，指了指左边的袋子：“这个是陈威家的资料。”而另一个袋子装的自然就是有关虞书鹤父母案子的资料。

邵冬吟把左边的文件袋放在一边，打开了右边的袋子。里边的文件不多，只有七张纸，纸上的信息寥寥无几，大多是两名受害人的信息。

虞书鹤的父亲叫虞学文，母亲叫薛白蕾，十六年前在去旅游的途中失踪。十四年前，有人在孙家村的一口枯井里发现了他们的尸体。枯井在一座废旧的老宅里，老宅的主人名叫孙马。

据调查，孙马老实勤恳，为了照顾家中身患重病的母亲和年幼的弟弟妹妹，一直没娶媳妇。

孙马被抓后，对罪行供认不讳，承认是自己见财起意，本想绑架虞学文和薛白蕾向虞家索要钱财，一时失手将他们杀害。坦白罪行之后，孙马在被移交至监狱时，突然反抗，冲向路边，撞上了一辆正常行驶的货车，当场死亡。

没人知道孙马当时是想逃跑，还是想畏罪自杀。案件明明存在疑点，当时的虞立文却以亲属的名义要求尽早结案，所以案件在孙马死后便草草了结了。

文件袋里记述的东西大抵就是这些，虞书鹤坐在邵冬吟身旁，轻声道：“我爸妈原本要去的目的地并不经过孙家村，孙马的邻居能证明孙马在我爸妈失踪的那段时间并未离开过孙家村，也未曾有过异常举动。”

一桌子人除了邵冬吟之外，皆诧异地看着虞书鹤。

“你是虞学文的……儿子？”老吴说得犹犹豫豫，视线将虞书鹤从头到脚扫了一遍，满眼的奇异和不确定。

虞书鹤点点头，望向邵冬吟。

邵冬吟替他证明身份：“他是虞学文的儿子。吴叔，您查到的就这些吗？”

“那时候信息闭塞，消息太难打听了。”

蔡兴此时端菜进来，道：“你这两天不是还让人去查了别的吗？”

老吴对蔡兴撇了下嘴：“烧你的菜去！”

说完，他眼珠子转了转，有所顾虑地看了眼虞书鹤，仍是怀疑：“他真是虞学文的儿子？”

虞书鹤从包里掏出身份证和一张小时候与父母的合照递到老吴面前：“我一直在调查我父母的案子，只不过前几年一无所获。最近得到些消息，又去孙马的老家看了眼，发现孙马的弟弟妹妹不仅安安稳稳地长大，且陆续都被送往国外留学。听村里人说，他们近两个月才从国外回来。”

老吴眉头皱起，疑惑全写在脸上：“这孙马家能顶事的也就孙马一个人，当初他被抓的时候，他二弟和三妹都才十五岁。他妈妈下半身瘫痪，行动不便，照顾自己都很困难，怎么会有能力送两个孩子去国外留学？”

“你当时为什么不问清是什么情况？”邵冬吟悠悠地问。

“是想去问的，但被人拦了。后来我在精神病院住了两个星期，出院之后，我的行动一直受阻，没能再去调查了。”虞书鹤轻描淡写地说着这些事，仿佛对这些并不在意，住院的事也是随口带过。

但如果他真的不在意，就不会想方设法找人帮忙了。

不用想她也知道，虞书鹤多半是以发病为由被他家那些人送去了精神病院的。邵冬吟啃着鸡翅，心不在焉地说：“精神病院？那你是怎么出来的？”

“有人帮忙。”

“你的精神病证明也是那人帮忙开的？”

“嗯。”

她轻声嘀咕：“比我想的还要危险。”

老吴看完身份证和合照，还给了虞书鹤。他拿出两张叠成小方片的纸，扔到邵冬吟面前：“要真是虞学文的儿子，那就没什么好瞒着你的了。”

他顿了顿，对邵冬吟说：“当初你爸说要还虞家的人情，打定主意要查清这事。现在他家孩子又找上你了，帮不帮还是随便你。反正是你爸欠人家人情，又不是你。”

邵冬吟擦擦手，展开折叠好的纸，语气平淡：“哦，您说这么多的意思不是希望我帮他吗？”

老吴挠了挠后脑勺，嘿嘿一笑：“我是想，如果你爸还在，他肯定会把这件案子查清楚的。”

邵冬吟“嗯”了一声：“我要是不打算帮他，就不会带他来见你们了。”

邵城死得突然，一句话都没留下。现在她知道邵城还有未完成的事，那她身为邵城的女儿就一定要将它完成。

而且……邵城欠虞家人情这事，她从来没听邵城和孔雪柳说过。如果能将这起案件调查清楚，应该也能够查清邵城当年究竟欠了虞家什么人情。

跟邵城的事相比，其他事都得靠边站。

她做律师的初衷，就只是想追上爸爸的脚步而已，名利或钱财，都不是她所追寻的目标。

老吴又笑了几声，突然严肃起来开始说正事："我前两天让人去找了孙马家的邻居问情况，他们都说不知道任何情况。后来我还是找了村支书，知道了孙马家还有个亲戚。而且这亲戚是在孙马被抓前不久，才开始跟孙马家来往的。在这之前，他们也就过年的时候互相拜个年……"

邵冬吟与虞书鹤闻言，皆陷入了沉思。

从虞书鹤去孙家村后到现在，这段时间里到底发生了什么？

邵冬吟望向虞书鹤，说："我要去一趟孙家村，你去吗？"

孙家村的人一定有问题。

虞书鹤注视着邵冬吟，说："我想去，但虞立文那边不是那么好摆脱的。"

邵冬吟睨着虞书鹤不说话。

虞书鹤嘴角微微上扬："我想请你帮我个忙。"

邵冬吟收回视线："下次一次性把话说完。"

虞书鹤要她帮的忙很简单——找个看上去与他身材相仿的人待在他家闭门不出，只要拖一天时间就行。

由于虞立文近两年对他监控得很严密，他不能自己去找人，那会被虞立文察觉到。

“你放心，钱由我来付。你只需要帮忙找到人就行了，男女都无所谓。”虞书鹤的语气很是客气。

邵冬吟点点头，答应了，两人商定明天就出发。

老吴把地址写下来给了邵冬吟，这一场饭局就这样散了。

与虞书鹤体形相似的人并不好找，邵冬吟印象中与他最像的便是米娅，虽然米娅是个女人，但米娅够高，有肌肉，走秀时男装也不是没穿过，可这件事情危险，她不能把米娅卷进来。她把虞书鹤送回最初他们约定的地方，又开车到米娅家，问米娅有没有认识的模特最近缺钱的。

米娅正闭着眼睛敷面膜，听到邵冬吟话的瞬间，她睁开眼，双眸晶亮：“我呀！我缺钱！”

她轻拍着面颊嘟囔，语气里满满的都是委屈：“你还记得那个一直跟踪我的狗仔吗？他这次跟踪我到了国外，还在我的换衣间装摄像头，被我发现之后我一时没忍住揍了他，结果惹出事来了。我在国外的局子待了一晚上，那些媒体就开始乱写了。我经纪人让我先歇着，等这事平息了再复出。”

她咬牙愤懑道：“又不是我的错，怎么就都骂我呢。”

邵冬吟不大会安慰人，搂住她的肩安抚地拍了拍：“那你这段时间就好好休息。我说的这事有危险，你不能干。”

“找模特做的事，能有什么危险啊。”米娅揭掉面膜对邵冬吟可怜兮兮地噘着嘴，掰着手指说，“我的服装赞助商、化妆品赞助商，都说我违约了，对他们品牌的形象产生了不良影响，我得赔他们一笔违约金。我现在超穷的，只要不违法，什么事我都干。”

“你缺钱，我可以尽量帮助你，但是这事你不能干。”米娅毕竟是个有些名气的公众人物，要是被盯上……

邵冬吟不敢继续想下去，她不能让米娅处于这样的危险中。

她又拍了拍米娅的背，起身理了理衣服：“说真的，帮我找几个跟你身材差不多的模特，今晚就要，我给你中介费。”

米娅“嘁”了一声：“我们圈子里没几个有我这种身材。”

她经常健身，比一般模特健壮很多，腹上八块腹肌，腿上的肌肉线条堪称完美，天生身材比例又好，不管穿男装还是女装都很能体现服装的特色。

她从前是很多知名设计师偏爱的宠儿，很多衣服只有她能撑得起来，如今栽了一跤，谁都想来踩一脚，没啥黑料都能给她硬编出来。

米娅一脸不高兴，过了会儿，突然想起来什么，道：“今天那位先生，从背影看倒是和我挺像的。我俩要是穿宽松的衣服站在一起，从背后看估计就一模一样了。”

确实，邵冬吟想起初见虞书鹤那会儿，她还误把虞书鹤认成穿男装的米娅了。

“帮我多找几个人，具体事项我会跟他们谈，走了。”邵冬吟捏捏米娅的脸，回家收拾东西去了。

傍晚，米娅说找到人了。邵冬吟跟虞书鹤商量后，打算直接把见面地点定在虞书鹤的住处。

到时候，那人可以直接留在虞书鹤家，虞书鹤便可以用他的身份从家里走出来。

夜色浓如黑墨，半弯的月亮躲藏在了浓重的乌云后，偶尔可以艰难地用光芒戳破厚厚的云层，将银白光芒洒落大地。

邵冬吟先来到虞书鹤住的小区。

待在家里的虞书鹤穿着一身休闲男装，一头碎短发将他精致的五官衬托得恰到好处。

邵冬吟悄悄瞥了他一眼，什么都没说，和他一起坐在客厅等人。按老吴给她的资料算，虞书鹤今年才二十四岁。

突然，门铃响了一声。邵冬吟就着猫眼向外看，外面站着位浑身包裹严实的人，身材和虞书鹤确实很像。

她打开门，门外的人对她笑嘻嘻地挥了挥手：“嗨。”

门外的人是米娅，而她身后空无一人，显然来的人只有她一个。

“你找的人呢？”邵冬吟眉头紧皱。

米娅从她身边蹿进屋里，弯下腰在玄关穿鞋套：“就是我呀。”

缺钱是一方面，另一方面是她闲得慌，想看邵冬吟究竟在做什么事，白天的时候竟然还有不是狗仔的人跟踪他们。

米娅跟坐在客厅里的虞书鹤也打了一声招呼，自来熟地找了个位置坐下：“我都说了模特圈里没人有我这个身材，所以我只能自己上啦。”

米娅脸上洋溢着一股得意劲儿，像是在为她的小聪明自豪。

虞书鹤将米娅从头到脚打量了一番，说道：“我需要你待在这间房子里。从现在开始，待二十四个小时，窗户不许开，电话不许接，谁来都不能开门，可以吗？”

“可以啊。”米娅爽快地答应了条件，开始谈起她的工资。

“你开个价吧。”虞书鹤把桌上的袋子推给米娅，“里边的衣服都是新的，送你了，你穿上。”

米娅正要去拿纸袋，邵冬吟拍掉她的手，对她厉声道：“你回去。”

米娅哼了一声，迅速伸手拿过纸袋看了眼，里边装的是一套休闲款男装。她无视邵冬吟，对虞书鹤竖了三个手指头：“三万？”

“可以。”

虞书鹤走回房间，很快从房间里拿出三沓钞票放到米娅面前：“你的活动范围只有客厅、客房，以及客房的卫生间。冰箱里有食物，你自己看着办。你用过的餐具不用洗好放回去，扔掉就行了。”

他指了指厨房的一个柜子：“那个柜子里放的都是新餐具，你从里边拿着用。”

米娅笑眯眯地答应，拿上衣服准备去换，注意到邵冬吟在一旁黑着脸，她绕到邵冬吟身边，说：“这个小区安保设施比我住的小区还好，我不觉得会有什么危险。现在可是法治社会，有事我会报警的。”

她弯下腰凑在邵冬吟耳边轻声说："而且我在圈子里人缘很差，我真的找不到人。我只有你一个朋友，我很想帮你。"

邵冬吟没说什么，也没阻止米娅去换衣服，待米娅进了客房，她沉声道："把吴胜邢也喊来。"

她的脸上和她的眼里，都写满了对虞书鹤的不满。

虞书鹤仍旧笑盈盈："好。"

正好他跟吴胜邢现在处于"闹翻"的状态，吴胜邢可以用"求和好"的借口过来保护米娅。

他向邵冬吟借手机发短信给吴胜邢，吴胜邢收到消息很快就开车过来了。

与他一同来的，还有虞立文。

邵冬吟和虞书鹤对视一眼，进了客房。

虞书鹤这才将公寓大门打开，上半身斜倚在门框上，眼睛在虞立文和吴胜邢之间来回扫着。

虞立文率先开口："你别误会，我是到了楼下才碰见小吴的。"

吴胜邢干笑两声："我这刚到没多久，虞叔叔就来了，也真是赶巧了。"

"你打算让我们一直在门口站着？"

虞立文身后传出不满的轻哼声，说话的男人比吴胜邢还要大上几岁，西装革履，头发梳得一丝不苟。

"嘉烨。"虞立文嗓音低沉，自带威严，"我带你过来是要你向你弟弟道歉的，不是让你过来耍脾气的。”

“行，我错了。”虞嘉烨吊儿郎当地走到虞书鹤面前，鞠了个躬，似笑非笑地说，“对不起，我今天派人跟踪你了。”

这不像是在道歉，像是在挑衅。

虞书鹤眼皮子抬了抬，侧身让他们进屋。

“哟，今天怎么没发病啊？”虞嘉烨讽刺了虞书鹤一句，觑了眼玄关被动过的鞋套袋子，突然加快脚步蹿进屋里，一脸漫不经心地去开客房的门。

“虞嘉烨！”虞立文沉声呵斥。

虞嘉烨充耳不闻，手搭上了客房的门把，用力一转。

正对客房门的浴室玻璃门上，水汽氤氲，朦胧间映出女人窈窕的身姿，虞嘉烨呆呆地站在房门口。

虞书鹤走到他身边，拍开他仍搭在门把上的手，轻轻将门关上，讪讪地笑道：“堂哥在找什么呢？”

虞嘉烨双手摊开，耸了耸肩：“听到屋里有动静，以为房间里藏了贼，帮你看看。不过没想到，你这样的竟然也会找女人。”

他像是想到了什么，大笑起来，讽刺道：“你就不怕你办事办到一半突然发病，把人家姑娘给吓跑吗？”

虞书鹤无视他，扭头对虞立文说：“谢谢大伯特意带堂哥过来向我道歉，您还有别的事吗？”

虞立文冷冷地瞪了眼虞嘉烨，无奈地叹了口气：“我不希望你误会是我派人跟踪你，所以特意带嘉烨过来……”

“没事，我习惯了，我接受堂哥的道歉。”虞书鹤微微歪着头，瞥了眼客房，“有人在等我，我不想让她等太久，请问你们可以离开了吗？”

虞立文又瞪了眼虞嘉烨，沉沉地呼出口气：“走吧。”

虞嘉烨眯了眯眼，轻佻地吹了声口哨：“祝你度过一个愉快的夜晚。”他一直盯着虞书鹤看，缓步后退到公寓门口，拉住吴胜邢的胳膊，“一起走吧，别耽误书鹤的好事。”

“我……”吴胜邢欲言又止，被虞嘉烨硬生生拉着离开，顿时体会到了什么叫有口难言，身不由己。

他们前脚刚离开公寓，虞书鹤后脚便紧跟着把大门“嘭”的一声关上。他坐到客厅的沙发上，眼底平静无波，发呆地盯着窗外看。

漆黑的夜幕下是霓虹闪烁的城市，五彩的灯光倒映在不远处的江面上，照得江面波光粼粼，美不胜收。

江面上如此热闹华美的景象背后，是江水里映着夜色的浓郁黑暗。

邵冬吟从客房走出来，整个人被阴沉的气息笼罩。湿漉漉的头发披散在肩上，浸湿了她的外套。

米娅悻悻然跟在她身后，小心翼翼地观察她的情绪，不敢向她搭话。

虞书鹤回过神来，侧过头望着邵冬吟微笑。

“我们今晚就走。”邵冬吟拎起包随时准备离开，语气是不容置喙的独断。

“最早的一班车是明天早上五点半。”

邵冬吟拿出手机，手指飞快地在屏幕上点着，似乎在给谁发短信。

她问：“你怕你大伯他们吗？”

虞书鹤轻笑，反问道：“你觉得呢？”

邵冬吟的手机振动了一下，她看了一眼手机屏幕后，脸上显出胸有成竹的神色：“来玩场失踪如何？”

“如果你能保证我们能够成功地失踪，也未尝不可。”虞书鹤说，“但你要知道，现在购票都是实名制的。有一个‘我’在家里，他们才不会想到其实我已经离开，更不会去查我的行踪。”

米娅听得满头雾水：“你们在说什么啊？为什么要玩失踪？”

虞书鹤解释道：“因为她不想让你冒险。”

米娅还是很疑惑，她大概猜出自己是要待在这间屋子里扮演虞书鹤，可是扮演给谁看呢？刚刚那群人吗？

方才和邵冬吟一起躲在浴室的米娅，隐隐约约有听到外面的对话。

“其实我觉得，你那位大伯人还挺好的。”米娅思考了一会儿，犹犹豫豫地对虞书鹤说，“他不是特意带你堂哥过来道歉了吗？跟踪监视的是你堂哥，现在被你大伯知道了，他应该不会再允许你堂哥这么做了。”

米娅眨巴着眼睛看虞书鹤，满眼真诚。

她似乎不懂，什么叫作一个唱红脸，一个唱白脸。

虞书鹤对她笑着点了两下头，似乎认同了她的看法，转头却对邵冬吟说："看来她是真不适合待在这儿，你安排好我们该怎么失踪了吗？"

邵冬吟"嗯"了一声，让米娅把钱还给虞书鹤。

米娅迷迷糊糊把钱还了回去，低声问邵冬吟："你们到底在做什么事呀？神神秘秘的。"

邵冬吟没解释，让米娅回客房把衣服换回来："待会儿我送你回家。"她对虞书鹤说，"你收拾一下东西，待会儿有车会过来接你，上车前跟我打个电话。"

虞书鹤应了，没收钱，也没让米娅还衣服："就当是封口费了。"

白赚三万块加一套衣服的米娅仍旧迷迷糊糊的，虽然什么都没弄明白，但她很清楚，谁都有秘密，秘密是不能过多询问的，哪怕是最好的朋友也一样。

邵冬吟把米娅送了回去，回自己的家拿上收拾好的行李，到约定好的商城等着。

其间她接到两通电话，一通是虞书鹤打来的，这表明他已经上了车；还有一通打过来的时候，她踩着电话挂断的时间点离开了商场，到地下车库上了一辆银白色面包车。

夏日的后半夜，天空这块黑色的幕布上，浓云渐散，月朗星稀。

面包车在公路上疾驰，很快出了城区，上了高速。司机鲁长是老吴叫来的。

"冬吟啊，你身上带没带现金啊？"鲁长等红绿灯时翻起了钱包。

邵冬吟就着车里橘色的灯光，一边看陈彤案的资料，一边在网上翻查网红茉桐的微博，以及陈彤的微博。

“嗯？”她看得太投入，没听清鲁长在说什么。

鲁长已经取出薄薄一沓钞票要给她：“你们去那个孙家村里问情况，不带钱不行的。”

邵冬吟把钱推回去：“不用，我带钱了。”

鲁长也没跟她客气，把钱收了回去，有一搭没一搭地跟邵冬吟唠起了家常。

被完全无视的虞书鹤坐在最后排，望着窗外飞速滑过的风景，安静听着邵冬吟和鲁长的对话。

良久，邵冬吟把整理好的资料保存，将笔记本电脑放到一边，揉了揉眼睛，下意识地回头看了眼他。

虞书鹤转过头来，一时间，四目相对，眼神相交。

他整个人都浸在黑暗中，前排的暗淡灯光将影子打到他身上，无法照亮他所坐的位置，却映得他双眸比天上的星光还要闪耀。

他勾起唇，展露出一个浅浅的微笑。

邵冬吟突然疑惑起来：“你怎么总是在笑？”

“总不能哭吧。”虞书鹤嘴边的弧度扩大了一些，“你为什么不笑呢？”

“没什么好笑的。”

“有这么多人照顾着你，帮着你，关心你，把你的事当作自己的事……”虞书鹤顿了顿，说，“这多好啊，如果是我，我肯定每天都会很开心，每天都会笑。”

他嘴角的弧度没变，眼神也没变。

邵冬吟突然从他身上感受到一丝复杂情绪。那种情绪就好像看见被遗弃的小孩站在路边，望着别的小孩吃着父母给的糖果却不知道珍惜时，内心会漾起的酸楚。

面包车里安静下来，虞书鹤靠在车窗上缓缓闭上了眼睛。

鲁长拿起副驾驶的毯子递给邵冬吟，轻声说："你也睡一会儿，估计天亮就能到孙家村了。"

"要不找个能停车的地方，鲁叔您也休息一会儿吧？"邵冬吟接过毯子，将毯子摊开。

鲁长专注地开着车，说："不用了，我今天本来就是打算跑夜班的，白天的时候一直在睡觉。"

邵冬吟捏着毯子，转过身，跪在座位上，面向虞书鹤，对鲁长说："不好意思啊鲁叔，耽误您工作了。"

"没事，跑个夜班也没多少钱。"鲁长满不在乎地笑道。

邵冬吟身子前倾，把毯子轻轻盖在了虞书鹤的身上，侧过脸，对从后视镜瞄着她的鲁长笑了一下。

鲁长咧开嘴无声地笑了起来，什么都没说。

银白色的面包车在公路上疾驰，昏暗的路灯掩映着他们的行踪，天边露出鱼肚白之后，迎接他们的是暖色的朝阳。

· CHAPTER 2 ·
邵律师你脸红了

面包车驶进孙家村所在的城镇，一股残破落后的气息扑面而来。水泥路面上被轧出好几个大坑无人修理，路边最繁华的商店是一个不到一百平方米的超市。

虞书鹤从睡梦中醒来，眯着眼睛问：“到哪儿了？”

他口中有些干燥，声音略带沙哑。

“马上到孙家村了。”邵冬吟聚精会神地盯着手上的资料，随手拿了瓶水递给他。

虞书鹤接过矿泉水瓶，慢条斯理地喝了几口，又从行李箱里翻出一个化妆包，弓着身子走到前排，坐到邵冬吟的身边。

邵冬吟一边翻着资料一边说：“我看了下孙马家的情况，他爸在外边打工时养了个小三，他弟弟妹妹三岁时，他爸因为小三怀孕抛下这个家走了。孙家村的人不是都嘴严吗？我们可以用孙马父亲和小三的子女身份，去打听情况。”

“嗯。”虞书鹤含含糊糊地应了句。

“村里人要是问起来，就说我们是来寻亲的。”

邵冬吟说话间抬起头，一张陌生的侧脸映入眼帘。她半张着嘴，愣愣地望着虞书鹤，没能把话继续说下去。

“怎么了？”

虞书鹤扭过头来，正面对着她，嘴角微微上扬。他的肤色黑了好几度，眼角下的泪痣没了，五官都有不同程度的改变。

原本精致的脸，变得……还是挺好看的，就是没那么精致了，乍一看还有点认不出来是他。

“我上次已经来孙家村问过情况了，我怕他们村里有些人还记得我。”虞书鹤收起化妆包，对邵冬吟微笑着解释。

邵冬吟了然地挑了挑眉：“妆化得不错。”

虞书鹤眼底闪过一丝灰暗，他抿嘴微笑：“谢谢。”

不得已才学会的技能，就算被夸他也开心不起来。

很快，孙家村到了。

鲁长把车停在村口的马路边上，打了个哈欠：“里边都是小路，车不好开进去。村里没正儿八经的旅馆，我上次过来都是住别人家里的。我带你们过去。”

他打开车门，要去帮邵冬吟提行李。邵冬吟止住他，自己提溜着行李下来：“谢谢鲁叔，您都开一晚上车了，东西我自己拿就行。”

虞书鹤跟在邵冬吟身后下车，什么都没说，直接从邵冬吟手里把她的东西都拿过来：“我来拿吧，走吧。”

鲁长笑了起来，笑到一半又打了个哈欠。他招招手："走走走，我先带你们找地方住下来。"

邵冬吟跟着鲁长，在一个贴着"清泉沐浴"牌子的大院门口停下。

鲁长直接走进院里，扯着嗓子喊："有人在家吗？"

"谁啊！"粗犷的女声从屋里传出来，却不见有人从屋里走出来。

鲁长招呼邵冬吟和虞书鹤跟上，领着他俩进了屋。

一名膀大腰圆的妇女正坐在客厅的沙发上嗑瓜子，一双眼睛盯着桌上的老式电视机，眼皮子抬都不抬："洗澡上二楼。"

"刘嫂子，我不是来洗澡的，我们是来住宿的。"鲁长憨厚地笑着。

刘嫂子这才抬眼，她盯着鲁长看了会儿，"哟"了一声："又是你啊。"

"是。不过这次不是我住，是他俩住。"鲁长装模作样地四下看看，一脸神秘地凑到刘嫂子面前，低声说，"我上次来，其实就是为了他们打听孙马家情况的。"

刘嫂子眼中有了戒备："他俩谁啊？"

"我不清楚，上次是他俩给我钱让我来问的。"鲁长方才听见邵冬吟和虞书鹤商量了，但没听清楚，怕自己会说错。

刘嫂子撇着嘴站起来，走到邵冬吟跟前，眼珠子上下转动："你是来找孙马的？"

"我……"

"其实是我要找孙马。"虞书鹤抢过话，"我父亲叫孙成，母亲叫刘桂芳。”

“这是我媳妇。”虞书鹤指了指邵冬吟。他说话时谦卑地低下头，微抬着眼皮悄悄观察刘嫂子的反应。

邵冬吟和鲁长听虞书鹤这么说，脸色都变得难看起来，却又不方便当着刘嫂子的面拆虞书鹤的台。

孙成是孙马他爸，刘桂芳是……

刘嫂子皱着眉头细想了片刻，突然大叫起来：“啊！你妈是那个小三！”

话一出口，刘嫂子才意识到自己的言辞太不礼貌，尴尬地咳了咳：“你到这儿干吗来了？”

“我爸快撑不住了。”虞书鹤轻轻地叹息，“我一直不知道他以前做的事，直到他躺病床上快不行了，他才告诉我……”

刘嫂子将信将疑地望着他。

虞书鹤继续道：“我这次来是为了我爸的事，老人家快不行了，躺在床上话都说不出来了，遗嘱也没立。律师说这遗产有些难办，所以我想找到我那两个哥哥姐姐，请他们跟我回去一起处理遗产的事。”

刘嫂子觑着虞书鹤，脸上带着不加掩饰的鄙夷：“哦，那两个孩子早就离开村里了，你来咱们村是找不到他们的。你们还是赶紧走吧。”

刘嫂子摆摆手，一副赶人的架势。

虞书鹤说话斯斯文文的：“我知道咱村里的人，对我和我妈肯定都没啥好印象，但是我这次来，真的就是想请我哥哥姐姐跟我回去见爸最后一眼。我爸说他知道错了，他想弥补。”

刘嫂子脸上的表情略有松动，虞书鹤继续说：“我也知道我爸妈当年做得不对，现在弥补的方式就只有一个，那就是把我爸留下的公司股票和房产，该分的都分给我哥我姐。我保证，我绝没有什么不好的心思。”

刘嫂子一听股票和房产，眼睛都亮了。她装出事不关己的样子：“那随便你们吧，反正你们住我这儿我还能收钱。”

她转过身往楼上走，背对着虞书鹤和邵冬吟招了招手：“跟我来吧，房间在三楼。”

“那我先走了啊。”鲁长跟邵冬吟打了声招呼，小声叮嘱了她几句，临走前还不忘用眼刀子剜虞书鹤一眼。

虞书鹤没反应，像是没看见鲁长眼里的恐吓似的。邵冬吟睨他一眼，想从他手里拿回自己的行李。

她手伸过来，虞书鹤侧身躲了一下，对她笑道：“我来吧。”

邵冬吟抿着嘴不说话。

刘嫂子在楼梯拐角处敲扶手：“你俩快点上来，别搁那儿打情骂俏的了。”

邵冬吟嘴角抽了抽，虞书鹤神色不变，对她做了个请的动作，拎着两个小行李箱乖巧地跟在她身后上了楼。

上了三楼，刘嫂子就近打开一间房，敲敲门板：“你俩就住这儿吧。一晚上八十块钱，先付钱后住宿，你俩打算住几天啊？”

虞书鹤二话不说便掏出硬币厚的一沓红色钞票交到刘嫂子手里："我们想在这儿等到我哥我姐回来再走，但主要还是得看我爸那边的情况。这么算我也不清楚能在这儿住几天，这钱您拿着，不够再说，您看成吗？"

刘嫂子估摸着这一沓钱少说得有两千块，她哪能不答应啊，不仅答应了，态度也好了许多："行，看你们也不像他们说的那些乱七八糟的人。我估计孙琴、孙生应该过不了几天就要回来了。我要是有消息了，就跟你们打声招呼，成吧？"

孙琴、孙生便是孙马的妹妹和弟弟。

"哎，行。"虞书鹤笑吟吟送刘嫂子下了几级台阶，"那麻烦您了啊。"

"没事儿。哦对了，我这儿包饭，待会儿到饭点了我喊你们下来吃。"刘嫂子乐呵呵地一边数钱，一边倚着楼梯扶手往楼下走。

邵冬吟望着空荡荡的只有一张双人床和一张书桌的房间，唤虞书鹤进屋，把门关上，问他："这怎么睡啊？"

"在床上睡啊。"虞书鹤从行李箱里拿出一个睡袋放在床上，指了指阴湿的地面，"水泥地湿气重，睡地上对身体不好。"

邵冬吟瞅着那睡袋，觉得虞书鹤用睡袋睡觉，这样跟自己在同一张床上躺着也没什么。

她爬上床扯过毯子盖在自己肚子上："行，那我睡一会儿，有事等我睡醒再说吧。"

她昨天一晚上都没怎么睡，这会儿正困得脑袋发晕，没心思问虞书鹤为什么不按照她说的来，非要说他俩是夫妻。

闭上眼睛，她很快便进入梦乡。

“哎哟，不好意思啊，我想喊你们起来吃饭的。”

炸耳朵的女声响起，惊得邵冬吟从睡梦中强行脱离。她迷迷糊糊地睁开眼，半撑起身子，瞧见刘嫂子正要将房门带上。

困倦吞噬了她的意识，她觉得自己好像才睡了几分钟。重新闭上眼躺了回去，她调整了一下睡姿，含含糊糊地说：“你去吃吧，我不……”

不对，这床单触感不对，怎么还有温度和起伏呢？她闭着眼睛摸摸索索。

“你……”虞书鹤下意识甩开在自己身上乱摸的手，慵懒的嗓音里夹杂着不满。只吐出了一个字，他忽然惊觉到了什么，话音戛然而止。

躺在床上的两人不约而同地睁开眼，霎时间，四目相对，鼻尖与鼻尖的距离还不足一指。

邵冬吟皱着眉猛地推了把虞书鹤，翻身到床边，冷硬地问：“你昨儿睡了一晚上，你怎么又上床睡了？”

“我又困了，不行吗？”虞书鹤一脸坦然，趁着邵冬吟注意力全放在他脸上，他不动声色地把邵冬吟踢开的毯子盖到了自己的下半身。

昨晚他根本没睡，直到快天亮才眯了一会儿。

邵冬吟给他盖毯子，邵冬吟温柔地笑，还有邵冬吟和鲁长后半夜轻声说的话，他全都知道。

他翻了个身，背对着邵冬吟，懊恼地“啧”了一声，静静地等自己的身体平息下来。

早知道他就不睡了，不然他也不会做那种奇奇怪怪的梦。梦里的那张脸，到现在还在他的脑海里挥之不去。

感觉到邵冬吟一直盯着他后脑勺看，他又回头看了眼邵冬吟。

梦里神情温柔的脸，此刻覆满了冰霜。

邵冬吟盯着他垫在身下的睡袋，一字一顿地讽刺：“那你怎么不用睡袋？睡袋拿出来当床单用的？”

虞书鹤抿着嘴不出声，耳根子热了起来，心扑通扑通跳得厉害，这感觉甚是陌生。

邵冬吟无心再睡，憋着一肚子气起了床，穿好鞋子下了楼。她每一步都走得很用力，像踩在虞书鹤身上似的，重到楼梯发出“咚咚”的响声。

虞书鹤翻了个身，平躺在床上，手臂盖住脸，做了好一会儿深呼吸，最终还是忍不住，不得不跳下床冲到卫生间。

刘嫂子拉了张桌子在客厅里吃饭，她一个人边吃边看电视，听到动静也没抬眼：“饭在厨房，吃多少装多少哈。”

邵冬吟进厨房盛饭，虞书鹤则不声不响地出现在她身边，手上拿着他自带的碗筷，也不知什么时候过来的。

他压低了声音说：“就算你要同我生气，也不能当着刘嫂子的面闹，她要是看出不对劲，你要怎么解释？”

邵冬吟嘴唇紧抿，嘴角微微向下，她随手把饭勺扔进饭锅，“当啷”一声。

虞书鹤瞄了眼邵冬吟，不知为何，视线总往她裸露的颈部上落，心脏又开始节奏凌乱地乱跳，一股热流从小腹蹿起。他喉结上下滑动：“今晚我睡地上。”

“地上湿气重。”邵冬吟透着寒意的视线落在他身上，“你裹好你的睡袋睡觉就成了，别又把睡袋当床单。”

虞书鹤比她年纪小，且她也知道他不是故意的。这般想，她气消了不少，不再冷着脸，但也依旧没什么好脸色。

她等虞书鹤一起走出厨房，并排在沙发上坐下，闷头吃饭，菜都没夹几筷子。

虞书鹤则只吃自己碗里的白饭，菜一口都没吃。

刘嫂子趁着电视剧插播广告的工夫，扭过头来看他俩：“你们怎么了？怎么睡了一觉就闹起别扭来了？”

“没……”

“她做了不好的梦，醒来后把错都怪我身上了。”虞书鹤适时打断邵冬吟。

人家都看出不对劲了，再说没有，这不是招人怀疑吗？

邵冬吟不再说话，闷头吃饭，她撒谎确实不如虞书鹤厉害。

“梦而已，又不是真的，你说你跟他闹什么呢。”刘嫂子发挥起她的大妈本质，一只手端饭碗，一只手拿筷，以过来人的姿态训起了邵冬吟。

邵冬吟左耳进右耳出，把小家子气女人的模样演了个十成十。

虞书鹤则尽心尽力地演着他的“三好丈夫”，在刘嫂子扒饭的时候，说几句邵冬吟的好，把刘嫂子乐呵得眼睛都眯起来了，她操着一口乡下口音对邵冬吟说：“你男人是真好，你可得好好珍惜。”她站起来拍拍邵冬吟的肩，“听大婶的，别闹了，再闹就矫情了。”

邵冬吟嘴上“嗯”了一声，在刘嫂子去厨房盛饭时，横了眼笑眯眯的虞书鹤。

他倒是真够入戏的。

刘嫂子装了第二碗饭过来，抬眼一瞅，电视剧竟然没了，开始放地方台新闻了，便关了电视。

邵冬吟吃饭的速度慢了下来，觑着刘嫂子，觉得她心情不错，试探性地问：“嫂子，你知道我哥我姐现在去哪儿了吗？”

刘嫂子把碗往桌上一放，“哐当”一声：“你问这个干什么？我不是都说了嘛，过两天他俩就回来了。”

虞书鹤开始唱起了红脸：“嫂子，她是怕我爸撑不住，心急了。我爸就算再不好，那也是我爸……”他说到此处，叹了一声。

刘嫂子重又端起饭碗：“怎么说呢，你们确实也无辜。但我说句难听的，你爸也忒不是东西了。当初要不是孙马搞到一笔钱，就你哥你姐那情况，哪能活成现在这样啊，说不定俩兄妹早就出去要饭了。你看看你啊，你自己也说了家里有资产，肯定从小没吃过苦吧？都是一个爹生的，他怎么就……”

刘嫂子噼里啪啦一顿数落，主要都是在责备孙马的父亲没良心。但邵冬吟和虞书鹤关注的重点却在于：孙马当年搞到了一笔钱……

能够支撑两兄妹出国留学，这笔钱肯定不是一笔小数目。那么，在被抓走之前一直待在孙家村的孙马，是从哪儿弄来的这笔钱？

邵冬吟和虞书鹤的眼神有一瞬间的交会。

邵冬吟微微撇着嘴，显露出几分委屈样。刘嫂子止住话："也不是在骂你，唉……反正这事要我们村里人知道了，没几个不骂的。"

虞书鹤颇为苦恼："我有点怕我哥我姐看到我俩会比您更气。您看……您能不能帮忙想想办法啊？"

刘嫂子兜里的两千块钱还没焐热乎呢，她心里清楚这两千块肯定不只是住宿费。俗话说，拿人手短。她眼珠子转了转，嘴里吧唧吧唧嚼着饭菜。

"这……孙琴和孙生的妈都死了，他们在我们这儿唯一的亲戚就是外婆那边的了。他们上次回来，有去看过他们外婆。这次回来，估计也还是为了看他们外婆。"

顿了顿，她又吃了口饭："你俩要是不怕被打被骂的话，买点礼物送去给他们外婆吧，态度诚恳点，多认错。他们外婆人不错，年纪又大了，心一软，没准儿会帮你们讲两句好话。"

这么说来，那这外婆一家，应当就是孙马死前没多久才开始与孙家来往的亲戚了。

"谢谢嫂子。"虞书鹤亲昵地叫着嫂子，那语气亲得活像刘嫂子的亲弟弟似的。他转过脸来冲邵冬吟笑，"那咱们明儿就去镇上先买东西，然后去看看外婆吧。”

刘嫂子哼哼两声，站起身，筷子在空中划拉两下：“你俩确实是没吃过苦，真够天真的，明天可别被人一骂就气得走人。虽然不是你们的错，但谁叫你妈好的不学，学人做小三呢。”

她回厨房又盛了一碗饭出来吃。

话套得差不多了，虞书鹤和邵冬吟飞速扒拉完各自碗里的饭，十分识趣地端着碗到厨房自己洗了。

这一举动让刘嫂子对他俩的印象又好上几分，在他俩上楼时扬声道：“明儿你们先看看他们舅舅在不在家，要是他们舅舅在家可小心点。他舅舅会打人！”

翌日清晨，虞书鹤和邵冬吟准备去镇上买些送给孙马外婆的礼物。

村子落后，没有公交车，刘嫂子把她那辆电动车借了出来。

邵冬吟不会骑，虞书鹤骑着电动车载她，在村里的小道上慢慢悠悠地行驶。

他们是外来人，虞书鹤颀秀的身材在村里本就惹人注目，在田里锄地的人纷纷向他们投来异样的目光。

邵冬吟紧紧搂着他的腰，耳边是呼呼作响的风声。

他身上的淡淡香气蹿入她的鼻子里，直冲大脑，将她的思绪搅得一团乱，脸上渐渐烧起来。

这是她从小到大，第一次这样抱着异性。

她有意微微松了手，不料车子陡然走起了蛇形，吓得她又连忙搂紧他。

低沉的声音里带着调笑，顺着风飘入她耳朵里："小心掉下去。"

她皱了皱眉头，在他腰上狠掐一把。

他低低发出一声抽气声，嘴角依旧翘着，好心情写在脸上。

这是他从小到大，第一次这样被异性抱着。

买了两罐老年奶粉和一袋桂圆，邵冬吟直接去了孙家村隔壁的马家村。一路问过去，摸索到孙马的外婆家。

孙马外婆住的是个青砖搭的老房子，年头久了，砖缝里长了青苔。小门敞着，门口有一耄耋之年的老太太正坐在廊檐下的小竹板凳上，眼瞅着一个地儿发呆，不知在看什么。

她身旁蹲着个头发花白的中年妇女，正捧着小碗一口一口给老人喂糊糊。

邵冬吟与虞书鹤走上前去。

虞书鹤微笑着半弯下腰来，同那中年妇女搭话："这位阿姨，请问这是孙生的外婆家吗？"

老太太听到孙生的名字有了反应，抬头看虞书鹤，因为没牙而瘪下去的嘴嚅动了两下，声音似糨糊般黏稠且含混不清，听得虞书鹤和邵冬吟都一头雾水。

中年妇女继续给她喂糊糊，说："她问你们是哪个？"

"哦，我爸是孙成。"

中年妇女的声音尖锐得仿佛能刺破人的耳膜："孙成？你爸是孙成？"

她把装糊糊的碗随手往地上一放，站起身来，满目愤慨，憋着股气问："你妈是谁啊？"

"我妈叫刘桂芳。"虞书鹤放低姿态，"我爸快不行了，他临死前想见我哥哥姐姐一面。"

"哪个是你哥姐！我可没生你这个儿子！"中年妇女高声咆哮，胸口剧烈地起伏着，脸上写满了怨恨。

这怨恨不是对着虞书鹤的，而是对孙成的。

她喘了会儿粗气，唇瓣抖得像嘴里含了滚烫开水似的，眼眶渐渐红了起来："他要死了？"

"请问您是马金花阿姨吗？"邵冬吟凑上前去，想跟她套近乎。

"哪个是你阿姨！"马金花胡乱推开她的手，扶着老太太就要进屋。

中年妇女态度不好，但承认了她就是马金花。

邵冬吟暗自惊讶，马金花不是身患重病瘫痪在床吗？可眼前的女人分明是个身体健康的妇女啊！

虞书鹤不动声色，跟上马金花："阿姨，我爸现在知道错了。他知道哥姐以前过得苦，想用攒了一辈子的积蓄补偿他们……"

马金花顿住脚步，回过头来瞪着虞书鹤："到死才知道错了？早干什么去了！"

老太太嚅动着嘴巴哼唧了两句，马金花没好气地斥了声："你别管！”

她回过头来，怒目圆睁：“你回去跟孙成说，想让我儿子女儿去看他，不可能！我儿子女儿现在过得好得很，有钱得很，不缺他那点钱！”她说得唾沫星子横飞，“还有你啊，你爸留下的财产你就不想要？你有那么好心给我们送钱来？别搁我这儿装好人，老娘不吃这一套！”

她正怒火中烧，失了理智。

邵冬吟眼珠子转了转，适时插了一句：“阿姨，我们知道你们家的情况，孙马以前杀了人……”

“你放屁！”马金花把老太太推进屋，转过身来指着邵冬吟的鼻子骂，“我一看你们就不是好东西，竟然跑这儿来污蔑我儿子杀人？我儿子才没有杀人！要不是因为孙成不负责任，我儿子也不至于还没娶媳妇儿就……”

马金花气得浑身发抖，意识到自己险些说漏了嘴，才咬着牙没有把话继续说下去。她随手把靠在门边的扁担拿在手上，对着虞书鹤和邵冬吟像赶鸭子似的驱赶：“滚！都滚！让他死了心吧！哪个都不可能去看他的！”

她大步跨进屋里，“哐啷”一声把小门锁了起来。

得了想要的信息，邵冬吟对虞书鹤轻声说：“走吧。”

“再等等。”虞书鹤站在门前不动，“都说是来请孙生、孙琴去参加孙成葬礼的了，咱们总得把这戏做足了才行。”

邵冬吟怔了几秒，到门口去拍门板，大声喊：“阿姨，您开开门吧，咱们有话好好说啊。以前我公公是做得不对，但他现在已经快不行了，过去的事就让它过去吧。我公公就想看我哥姐一眼，您就让他看一眼吧。”

屋里没人吭声，邻居倒都被吸引出来了。

目的达成。

邵冬吟脸上挂上了失落的神情，无奈又苦闷地叹了口气。

突然，一道亮光在人群中闪了一下。她和虞书鹤同时戒备地望过去，一个穿卡其布工装的人恰好背过身去，朝人群外走。

有人在拍他们!

虞书鹤与她对视一眼，把奶粉和桂圆拎着坐回电动车上，他们从人群自动让开的小道骑出去，回了孙家村。

刘嫂子正坐在门口择菜，听到动静抬起头：“咋的啦，被赶回来啦？”

虞书鹤苦恼地点点头，把奶粉和桂圆都放在刘嫂子手边：“嫂子，这个给您吧。”

“哟，这是怎么了？今天不成，你明天再拎东西去就是了，干吗把东西给我啊？”刘嫂子嘴上这么说，手上却不客气，把东西拎进她屋里。

邵冬吟噘着嘴说：“马阿姨在那儿照顾外婆呢。有她在，哥姐更不可能跟我们回去了。”

“她回来啦？那你们还是死了这条心吧。”

回来？邵冬吟抓到重点，漫不经心地说：“我听说马阿姨不是得了重病身体不行了吗？可我今儿看她身体好得很呢……”

虞书鹤责备地斜她一眼：“你怎么说话呢！”

邵冬吟撇了撇嘴，不吭声。

刘嫂子拿人手短，嘴巴不再像先前那样严实。她掐着菜说：“她才没得过病，那是她家孙马以前搞出的名头，为了骗人捐款的。那时候有个国外的叫什么傻的慈善组织，是真傻，给他们家捐了好大一笔钱呢。后来孙马不是犯事了嘛，三人就出国了，好多年都没回来过。”

“前两天孙生、孙琴回来叫人看见了，但我没听人说马金花竟然也回来了。”刘嫂子说着就开始自言自语地犯嘀咕，“她老娘可能要活不长了，回来看她老娘的吧？”

刘嫂子说的与他们以前打听出来的消息可谓大相径庭。

虞书鹤点点头：“这样啊……他们也不容易，唉……”

“是啊，他们一家子以前过得可苦呢。”刘嫂子拉了张小板凳给虞书鹤坐，开始说起了孙马家的往事，一边说一边不忘辱骂孙成不是东西。

邵冬吟趁此机会上楼，先发了个短信给老吴，而后开始收拾两人的东西。

待做好这些事，她给老吴打电话，小跑着冲下楼：“老公，舅舅打电话来说咱爸要不行了，叫咱们赶快回去，这怎么办呀？”她苦着脸，“咱们这真是白跑一趟！”

虞书鹤被她一句“老公”叫得心肝一颤，强装镇定，说：“你快去叫辆车，咱们这就回去。总不能爸死的时候，身边一个子女都没有吧。”

刘嫂子一听，“哎哟”了一声，怕他们提起住宿费的事，催促道：“那你们还不赶快上楼收拾东西去！”

虞书鹤小跑着跟邵冬吟一起到楼上，站在窗口向楼下张望。

院前的小路上还没什么人，他们拎着行李就下了楼。

这一时半会儿，鲁长赶不过来。

虞书鹤的眼睛在院里停着的电动车上流转，掏了五千块钱递到刘嫂子面前：“嫂子，刚刚我媳妇儿已经订了十点的火车票了，现在都八点四十分了，再等车就怕来不及了。您看您能把院里那车卖我们不？这五千块钱给您，您再去买辆新的。”

刘嫂子乐呵呵接了钱，边数钱边叹：“哎呀，你俩真够孝顺的，怎么摊上那么个爸呢。”

虞书鹤无心与她多聊，拿了车钥匙带着邵冬吟坐上去。

“嫂子，帮忙开个门吧。”

刘嫂子连声应了，笑得脸上的褶皱都开出花来，一手拿着钱，一手去拉大门。

虞书鹤骑着车上了小路，把速度拉到最大，向镇上疾驰。

风在耳边呼啸，混着农村特有的泥腥味直往两人脸上刮。初升的太阳逐渐往天空中间挪，挪到哪儿，洁白如雪的云便在哪儿散开。

日头渐热，阳光渐烈。

刘嫂子正准备将门关上，四五个男人突然往门口一堵。她赶紧把钱塞衣服里，粗声粗气地吼："洗澡还是咋的，澡堂还没开门呢。"

一个穿卡其布工装的平头男人上前来套近乎："嫂子，是我，隔壁村小何。我跟您闺女初中的时候是同班同学，您还记得我不？"

刘嫂子将小何从头到脚打量一番："你来这儿有啥事啊？我闺女在外头上班呢，不在家。"

"我来不是要找您闺女的。"小何掏出一张刚刚打印出来的照片给刘嫂子看。

照片上赫然是虞书鹤与邵冬吟，背景是在孙生外婆家门前。

"这两人您认识不？他们这两天是不是住在您这儿？"

刘嫂子扫了眼照片，又看看小何身后那几个板着脸的男人，点点头："是，他们这几天是住我这儿，今儿一大早就退房走了。咋，你找他们啊？这时候我估计他们都已经坐上车了吧。"

毕竟收了人家七千块，眼瞅着这几个人不像正路子上的，刘嫂子稍作思量，说了假话。

电动车在近十点时驶到车站前，电量已不剩多少了。找了个偏僻地儿把车停下，邵冬吟和虞书鹤没去买火车票，怕暴露行踪。

两人假装旅客混在车站门口，在服务台旁的长凳上休息。服务台旁有保安，算是有份安全保障。

老吴发来短信说鲁长今天跑白班，来不了了，他自己正开车赶过来。

邵冬吟回了短信说不急，叫他路上注意安全。

虞书鹤把行李丢给她，去车站旁的小超市买了饼干和水。

临近中午，阳光火辣辣的，照得人眼皮子都发热，被阳光晒着的肌肤就像是被火炉烤过，开始发红。

虞书鹤从行李箱里翻出件薄外套来，盖在头上挡太阳。邵冬吟睨他一眼，他弯下腰，跟她挤在一起，让外套也盖得到她。

外套盖在两人头上，形成一个狭小的空间。

她没说话，小口小口地吃饼干，喝矿泉水。他正对着她的侧脸，视线定在她脸上，轻轻的呼吸像羽毛似的搔着她的耳朵。

“你不吃吗？”邵冬吟转头把饼干递给他，对着他的脸怔了两秒，然后把饼干往他嘴里一塞，转过头去拧开矿泉水瓶盖，一口气喝掉半瓶水，才将脸上的热散去。

他嚼着饼干，用满是笑意的声音问：“脸怎么这么红？”

“太热了。”她用手当作扇子扇了扇脸。

虞书鹤挑了挑眉，把矿泉水从她手上拿过来，喝了一口，眯着眼睛向远处眺望。

有四五个人正从停车场往这儿走。除了领头一人拿着张彩印纸，一会儿低头看纸，一会儿四处张望，其余人两手空空，没带任何东西。

他们在找人。

虞书鹤拉了拉盖在头上的衣服，转过去面对着邵冬吟。这一转身，他温热的呼吸喷到她脸上，烫红了她的脸，以至于她的手肘无意打翻了他手上的矿泉水瓶，她都毫无察觉。

塑料瓶掉在地上，清澈的水顺着瓶口汩汩流淌，洇湿了他们脚下的地面。

她迷茫地看着他，张了张口。虞书鹤抬手捂住她的嘴，嘘了一声，示意她去看那几个正向他们走来的人。

那几人走到车站门口，视线往他俩身上一扫，拐过弯朝他们走来。还未走近，他们抬眼便看见服务台旁巡逻的保安，有所顾忌地停在原地，面面相觑。

小何掏出手机，与备注为“老板”的人联系，很快得了指令，领着人离开了。

虞书鹤皱着眉目送他们消失在车站，心头没有感到半分轻松，眼眸中多了几分深沉，若有所思地低下了头。

晚上八点，老吴总算开车到了这偏僻的地方，接邵冬吟与虞书鹤上了车。

虞书鹤上了车就把妆卸了，老吴边开车边问：“发生什么事了？怎么今天这么急着要回去？”

“有人在监视孙马家的人，我们可能暴露了。怕出事，所以想赶紧回去。”邵冬吟说着，拿出电脑在网上搜索国外慈善机构有哪些。

虞书鹤望着窗外漆黑的夜空，一言不发。

天幕像是被泼上了纯黑的颜料，厚重的乌云在天边翻滚，营造出天欲坠塌的假象。

明天，天气不会很好。

“那你们查到什么没有？”

“嗯。马金花没有身染重病，据他们村里的人说，当初马金花是为了骗一个国外的慈善机构捐钱装病的。去了国外的不只是孙马的弟弟妹妹，马金花也一起去了。”邵冬吟无论怎么搜，都搜不出一个名字与“傻”字谐音的慈善组织，她紧了眉头。

没有哪个慈善机构在捐款前会不去调查受捐人的真实情况就直接捐钱的。全村人都知道马金花没病，捐钱的机构会不知道？

“慈善机构？叫什么名字？”老吴问道。

“有个大婶说叫‘傻’，我估计是和‘傻’谐音的一个组织。”邵冬吟不断更换关键词，还是搜不出这个带“傻”字的慈善机构。

“傻？”老吴连念了好几声傻，恍然大悟般睁大眼睛，抬高音量，“是不是SAN？”

“SAN？”邵冬吟眼眸一亮。

在搜索引擎里输入SAN，许多与慈善无关的信息跳了出来，她一页一页地往下翻。

老吴说：“你不是让我调查陈彤家和那个律师的经济情况吗？我一开始查那个王律师，什么都没查出来。后来我去查陈彤她妈赵美芳那边，发现陈彤外婆那儿有问题。有一个叫SAN的慈善机构，打着给陈彤外婆治疗胃癌的名头，捐助了两百万。这两百万进了陈彤外婆卡里的当天，就被转进了赵美芳的卡里。”

伴着老吴的说话声，邵冬吟的电脑屏幕上总算跳出了有关SAN慈善机构的信息。

这是一个本部设立在泰国的慈善机构。机构规模不大，主要在泰国与越南周边开展援助贫困儿童的活动。跳出的信息上，还配有几张贫困儿童手持感谢条幅的照片。

除此以外，再无其他相关资料。

邵冬吟揉了揉酸胀的眼，不满地重重呼出口气。

她就像是干渴的旅人游走在漫无边际的沙漠中，好不容易发现流水的痕迹，顺着痕迹寻过去，却发现源头是一片已经干涸的湖泊。

“后来我又返回去调查王律师身边的人，发现他老婆的二姑奶奶家竟然同时接受过 SAN 的援助。不过这笔钱一直在他老婆的二姑奶奶家，我也不确定这钱是不是给他的。”老吴继续说。

邵冬吟盯着电脑上的照片，陷入沉思。

“哎，你不是查过孙马家吗？你知道他家有没有什么来路不明的钱？”老吴等绿灯时，对虞书鹤说。

虞书鹤清明的眸中映出深邃的夜色，他摇了摇头：“马金花和她子女卡上都没什么钱。或许那钱是一直放在别人那儿，村里人不知道其中内幕，但了解到马金花手上有钱，才会以为慈善组织是直接捐款给马金花的？”

“传言嘛，都是这样。一传十，十传百，传到最后，张三也能说成李四，传错了很正常。”邵冬吟头靠在车窗上，随口一说。

她瞳孔中倒映出窗外不断滑过的风景，路灯的橘光在夜色与车速的影响下，逐渐连成一条线。

宛如在沙漠中行走的她，找到了一条新的溪流。

“你还记得马金花说过的话吗？”邵冬吟看向虞书鹤。

虞书鹤睨着她：“嗯？”

自上车后，他就一直心不在焉，老吴与邵冬吟此刻都察觉到了。

“马金花说，孙马没杀人。要不是孙成不负责任，孙马也不至于……她说到这儿就停下来了，孙马不至于什么呢？”她继续说出自己的猜想，“会不会是，孙马不至于为了钱去代人顶罪？”

虞书鹤的目光陡然犀利起来：“你手上的案子我多少也了解过。如果按照你的想法推测的话，那么……”

他说话慢悠悠的，老吴是个急性子，直接抢了他的话：“陈佳佳没杀人，陈彤父母和王律师拿了钱在污蔑陈佳佳。哦，难怪他们是突然指控陈佳佳的。可是，陈佳佳和他们有什么仇？他们干吗要污蔑陈佳佳呢？”

车里安静下来，后半夜的低温侵入车内，令车内的人冷得手臂上起了鸡皮疙瘩。

事实若真如他们所想，SAN 哪里是一个慈善机构，说是一个掩藏罪恶的组织还差不多。

车随着夜风驶入云间城。

城内灯火通明，城市上方浓云如盖，天边“轰隆”一声，一道闪电在云中蹿过，稍纵即逝。

要下雨了。

邵冬吟闭了闭眼，疲倦地把电脑丢到一旁，眼底微泛乌青。

虞书鹤脱下外套，扔到邵冬吟身上。

邵冬吟低头看了眼，手拎起外套的领子，尚未来得及做其他动作，虞书鹤把外套从她手上抽走，倾身盖在她身上。

“你睡一会儿吧。”

她无意间碰到他的手，冰冰的。她又重新拿起衣服，想还他，虞书鹤已起身坐到后座去了。

“等我回去之后，不要再主动联系我。”

她转过身看了他一眼。

虞书鹤嘴角扬起，笑得有些勾人：“等我联系你。”

邵冬吟抿了抿唇，没应声，坐正了，把衣服盖在身上，闭目休息。

“如果我三天没联系你……”他闷闷的声音从后座传来，携着夜间的凉意，“算了……”

她心里“咯噔”一下。

他的心不在焉不是没有理由的。

今天那几个人追到他们面前却突然离开，也不会是没有理由的。

雨滴“啪嗒啪嗒”敲打在车窗上，就像好不容易收集好的一袋豆子突然被撞散，掉落在玻璃上一样让人心烦。轰隆轰隆的雷鸣，如炮仗般不定时在人耳边炸开，让人的心跳时不时随着惊雷炸响漏拍。

车驶入市中心，路灯的光亮在雨幕中变得朦胧。

“在这儿停吧。”

虞书鹤叫老吴把车停在一家银行门口，拉开车门。

邵冬吟把他的外套递过去，他头也不转地下了车，自然也没去接自己的外套。

他消失在雨幕中。

“他家住哪儿啊？那边的小区？”老吴探头向外看。

青白阴沉的天色里，偶有车辆在路上行驶，溅起低洼处一摊脏污水渍。

从虚空中跌落到地面如断了线的透明珠子，几乎要连成一条线，没了车门的阻隔，唰唰下落的雨珠就像打在她身上一样。

她切身感受到了黏湿与冰冷。

“不是。”

心跳的扑通扑通声沉重而缓慢地传入她的耳朵里，担忧从唇畔流露出：“他家离这儿挺远的。”

近日是否阴雨连绵？

近日是否见不到太阳？

她查了天气预报，心中还是没个准数。

嘀嗒——嘀嗒——嘀嗒——

秒针一顿一顿地行走着，重复不断地指向那些它已经路过无数次的数字。

现在是 22:15 分。

下了三天的雨，在今天傍晚停了。

这场雨似乎是一针清凉剂，夏季绵长的热在雨后消失，料峭秋寒混着阴湿的空气，被凉风送入室内。

门被拍得“砰砰”响，呵斥中的怒意穿透门板：“虞书鹤，你给我开门！”

虞嘉烨开始踹门，墙上的挂画随着门的震动摇摇晃晃，门却纹丝不动，紧紧与墙壁并排，坚守岗位。

虞书鹤站在拆了防盗栏的窗台上，从窗户爬到房顶，再顺着房梁爬到住着佣人的偏房顶上，踩着一层一层的空调外机往下爬。

一系列动作流利又熟练，类似的逃脱他做过无数次。

从后院的墙翻出去，他上了一辆混在夜色里的车。车随即启动，向城外疾驰。

虞书鹤坐在后座上休息，虞振中把虞书鹤的手机扔还给他："有个叫邵冬吟的给你打了很多电话。"

虞书鹤沾了院墙污渍的手抹了抹手机屏幕，看了眼屏幕上显示的 31 个未接电话，嘴角扬了扬，一股从未有过的充实感填满心房。

他把手机恢复成出厂模式，让虞振中打开车窗，然后将手机扔了出去。

三天前，他回到云间城，虞立文不出所料地在他居住的小区门口等着他。

虞立文说他又发病了，他便如虞立文所愿地发了场"病"。这次，虞立文没有把他送去精神病院。

他被虞立文以照顾的名义带回家里关了起来。

他的活动范围只有他的房间。手机被收走，楼下时刻有保安巡逻，他一直没法儿与外界取得联系。

还好，虞家还有一位从小就一直在帮他的六叔虞振中。

帮他逃跑这种事，虞振中做了无数次。这次，虞振中感到一丝不对劲。

虞立文以前不管怎么样，表面上的和善总是要维持的，可这次……

“你到底做了什么，这三天虞立文总是急急躁躁的？”虞振中从后视镜里看虞书鹤。

虞书鹤不以为意地笑了笑说：“没什么，就是发现了国外一个很善良的慈善机构，做慈善都做到国内来了。”

车在路上突然扭出个蛇形，虞振中握紧方向盘，把车开回到正常路线上。

虞书鹤瞳孔收缩了一下，眸光暗沉下来，笑意褪去，唇抿成一条线，盯着后视镜里映出的虞振中的脸看。

虞振中握方向盘的手松了又紧，嘴巴张了又闭。

“书鹤，其实我……”

一道刺眼的光线从后方打过来，虞书鹤脸上添了几分严肃，他幽幽地说：“他们要追上来了。”

虞振中不再多想，不再心神不宁，一脚油门，车在通往城外的小路上飞驰。

车在城外一座私人山庄的山脚下放慢了速度，虞书鹤别有深意地看了虞振中一眼，找准恰好能挡住后面视野的拐弯路段跳车，不作停留，朝山上跑去。

虞振中紧拧着眉，心思凝重，吸引着跟在后面的车辆远去。

02:14。

邵冬吟被手机振动的嗡嗡声吵醒，亮着的屏幕上方显示着此刻的时间。

陌生的号码让她愣了一下，犹豫片刻，接了电话。

“是我。”

邵冬吟长长地松了口气：“我给你打了很多电话你都没接，我还以为你出事了。”

虞书鹤笑了起来，声音闷闷的，像是在有意克制。他问：“你是不是很担心我？”

邵冬吟没有多想：“当然啊。”

他可能早就意识不对，那天他离去时，大义凛然得像是在同他们诀别。

虞书鹤心头熨帖，感觉有一缕温暖从电话里传出来，将他包裹住了。

这是十岁以后他第一次听见有人说担心他。

苏婉坐在虞书鹤身边，在给虞立文打电话。年近耄耋的她，举手投足间依旧优雅。她冷着脸，清淡地“嗯嗯”了两声：“嗯，在我这儿。”

虞立文顿了顿，说：“那我现在就去接他？我怕他又犯病，打扰到您。”

“不用你接，他留在这儿陪我过中秋。”苏婉睨了眼捧着手机不知道在笑什么的虞书鹤，眼底有了一丝温情，声音却比这初秋的后半夜还要寒凉，“立文啊，不管怎么样，书鹤都是我的亲孙子。”

“是，这是当然的。我也一直念着这点，想好好照顾他，只是……”

“你不必在我这儿玩这套。”苏婉说话慢悠悠的，高高在上的姿态浑然天成，“现在人人都知道你是我的儿子，你是虞氏的掌权人，你的儿子嘉烨年轻有为。人们都忘了我其实还有亲儿子，有亲孙子。”

虞立文沉默不语，苏婉说：“倘若有一天，书鹤因为什么不好的消息让大家想起，他才是虞氏真正的继承人，你就别怪我这个老太太黄土都埋到脖子了，还不肯放过你！”

不待虞立文多言，苏婉便挂断了电话。

虞书鹤手挡着手机的话筒，怕苏婉说的话被邵冬吟听见。

他同邵冬吟说了这几天的情况，所有遭遇轻描淡写一语带过，好像他这几天只是进行了场平淡无味的旅行似的。

邵冬吟心知这份平淡下的惊心动魄，并不刻意去撕开平静湖面的假象，去搅动湖下翻涌的暗流。

“你没事就好。”邵冬吟没了睡意，起床翻出这两天她找到的资料，“吴叔又查到了些有关孙马家人的事，电话里说不方便，你现在在哪儿？我去找你。”

虞书鹤迟疑了几秒，报了地址。邵冬吟要挂电话，他又叮嘱一句：“注意安全。”

“知道。”

电话被挂断，虞书鹤放下手机，看了眼盯着他的苏婉。

“小姑娘？”

“嗯。”

“叫什么名字？”

“邵冬吟。”

苏婉沉默着眨了眨眼，眼神变得蒙眬起来，一个模样斯文的男人出现在她眼前。她说：“叫她要过来就快点过来，迟了虞立文的人就要来外面守着了。”

“嗯。”

邵冬吟自己开车，凌晨四点多的时候到了山脚下。

黎明前，恰是夜最黑的时候。空中无星无月，山路上无路灯照明。

下了车，她瞧见有个影影绰绰的人影从山路边向她走来，也不知他在这儿等了多久。

他把手上的外套披在她身上：“冷吗？”

山下可比山上温暖得多。

邵冬吟不自觉笑了下，拢了拢外套与他一起上车，由他指路，她将车开到山顶雕梁画栋的大院里。

山上的空气里飘着雨后的湿润，夹杂着植物的清新气息，让人心情渐渐平复下来。

他与她并排走着，邵冬吟从包里将老吴交给她的资料递给虞书鹤。他就着院中小道上的路灯看，这是一份银行流水账单。

开头就是一笔十四年前，数额为一千万的打款。后面除了那些取款，每年陆陆续续还有两百万的进账，直到两年前，这些进账才停止。

这笔款项的存入方式是跨国转账，来源是SAN慈善机构。

“这是孙马舅舅的账户。SAN没有把钱直接交给马金花或者孙生、孙琴，他的舅舅也没有在拿到钱之后一次性把钱给他们，而是每年给他们一笔生活费。”邵冬吟指了指账单上，账户主人时不时取出的几十万元，“而且他们不是通过转账的方式给钱，是直接给的现金。”

“也就是说，其实马金花或者孙生、孙琴，每年都会回国一趟来取钱。”虞书鹤调查过他们的账户，“可是我并没有看过他们有这么大笔的进账。”

两人走到门前，陷入了沉默，脚步顿住，蹙眉细思。

虞书鹤有了个大胆的想法：“他们会不会是把钱交给了与他们同行的人？”

邵冬吟点点头：“有可能。这次吴叔叫人去孙家村调查，村里的人嘴巴闭得更紧了，刘嫂子家也不给住人了，还有些外地人在村里漫无目的地游荡。他们不敢在那儿多待，查到这些就赶紧回来了。”

虞书鹤同邵冬吟进了屋，苏婉已经回房休息了。

大厅里静悄悄的，两人的脚步落在地板上发出的声音都仿佛会在整栋屋内回响。

虞书鹤领着邵冬吟到他房间，将门关上，从橱柜里捧出两床薄被扔在地上，说：“我们的猜测基本上可以证实了。”

孙马就是收了钱代人顶罪的。

“你能猜到真正的凶手是谁吗？”邵冬吟坐在床边，看着他在地上把被子铺开，好像准备打地铺，又问了一句，“你们家这么多房间，你干吗睡地上？”

“其他房间的门都是锁着的，钥匙在我奶奶手上。她已经睡了。”虞书鹤看了眼时间，“要不我跟你一起在床上睡？”

邵冬吟脸色黑了下来，虞书鹤反倒笑了。

她就当没有听过这个提议，又问了一遍：“你是不是大概猜到了凶手是谁？”

“猜不到，但多半还是我们虞家的人。”虞书鹤在地铺上坐下，拉了拉被子，盖着腿。

他心里浮现出了一个名字，眼眸的光芒暗淡下来。

邵冬吟脱了鞋睡到床上，也没脱衣服，靠着床头看他。

虞书鹤背对着她。

云间城里的普通人可能不会关注，但所谓上流圈子的人都知道，虞家是一个从古时到现在一直屹立不倒的大世家。

虞家人每代都是群聚而住，云间城最繁华城区里的一大块地界，住的几乎都是姓虞的。他们来往密切，虽能互相帮衬，但也导致虞家内部关系混乱。

普通人家都是一代亲二代表三代就拉倒的，在虞家别说三代了，就是四代五代六代，关系也像亲兄弟似的。

当然，也只是表面上的亲兄弟罢了。背地里，每个人的小算盘都打得啪啪响。

钱财就是把双刃剑，既能让人过上别人艳羡的生活，也能让人陷入无法想象的危险当中。

人为财死，有钱能使鬼推磨。

邵冬吟兀自轻轻摇了摇头，发出浅浅的一声叹息，她躺下来，拉过被子盖着下半身，闭目休息。

不知过了多久，天边泛出鱼肚白，天地间的颜色还是灰蒙蒙的青。

山里潮湿阴寒的晨风撩到睡在地板上的虞书鹤身上，他冷得缩了缩脖子，起身想去关窗，又鬼使神差地回头看了眼躺在床上的邵冬吟。

窗外的微芒在薄纱窗帘被风撩起的那刻溜进屋内，映照着她的面庞。

她白皙的肌肤在昏暗中被镀上了一层淡淡的华光。因为侧躺着，红润的嘴唇与半边脸被挤得看上去肉嘟嘟，安静平和的睡颜，像个孩子。

他起身，动作间发出细小的响声。他有意无意地关注她，见她眉头紧了一下，眼睫颤了颤，隐隐有要被吵醒的预兆，便又躺了回去。

他裹紧被子，侧卧着，一眨不眨地注视着她。

冷就冷吧。心底有个声音在说。

虞书鹤盯着她的睡颜，眯了眯眼。莫名的情绪在他心头酝酿，他开始觉得有点热了。

邵冬吟睁开眼，第一眼看见的是平躺在地上的虞书鹤。他的睡姿很端正，不像她……

现在是九点十分。

早晨温和的阳光将细碎的金色洒落在他脸上，他墨色的眉紧皱着，眼睫轻颤，带着秋凉的晨风从他身上刮过。

有噩梦将他缠绕，他的眉头紧了又紧，呼吸也凌乱起来。

她心中“咯噔”一下，起床向窗户迈出一步。

鞋底踏在木地板上，发出清脆的一声“嗒”，她脚步顿住，在原地脱了鞋，赤脚走到窗边，将窗户关上。

窗帘不再摇动。

她转过头走回到床边。

他的眉舒展开来。

有人闯入囚禁了他的漫长黑夜里，送来了好梦。

邵冬吟没有叫醒虞书鹤，发了条信息给他，算是留言，她出了房间到院里，打算顺着来时的路开车回城里。

她还有陈佳佳的案子要解决。

马上就要开庭了，她却查不到任何能直接证明陈彤父母陷害了陈佳佳的证据。

院里站着位头发全白的老太太，邵冬吟礼貌地对她颔首，说了声早。

苏婉不着痕迹地打量着她，微笑着指了指后院：“从那边的小路离开吧，前面有人守着。”

邵冬吟怔了怔，道了谢，开车一路畅通无阻地下山，驶向拘留所。

拘留所里，陈佳佳失魂落魄，看到邵冬吟过来，她抬了抬眼睛，又垂下眼皮，手紧紧地揪着自己的裤子。

邵冬吟在陈佳佳对面坐下，不等她开口，陈佳佳小声说：“我想认罪了。”

邵冬吟面色一凛：“你再说一遍？”

陈佳佳紧咬着唇，把唇咬出了青白色。她抬眸看着邵冬吟，突然凑近，颤声说：“王律师来找过我了。他说因为我，我爸妈都要崩溃了。我要是现在认罪，他可以帮忙把我家人安顿到别的地方去，不再被人指指点点。而我也只不过坐几年牢就可以了。”

邵冬吟冷着脸：“他就说了这些？”

陈佳佳挣扎了一番，咬牙说：“他还说，会给我们家一笔钱……”

“因为钱，你心动了？”

“我……”陈佳佳支支吾吾，“我也觉得这样下去不是办法。我不想待在这个地方了，还不如早了断早痛快。”她越说越激动，“再说了，王律师说这官司你已经赢不了，不管怎样我都是要坐牢的，我主动认罪还能拿到一笔钱，我……”

“只要你按我说的办，这官司我就赢得了。你不信自己的律师，信污蔑你的帮凶？”邵冬吟面色平静得像是永不会泛起波澜的镜面，“如果你认罪了，你一辈子都会被打上罪犯的标签。你的父母拿着那笔靠你背负冤罪得来的钱，他们能心安吗？你的父母有了你这么个犯罪的女儿，他们在别人面前还能抬得起头吗？”

陈佳佳低下头，身体颤抖着：“那我能怎么办，你要是输了，我不还得坐牢？我还是要被冤枉啊……我没杀人，我也不想当杀人犯啊……”她嗓音哑哑地呜咽。

邵冬吟手机振动了一下，收到了虞书鹤回的消息。

消息是关于一所市立精神病院一名医生的信息。

邵冬吟定定地注视着陈佳佳：“我相信你是无罪的。你也要相信，这场官司我会赢。”

陈佳佳仍是紧绷着身体，低着头，一声不吭。

……

守在屋外的警察突然听到一声惊叫。

他们冲进屋内，就见陈佳佳发了疯似的，目眦欲裂，两眼通红地扑向邵冬吟。

邵冬吟脖子上有明显的抓痕，她惊魂未定地贴着墙壁，胸口剧烈地起伏着，说：“我建议你们给她做一下精神状况的检查！”

九月十日，中秋节前五天，备受关注的陈佳佳案里的犯罪嫌疑人被诊断出精神分裂症，被送进了市立精神病院做治疗。

案件延审，视陈佳佳精神状况再考虑何时开庭。

· CHAPTER 3 ·
心有所想

打开房门，淡淡的香味扑面而来，那是她身上常有的香气。

邵冬吟把大门钥匙丢给虞书鹤，打开客房的门，站在房门口说：“你就暂时住这儿吧。这房子是我前两年买的，我偶尔跟我妈吵完架会住这儿来。”

吴胜邢帮虞书鹤把行李搬进客房，赔笑说：“不好意思啊，又要麻烦你。”

最近虞嘉烨盯上了虞书鹤，总想以他犯病的名头再把他抓回去。中秋节过后，虞书鹤就暂时搬到了吴胜邢家里住。

只是没住几天，虞嘉烨又追上门来了。吴胜邢没法儿跟虞家人撕破脸，又不能让虞嘉烨真的带走虞书鹤，干脆找邵冬吟借了房子。

邵冬吟房子周围住着老吴、老蔡他们几个，有他们照应，虞书鹤的安全算是有了份保障。

“没事。”邵冬吟帮忙收拾起客房来，“要不是调查了虞家的

案子，我也不会知道原来我手上这个案子背后有这么多的牵扯。”

虞书鹤的习惯很古怪，他不喜欢别人碰他时常接触到的东西。吴胜邢绕开床铺，把床铺留给他自己收拾，只帮忙擦擦地和窗户。

邵冬吟从主卧里搬出床单被褥，帮他铺上：“你先将就睡吧，等找个好天气再把被单拿出去晒一晒。”

吴胜邢转过头来恰好看到这一幕，连忙伸出手想叫邵冬吟别铺床。虞书鹤冷冷地睨了他一眼，暗示他闭嘴，转过头来对邵冬吟笑吟吟地道了谢，毫不在意的模样。

吴胜邢挠了挠头，疑惑又不解，书鹤是只会介意自己碰他常用的东西，还是只是不介意邵冬吟碰他常用的东西？

正收拾着，邵冬吟的手机振动起来，是老吴打来的电话。

她接起，电话那头的老吴说：“冬吟啊，你现在到我家来一趟吧，我有事跟你说。”

老吴知道今天邵冬吟帮虞书鹤搬家搬到了这儿，才把碰面地点定在了他家。

邵冬吟立刻应了，叫虞书鹤和吴胜邢放下手头的东西，随她一起去了老吴家。

吴婶来给他们开了门，在他们进门后，警惕地看了看楼上楼下有无旁人，然后才将门关上。

老吴家的客厅除了老吴，还坐着老蔡、鲁长他们几个。

邵冬吟一个个叔叫了过去，拉了张凳子同他们围着茶几坐下。

吴婶泡了三杯茶来，虞书鹤接了，道了谢，一口都没喝。

“最近孙家村那边是查不出什么了，我们把重点都放在了SAN这个机构上。”老吴从包里抽出一份资料放在茶几上推给邵冬吟，“这个人的舅爷爷曾经在十八年前获得过SAN的一笔善款，之后不久这个人就以杀人罪被判处了有期徒刑二十年。”

资料上的人名叫黄易，是信宁山区的人。他犯下杀人案的时候才二十岁。前两年因为在监狱表现良好，被提前释放，如今他已有三十八岁，和他的母亲相依为命。

吴胜邢对邵冬吟他们最近查到的SAN知道一点，他摸着下巴，问出了盘桓在他心头的疑惑：“SAN每次打钱都是给这些真正收款人的亲戚，这些人就不怕他们的亲戚起了贪念，把钱吞了，不给他们吗？”

“也许转给亲戚就是SAN安排好的。”邵冬吟说。

这不是她关注的重点，她的重点在于SAN究竟是个什么组织？黄易的这起案子是否也是一起冤案？

老吴说：“本来还想深入调查的，但是我们的人好像已经被盯上了。”

邵冬吟和虞书鹤同时抬眸盯着老吴，双双神情凝重。

鲁长说：“我跑货的时候顺带着在打听消息，前两天上夜班就发现有辆车一直在跟着我。不过他们也没做什么，就是跟着。我问了其他人，他们的情况也是一样。”他顿了顿，搓了搓手，“最近我们可能都得歇一歇了。”

邵冬吟的话中带上了浓浓歉意：“抱歉，把你们都卷进来了。”

鲁长无所谓地摆了摆手："这算什么。以前我们年轻的时候，干的事比这些都危险多了，要不是你爸拉我们一把，我们现在没准儿已经下去了。"

当年那个时候，社会还很乱，他们就是别人口中的黑社会，整天不干正事，惹了不少仇家。

邵冬吟仍觉得过意不去。

虞书鹤沉默片刻，说："很感谢你们帮忙查到了这么多。信宁山区这趟我自己去吧，等我查到消息，我会告诉你们的。"

老吴和鲁长等人皆盯着虞书鹤看，吴胜邢瞪着眼睛说："那可不行。你咋去啊，虞嘉烨现在可盯着你呢。你信不信你连云间城都出不了，就要被他抓回去。"

鲁长也幽幽地说："跟踪我们的人是明目张胆的，这说明他们根本不怕我们发现。我们都猜测这些人其实就是SAN的人。SAN表面上在泰国做慈善，实际上在国内安插了不少人。"

虞书鹤的记忆与鲁长的话串联起来，成了一条清晰的脉络："我和邵小姐在孙家村的时候，也被人盯上了，那人还带了四五个人到火车站来追堵过我们。我当时还以为他们是虞立文派来的，现在看来，也许他们就是SAN的人。"

"你怎么不早说？"邵冬吟话语中略带责备。那些人追到火车站又撤退了，她一直没敢确定他们到底是哪方的人。

虞书鹤笑了笑："我当时以为那是我们家的私事。"

吴胜邢替他解释道："以前他经常被虞家派人跟踪，他会这么想也不怪他。”

虞书鹤接着说：“我回去之后，虞立文如我所料地在我住的小区等着我，这说明他是知道我行踪的。现在看来，他是通过SAN了解到了我的行踪。”

客厅里的人皆陷入沉思。

“世界上真有那么巧的事吗？我父母的冤案与邵小姐手上的这起冤案，难道都是因为他们恰好得罪的是SAN里的人才会被SAN盯上？”

“SAN也许就是个拿钱办事的组织。雇主交足够的钱给他们，只需要告诉他们自己的意向，他们就会帮忙安排好一切事情。”邵冬吟嗓音低低地缓缓道出自己的想法。

“有人杀了你父母，SAN花钱请孙马来顶罪。有人害死了陈彤……”邵冬吟眉头紧锁，“陈彤父母说陈彤是自杀，SAN有什么理由要通过陈彤父母让陈佳佳来背负这个罪呢？”

“也许……是陈佳佳知道了什么连她自己都没意识到的秘密。要是直截了当地杀死陈佳佳，陈佳佳的父母有可能会发现陈佳佳留下的秘密；要是直截了当地杀了他们全家……这么大的案子，肯定会引起警方的高度重视，他们想要销毁的东西一旦被警察发现蛛丝马迹，躲藏在背后的人就很有可能会暴露。”虞书鹤的话语透着股阴森，“那些人的最终目的应该不是要陈佳佳坐牢，而是想通过陈佳佳的案子，让陈佳佳全家都自然而然地永远闭上嘴巴。”

陈佳佳被判有罪，“畏罪自杀”或是在押解进监狱的途中“意外死亡”。陈佳佳父母听闻噩耗，无法接受这样的双重打击，也选择双双“自杀”。

这样一来，他们一家死得是多么自然而然啊。旁人听了也只会感叹一句造孽。

森森寒意在安静下来的屋内蔓延开来，吴胜邢打了个寒战，摸了摸自己的胳膊，鸡皮疙瘩都要起来了。

吴胜邢有些想说，要不报警得了。可是学法律的他也知道，空口白牙地去指证一个国外慈善机构在国内犯下了多起罪案，就是他自己都不会相信。

“我也要去信宁山区。”邵冬吟坚定地看着桌上的资料，“这场官司，我无论如何都不能输。”

不仅是为了不让陈佳佳蒙冤，更是为了揪出那个潜藏在暗处无视法律肆意妄为的组织，为了完成父亲留下的疑案，追上父亲的脚步。

阴暗之地会开出不能见光的罪恶之花，漫长的黑夜会掩盖不能为人知晓的罪行。

但是父亲告诉过她，再阴暗的地方，也会有被阳光洒满的一天；再漫长的黑夜，也终究会迎来破晓。

尘土飞扬的国道边上，穿着朴素的三人各拖着一个行李箱，疲惫地顺着马路向西走。

一辆绿色大巴车驶来，吴胜邢连忙伸手招了招。大巴车在他们身边停下，喷出难闻的废气，打开了门。

吴胜邢和虞书鹤上了车，邵冬吟跟在最后。

导游小汪走到包兴身边，“啧”了一声：“你又停车干吗呀？”

包兴是个五十岁左右的中年人，他视线绕过小汪，向邵冬吟投去一个眼神。邵冬吟幅度极小地点了点头。

包兴冲小汪皱了皱鼻子：“这国道上打不到车，咱们顺便带他们一程，不是能多赚点外快嘛。”他冲车后努了努嘴，“后边还有那么多空位呢，多带几个，没事儿。”

小汪眼珠子转了转，扫了眼邵冬吟三人，吴胜邢满脸堆笑。他走到吴胜邢跟前，问：“你们去哪儿啊？”

“到信宁山区。”吴胜邢笑嘻嘻地说。

小汪抬眼盯着吴胜邢看了会儿，一笑：“巧了，咱们这车恰好要经过信宁的。”他伸出手，“一人四百块。”

吴胜邢二话没说便掏了钱，抹了抹脸上的汗和灰，说：“我们碰到辆黑车，半路上要我们一人掏一千块给他，我们身上没带这么多钱，他就把我们丢到路边跑了。我们在国道上都走了快两三个小时了，可累死我了。”

小汪撇了撇嘴，面色不豫：“那我钱还收少了哩。”嘴上这么说，但他也没有加价。收了钱，他叫他们坐后边去，把钱和包兴对半分了。

邵冬吟在倒数第二排的窗边坐下，虞书鹤把行李放架子上，靠着她落座。吴胜邢在车里扫视了一圈，坐到了一个单独坐着的女孩身旁。

车再次启动，邵冬吟缓缓舒出口气。

总算是顺利上车了。

信宁离云间城很远，云间城靠着南方，信宁山区靠着北方。鲁长他们都被盯上了，不方便送邵冬吟他们过去。

邵冬吟和虞书鹤如果单独上路，乘坐正常的交通工具，怕还没出云间城呢就被虞嘉烨给拦下。

她和老吴商量了一番，最终找了在旅行社做司机的包兴帮忙，说好在云间城外的国道这儿等着。

包兴所在的旅行社是个小旅行社，半路载人是常事，因为团费便宜，旅客们都不会说什么。

车慢慢悠悠地行驶在国道上，随着国道上被超重货车压出的大坑一颠一颠的。

小汪拿着个喇叭跟坐在前头的旅客们互动。

吴胜邢开始跟坐在他身边的女孩搭讪。

邵冬吟有点晕车，上了车就闭上眼，靠着车窗睡觉。由于身体不舒服，在小汪的聒噪中，她时醒时寐，睡得很不安稳。

直到夜里，车在桂安市停下，她才睡沉过去。

至翌日清晨，车继续行驶，时有颠簸。

邵冬吟迷迷糊糊地从睡梦中醒来，一抬头，头顶撞到个硬物。

她听见“嘶”的一声抽气，抬眸，瞧见虞书鹤白皙光洁的下巴有一道被她皮筋上的铁质钩花划出的红痕。

她下意识地伸手揉了揉他的下巴。虞书鹤茫然地微微睁大眼，低垂眼眸望着她。

她回过神来，耳朵不自觉地染上了艳丽色彩，匆忙收回手，坐正身体，轻咳两声。

车内大部分人都还在睡梦中，车窗外灰青色的世界，有散发着微弱光晕的路灯装点。部分店铺已经开了门，店主正拿着扫把打扫店门口。

邵冬吟望着窗外，心跳乱了节奏，眼睛不断地眨着，仿佛这样就能让她的情绪平复下来。

虞书鹤伸手摸了摸下巴，恍惚间，那里还残留着她手上的余温，他还能感受到她柔软的指腹轻揉的力度。

他侧着头，视线黏在了邵冬吟身上，若有所思地笑着看她。

“扑哧——”

一声轻笑从两人的身后传来，邵冬吟与虞书鹤不约而同地同时转过头去，两名靠在一起头发花白的老人正抿着嘴笑。

其中的老太太俯下身来，靠近他俩，低声问：“你们是情侣吗？去信宁山区，是不是去看相守山的？”

老人的声音醇和温润，听得出来其中的善意。

“是。”虞书鹤稍作思考，很快开了口，“您二位是信宁山区的吧？请问怎么称呼啊？”

老人张了张嘴，大巴车突然来了一个急刹车。邵冬吟和虞书鹤眼疾手快，一手抓住椅子靠背，一手扶了把两名往前摔的老人。

车急急地停下了，车内的人都被惊醒，不满地低声发着牢骚，问是怎么回事。

两位老人稳了稳身子，缓了会儿，笑吟吟地道了谢，并没有为突生的变故而生气。

虞书鹤继续和他们交谈。

邵冬吟起身往前走了两步，扶着两边的空位站在过道上，往驾驶位看。

包兴在驾驶位上忙活了半晌。车发动了一瞬很快又熄火，如此反复好几次，小汪脸上满是烦躁，语气中带着安抚对大家说："不好意思，车坏了。大家少安毋躁，我们会立刻联系公司处理的，请大家坐在位子上稍等一会儿。"

邵冬吟坐回到位子上，虞书鹤已经和老两口熟悉起来了。老爷爷姓王，老太太也姓王，他一口一个王爷爷王奶奶，叫得亲热得不得了。王爷爷王奶奶都是半路上的车，要回信宁山区的。

王奶奶正和虞书鹤说相守山的事："在我们寨子里啊，以前小年轻结婚前都要到相守山上一起住一晚，这样就会举案齐眉至鬓白，白头到老两不离。"

王奶奶的手与她身旁的王爷爷紧握着，两人都笑得满脸褶皱，回忆起了幸福往事。

虞书鹤装着很感兴趣的模样，眼睛晶亮晶亮的，问："那你们结婚的时候也去相守山待了一晚上吗？"

"可不是嘛。"沉默寡言的王爷爷难得开了口。

虞书鹤突然转过身来，拉住了邵冬吟的手。

邵冬吟身子一僵，怔怔地看着虞书鹤。虞书鹤抓她的手紧了紧，对她挑了下眉，又转了回去，对老夫妻说：“我们也是从家里长辈那儿听了这个传说过来的。不过具体的情况都不了解，还以为只要拜一拜就行了。”

“哦，对了，信宁山区有个叫黄易的，您二位认识吗？”虞书鹤和老夫妻打好关系后，直接就切入了正题。

邵冬吟也转过身来，配合着虞书鹤演戏，同他靠在一起，手臂互相挨着。

“黄易？”王奶奶问，“你说哪个黄易？我们寨上有两个叫黄易的呢。”

“就是那个坐牢的黄易。”虞书鹤说，“我们家和黄易有点亲戚关系，我们这次回来，除了想去看相守山，也想去他家看看。不过听说他十几年前犯了事……”他讪讪地笑了笑，“就想问问是什么事。”

王爷爷沉着脸想了会儿，说：“黄易这人其实不坏的，唉……就是一时糊涂。”

“我和我老伴四年前到我女儿家带孩子去了，都好几年没回来了，也不知道现在黄易怎么样了？这么多年过去了，当时的事记不太清了。我就记着黄易这孩子其实还挺好的，也不知道当时怎么想不开……”王奶奶话说到一半，王爷爷用胳膊肘戳了她一下。

王奶奶看了王爷爷一眼，笑着摆手不愿说下去了。

天渐渐大亮，路边的灯像是被人统一盖上了幕布般，齐刷刷地灭了。路边的店铺大门已开，有几个摊贩推着拖车过来，在人行道上摆起了早餐摊子。

不宽的街道上车来车往，鸣笛声不断响起，车上的人听着这嘈杂的声音，不免烦躁起来。

小汪安抚了几句，无果，便拿着手机到驾驶位边上跟公司沟通了一会儿，转过头来笑嘻嘻地对大家说："我们公司已经派车过来接应了，在车到这儿之前，大家跟我一起，先在桂安玩一玩好不好？"

别无选择，在车上闲着也是闲着，一行人陆续跟着小汪下了车。吴胜邢陪着他刚勾搭上的姑娘，混在了旅客群里。

王爷爷王奶奶也跟着下了车，在路边闲逛，为了跟他们套近乎，虞书鹤和邵冬吟紧随其后。

桂安市落后，还没发展起来，四处透着破旧的气息，亦无景点可逛。

小汪领着众人到了一处商场，招呼大家进商场，等中午的时候在门口集合。一群人一下子都散开了。

虞书鹤跟在王爷爷王奶奶身后，发现邵冬吟没跟上，一扭头，无意间瞥见不远处有五个男人，在他转头的那刻一脸若无其事地聚在一起闲聊。

他目光流转，用眼神示意邵冬吟。

邵冬吟会意，不动声色地走进商场，走了几步就蹲下来系鞋带，故意落在虞书鹤身后。

虞书鹤毫无察觉似的继续走，走远了才发现邵冬吟没跟上，回过头去找邵冬吟，余光留意着门口。

那五个人确实是跟过来了。

邵冬吟起身，和虞书鹤并排走，快步跟上王爷爷王奶奶，他俩正在二楼的服装大卖场闲逛。

这种服装大卖场，常年打折，衣服价格最低的能低到十块钱，是以每天都有很多人挤在衣服架子之间的狭小空隙里挑挑拣拣。

邵冬吟跟在王奶奶身旁，时不时举起几件衣服往王奶奶身上比对。虞书鹤趁着这空当，半蹲下来，打电话给吴胜邢，叫他快些过来。

即便决定了蹭旅行团的车，他们也从没想过这方法是绝对安全的。吴胜邢一起跟来的意义，就在于他是另一条退路。

吴胜邢很快领着他勾搭上的那位姑娘一起来了。虞书鹤余光时刻注意着那来路不明的五人，找准机会暗示吴胜邢和那姑娘挡在他和邵冬吟面前，然后随手拿了两套衣服，闪身进了同个更衣室。

更衣室空间狭小，虞书鹤和邵冬吟互相背对着换衣服，动作间不免相互碰到。温热的肌肤不时有些触碰，毫无衣物的遮挡。邵冬吟不禁放慢了呼吸，脸上浮出粉红。

虞书鹤只觉得那细腻柔滑的触感仿佛在一瞬间就刻在了他的脑海里，让他燥热起来，体内燃起火苗。

他烦躁地“啧”了一声。活了二十四年，他从没对女人有过什么感觉，并不明白这是为什么。

两人换了衣服，把自己的衣服留在更衣室里，迅速出来跑到帽子区，装作情侣挑选帽子，拿着帽子打打闹闹地遮住对方的脸。

与吴胜邢一起的姑娘不愿和他一同换衣服，吴胜邢只得守在门口，等那姑娘换。

五人视线中没了虞书鹤和邵冬吟的踪迹，顾不得掩饰自己，纷纷走入了服装区寻找。

吴胜邢望着离自己越来越近的五个人，禁不住屏住了呼吸，心都要跳到嗓子眼了。

那姑娘飞速换上了邵冬吟的衣服出来，故意在更衣室停留了两秒，让那五人注意到，然后快步混入人群里，直往门口冲去。

那五人也顾不得还没找到虞书鹤，赶紧跟上，眼睁睁看着那姑娘回到大巴车上坐着，他们才回到自己的车上，时刻关注着姑娘的动向。

吴胜邢在卖场里换好虞书鹤的衣服，留在卖场里转了会儿。

虞书鹤和邵冬吟则抓紧时间进了更衣室，各自换上吴胜邢和那姑娘的衣服。

邵冬吟就是普通女孩的身形，从远处不能轻易靠身形分辨出她。但是虞书鹤比吴胜邢要高出五厘米，稍微多看两眼就能分辨出来。

他们三个便没有单独回大巴车上去，一起跟在王爷爷和王奶奶身边。

王爷爷王奶奶察觉到虞书鹤和邵冬吟换了衣服，他俩解释说是刚刚新买的，老两口也没多想。

到了中午，大家在商场门口集合。小汪本想领着大伙再一起去吃个饭，公司派来的车却已经到了，并且在路边等了好一阵了。

开车的司机不负责这个团，不想耽误工夫，没办法，小汪只得领着大家一起上了新车，说是赶行程。

包兴和那姑娘一起从坏掉的大巴车上下来。那姑娘还算机灵，一直低头玩手机，用帽子遮着脸。

邵冬吟早和虞书鹤一起上了新车，同王家老夫妇坐一块。那姑娘上车后自然而然地坐到穿着虞书鹤衣服的吴胜邢身边。

车再次启动，往目的地进发，于翌日凌晨三点，到了信宁山区所在的镇上。信宁山区比桂安更落后，连路灯都没有。

邵冬吟和虞书鹤混在迷蒙的夜色里，扶王家老夫妇下了车，帮他们把行李也扛着。不知道情况的人，还以为他们就是一家人。

王家老夫妇下了车就领着邵冬吟和虞书鹤直接进了小路，往山里走。

大巴车在路边停了会儿，在昏暗中继续出发。

邵冬吟两手拖着她和虞书鹤的行李箱，虞书鹤则扛着王家老夫妇的大包小包，回头看了眼。

黑漆漆的马路上空荡荡的，一眼便能看到对面的山脚下的砖房。既没有车停在路边，亦没有车行驶过来。耳边是大山里独有的风声和不明生物的叫声混杂的空灵声响。

“哎哎哎，小伙子，还是我自己来吧。”王爷爷直拍虞书鹤的背。

“我来吧，这东西怪沉的。我一个年轻人不帮忙拿东西，让您两位老人拿，我哪好意思啊。”虞书鹤放慢脚步跟在王爷爷身后，“再说了，我们还得麻烦您二老带路呢。”

王爷爷王奶奶闷声笑了笑，夸了虞书鹤和邵冬吟两句，继续往山里走。

山路崎岖，石子石块皆多，路边杂草上沾着露水，有长条的叶子倒在石路上，一脚踩上去，极容易打滑。

走到半山腰处，王家老夫妇打滑了好几次，有时是他们自己勉强站稳，有时则是虞书鹤和邵冬吟伸手将他俩扶稳。

天空渐渐发白，宛若一桶白颜料混入了夜的青黑，天地间的色调明朗起来，路也容易看清了。

老夫妇喘着气，说起了信宁方言，虞书鹤和邵冬吟一句都听不懂。

他俩靠在一起，低声用云间城的方言交谈。

“待会儿到山里，还得问问爷爷奶奶家给不给住人，不然咱俩晚上睡哪儿？”

“嗯，我身上带了现金。不成就找别家，多给些钱，他们总不会一间房都空不出来。”

邵冬吟听见一间房，严肃地盯着他：“你可别拿睡袋当床垫了。”

那天浅眠时带着春色的梦，忽然就像幻灯片似的在虞书鹤脑海里重放起来。他喉结上下滑动了下，有些烦她又提这事，害他好不容易平息下去的绮思和燥火又升起来。

他闷闷地“嗯”了一声，努力赶走脑海里旖旎的画面，从牙缝里“啧”了一声：“疯了。”

“你说什么？”邵冬吟凑过来，头不小心靠在了他的胳膊上，他脸上瞬间有了抹不自然的色彩，仿佛天边的霞光渲染到了他的脸上。

本就心里控制不住春色满园的人，只觉得被她靠着的那块，像是被火烧了似的烫。

他躲了下，说："没什么。"

走至天光乍破时，总算到了山脚下。远远眺望，能看到被山包围着的一块洼地有不少木房子，就像一处躺在摇篮里的村庄。

四周是青山绿树，山对面是橙霞红云。太阳散发出的红光照到邵冬吟脸上，映出了桃花拂面。

虞书鹤瞄了她一眼，总觉得她这脸上的红光比路边不知名的野红果还艳上几分。

她还真的……挺好看的。

"到了，到了。"王奶奶指着一处木头造的小楼，"那就是我家了。你们在这儿是要住黄易家吗？黄易家小，可能你们住不了。要不你们就住我家吧，那楼上都是空的哩。"

虞书鹤走了神，邵冬吟爽快地应了："谢谢，那麻烦你们了。"

王爷爷又说："我儿子以前跟黄易还算熟，你们问问他关于黄易的事，他应该晓得的。"

感念两位年轻人帮忙，质朴的老人松了口。

邵冬吟眼睛一下子亮了起来，对着老夫妇道了谢，回过头来对虞书鹤欣喜地挑了挑眉，神采飞扬，唇如弯月。

一刹那，心跳如擂鼓，"怦怦怦"地在他耳畔，声声清晰而激昂。

她逆着晨光，身后是彩霞伴青山如画般的景色。她白皙清秀的脸上宛如蒙了瑶池的水雾，眼眸亮如星辰闪耀。她不似在人间，像是正从画中走出，缓步向他靠近。

她纤细的手在他眼前晃了晃：“怎么了，你从刚刚起就一直发愣，又有什么事？”黛眉轻蹙，眸光略暗，眼中生出几许担忧。

她在担心他。

虞书鹤撇过脸去，气息略显凌乱：“没事，赶快下去吧。”

邵冬吟不爱刨根究底，她狐疑的视线在他身上转了转，说：“有什么事就说。”

她转过身，马尾辫随着步伐摆摆晃晃。

他跟在她身后，眼睛追着她的头发，单手拿着东西，空出的手向她伸出。

发梢扫到他手背上，却叫他心痒痒的。

古朴的木楼前，身穿红外套的王家儿媳妇坐在门口择菜，两个男孩正帮忙。

王爷爷老远就用方言喊了一声，儿媳妇抬眼看了看，连忙跑回屋里把丈夫王子贵叫出来。两个小孩认生，怯怯地躲到了屋里去。

王子贵出来迎，和王爷爷用方言交谈了几句，然后从虞书鹤身上接过行李，用带着浓重口音的普通话道了谢，虞书鹤摆手说不用。

王奶奶拉着他俩指着两座大山间的一个山尖尖，笑呵呵地说：“那就是相守山。从那边的山坡上去，过了那个山沟，就能到相守山的山脚下了。”

虞书鹤和邵冬吟装着饶有兴味的模样陪王奶奶说笑，都没把这事放心上。

王爷爷领着虞书鹤和邵冬吟上楼把行李放下，在竹板床铺上床单被褥，又领着虞书鹤和邵冬吟下去和王子贵一起吃早饭。

这里和云间城的习惯不同，早餐他们是当作正餐对待的，煮饭烧菜，得忙活好一阵。邵冬吟要去帮忙，王奶奶拦着不让，叫她和虞书鹤一起去找王子贵："吃完饭他马上就要去上工了，你们有什么要问的赶紧问，不然就得等到晚上才能问了。"

邵冬吟忙和虞书鹤一起去找在屋里编竹篮的王子贵。

王子贵听见黄易的名字，漫不经心地边编竹篮边说："黄易啊，他两年前就放回来了，跟他阿娘和舅爷爷住在那头的山脚下。他们家跟我们村里人都不怎么来往的。"

"我们就想打听一下，当年他犯事是咋回事啊？"邵冬吟说，"现在他年纪也不小了吧，我们家里长辈叫我们过来的时候，顺便来问问他的情况。"

王子贵不关心邵冬吟是为了什么来的，她问他就答呗："那个事啊……当时出事的时候我也才十七岁，我觉得两个人都有错，黄易就是错在太冲动了。"

十八年前，在那起凶杀案发生之前，这片地区一直很安宁。

当时有个外地来的老板，姓娄，到信宁山区来采伐木头。那时，王子贵和黄易都是砍树的工人。娄老板在镇里住着，很少过来，也不知道怎的，他和山那头另一个寨子里叫姚芳的勾搭上了。

姚芳当时二十六岁了，一直独居，没有嫁人，名声很差。跟娄老板勾搭上之后，就整天往镇里跑，流言蜚语很快就在这片地界传遍了。

某一天黄易突然没来上工，当天下午，这片平静如湖面的小山村里就像被掷入了一块大石头，惊起了波澜——有人发现姚芳死了。

信宁山区的条件比旁的地方要落后许多，直到现在，寨里手机信号都很差。当时有人发现姚芳死在了家中，徒步跑到镇上去报了警。

警方在有人报案后的第一时间便赶到案发现场勘查，案发现场除了报案人停在门口的脚印外，就只有姚芳和黄易的足迹。凶器——一把菜刀上也只有姚芳和黄易的指纹。有人证明，当天早上确实看到黄易来找过姚芳，也只看到过黄易来找姚芳。

由于寨里房屋建得稀疏，姚芳家的邻居离姚芳家还有段距离，没人听到屋里是否有打斗的声音，亦没人听见呼救声。

警方调查走访后就去找黄易，那时黄易已经逃到了镇上。警方立刻在路口设卡，一个个排查，防止黄易逃出镇去，终于在当天晚上将黄易抓获。

黄易对案情供认不讳，承认是自己杀了人。他说自己和姚芳是情侣关系，他知道姚芳名声差，但他觉得自己条件不好，和姚芳在一起还算凑合。姚芳从他手上套走了他全部的积蓄，但她承诺过会嫁给他，所以这钱他给得心甘情愿。

直到娄老板出现，黄易表面上不显现出任何情绪，背地里直泛酸。

那天上午他没上工，去找了姚芳，想跟姚芳把事说个清楚。二人吵了起来，姚芳说她就是给娄老板做小三了，还说就算做一辈子小三也不会嫁给他。黄易被姚芳激怒，一气之下失了理智，连砍姚芳数刀，将其杀害。

黄易认罪态度良好，黄易家人积极地赔偿了姚芳的家人。姚芳家人拿钱后原谅了他，之后黄易就被判了有期徒刑二十年。

娄老板在黄易案发后就关了伐木场。黄易被判刑送到监狱之后，娄老板就离开了。信宁的人都说虽然娄老板不是什么好人，但对姚芳也算有情有义。为了姚芳的事，他伤心得无心继续开伐木场，因此赔了好大一笔钱，还特意留下来，看着黄易被法律制裁才离开。

这个案子在整个信宁都传遍了，没有人不清楚的。大伙都很唏嘘，王子贵也挺为黄易感到惋惜的：“他人还行，很孝顺他阿娘。他阿爹不学好，跟人家赌博欠了高利贷就跑了，那些债主经常找小混混到他家闹事。他很努力地赚钱还债，好不容易攒点钱想娶媳妇，钱还被人骗走了。这要换我，我也受不了。”

邵冬吟敏锐地抓住了王子贵话中的三个字——高利贷。她问：“那黄易被抓走的时候，他阿爹欠的高利贷还清了吗？”

“这我哪知道呢。听说欠了有几十万呢，那个时候我们普通人一个月才赚几十块，我估计是没还完的。”王子贵说，“不过那些人多半是知道在黄易阿娘那儿要不到钱，便没有再来找过他家麻烦。他家有个舅爷爷，一辈子没结婚，无儿无女的，但听说挺有钱的。黄易坐牢之后，他就搬过来跟黄易他阿娘一起住了，他阿娘照顾他舅爷爷，他舅爷爷掏钱买吃买喝。”

放高利贷的要是这么好说话，每年就不会有那么多因借高利贷而走投无路自杀的人了。

放高利贷的不会来找你的原因只有一个——你不欠他们的钱。

邵冬吟心中有了计较。

早饭做好了，王奶奶过来叫他们去吃。邵冬吟和虞书鹤连声说不饿，上楼拿了东西就去找黄易了。

寨里房屋寥寥无几，王子贵站在门口的土坡上一手捧着饭碗，一手指着靠山脚的一户，说：“那就是黄易家，你们直走过去就行了。”

虞书鹤和邵冬吟道了谢，快步向黄易家走去，一路都在商量待会儿该怎么套话。

黄易家确实是小，破破旧旧的两间木房依着山脚下的一堵土墙，大门板上都开了裂。一家三口坐在堂屋正围在小矮桌边上吃早饭，小矮桌原本的木色已经看不出来了，黑魆魆的，油腻得发亮。

虞书鹤一脚踩在门槛上，面无表情地盯着黄易，沉声道：“黄易，你出来下。”

黄易剃了个小平头，穿着破洞的工装，脸上带了疤，跟王子贵比起来挺凶神恶煞的。他“砰”的一声把饭碗放桌上，气势汹汹地走过来：“你谁啊？”

邵冬吟侧着脸，觑着黄易，语气很公式化：“十八年前的事，你还记得吧？”

黄易一怔，面部表情瞬间㞞了。他走到屋后的土墙下，抹了抹嘴上的油渍，胆怯地问：“你们是……”他像是意识到什么，露出惊恐的表情。

虞书鹤既没承认也没否认，一把揪起黄易的衣领，把他半拎起来，斜扯着嘴角瞪他，一字一顿地从牙缝里挤出来：“你是不是把当年的事说出去了？钱拿了你就不好好办事是吧？当我们不会来找你了？”

他的这把力气叫邵冬吟都感到惊讶，脸上闪过一丝诧异。

黄易无处安放的手直打战，他不敢直视一脸凶相的虞书鹤，把目光投向看上去较为平和的邵冬吟，拼命摇头：“我没有啊。我谁都没说啊，我连我自己亲娘都没告诉。”

“你要是没说，怎么会有别人知道？”虞书鹤晃了晃黄易，一把将他推撞到土墙上。邵冬吟与他一同向黄易逼近，屋前传来了一道声音苍老的呼唤。

黄易连忙高声用方言回了一句：“我没事，他们是我朋友！”

黄易的母亲和舅爷爷不放心，凑过来看了一眼。黄易靠在土墙上不敢乱动，虞书鹤和邵冬吟则站在一旁，背对着两位老人，目光如冰，冷冷地盯着黄易。

黄易笑嘻嘻地冲母亲和舅爷爷招招手，叫他们回去，黄母和舅爷爷一步三回头地回了屋里。

他变脸似的，换上欲哭无泪的表情，双手合十祈求地半蹲下来：“我真没有告诉过任何人……我哪知道别人怎么会知道啊……”

“我不想跟你废话。”虞书鹤重新提溜起黄易，“待会儿我们问一句，你就答一句。”

“行行行。”黄易连连点头。

邵冬吟走上前来，字正腔圆，语调平淡，话语清晰地问：“你和姚芳是什么关系？”

黄易愣了下，疑惑地望着虞书鹤和邵冬吟。

虞书鹤没什么表情，抓着他衣领的手紧了紧，让他有些喘不过气来。

他连忙答道：“我杀了姚芳。”

“在你杀害姚芳之前，你和姚芳是什么关系？”

“我跟她发生过一次关系，除此以外没别的关系了，我跟她不熟。”

……

宁静的大山里，传出窸窸窣窣的声音。

两只鸟落下，去衔路边的野果。三条粗细不一的黑蛇躲藏在枯叶里，缓缓向鸟靠近，做出了攻击的姿态。

· CHAPTER 4 ·
一见到你呀 就心生欢喜

“你为什么要杀姚芳？”

邵冬吟的话音落下，山间一片寂静。

黄易看看虞书鹤，又看看邵冬吟：“你……你们……”

虞书鹤掐着黄易的手紧了紧，用眼神传达“叫你说你就说”。

邵冬吟一脸平静，又问了一遍：“你为什么要杀姚芳？”

黄易还是不回答，他眼珠子转来转去，惊愕地说道：“你们不是他的人！”

“什么他？”邵冬吟走上前，用手机打字，将手机屏幕给黄易看，“你话都说到这份儿上了，再不配合，我们不会放过你，他也不会放过你。”

黄易恐惧地瞪大眼睛，嘴唇发青，大脑一片空白。邵冬吟又打字：“我问什么，你答什么，我保证没有人会伤害到你。不然，你自己看着办。”

黄易张了张嘴，刚吐出一个“你”字，虞书鹤就把他的破工装外套翻上去捂住了他的嘴。邵冬吟又打字给他看：“我问什么，你答什么，多余的什么都不要说，明白？”

黄易的眼睛在虞书鹤和邵冬吟之间来回扫着，他不点头，虞书鹤便不松手，一直钳制着他。就这样僵持了有三分钟，他妥协了。

间隔的时间太久了，邵冬吟皱了皱眉头。她手伸进口袋里摸索了会儿，却又什么都没拿出来。她冷淡地望着黄易，说：“我现在重问一遍，我问什么，你答什么，知道了吗？”

“在你杀害姚芳之前，你和姚芳是什么关系？”

黄易照着原来的回答又答了一遍。

“你为什么要杀姚芳？”

“有人叫我杀姚芳。他们说会保证我不被判死刑，只坐牢就可以了。”

“叫你杀姚芳的人是谁？”

“我不知道，不认识，他不是我们这儿的人。”

“你什么都不了解，就把姚芳杀了？”

黄易连连摇手：“不是的，不是的，我杀姚芳是因为她这人确实贱。她给好多人做小三，做完小三还要讹人，不然就告诉人家老婆，搅得人家全家鸡犬不宁。看她不爽的人多了去了，我也……”

虞书鹤揪着黄易衣领的手又紧了紧，黄易缩着脖子，抿着嘴不再说下去，害怕地看着虞书鹤。

邵冬吟将手机屏幕展示给黄易看，手机屏幕上写着三个字：

说实话。

黄易很用力地皱了皱脸，一咬牙，盯着地板说：“叫我杀姚芳的人我确实不认识，我也不知道他们什么情况，只知道说事成后给我两百万，还会帮我把我阿爹欠的高利贷还了。那时候放高利贷的天天到我家来闹事，说我要是月底还不上，就让我妈做楼凤赚钱。我想着先交个利息让他们再缓缓，娄老板又没钱发我的工资，我也是没办法，就答应了……我是真不知道是谁要杀姚芳啊！”

娄老板……邵冬吟记下这个名字，继续问：“那两百万打给谁了？在你账户上吗？”

“不在我这儿。和我联系的人说，打我账户上容易被人发现。刚好我舅爷爷孤寡老人一个，身体又不好，他们就通过一个慈善机构把钱打到我舅爷爷卡上了。”

这个慈善机构自然就是SAN。

“你说娄老板不发工资是怎么回事？”

“以前工资都是日结的，但是娄老板认识姚芳之后，姚芳把他的钱都掏空了，他就开始拖欠工资了。我那时候跟姚芳好过一次，她跟我说的，还说娄老板不敢不听她的。我连着十几天都没拿到钱，本来我是每天都要交利息给放高利贷的，连着十几天没钱交，放高利贷的就逼我把钱一次性还清……”说到这儿，他一脸委屈，忽地又顿住，恍然道，“那时候……那时候有个放高利贷的跟我挺熟，我跟他求情的时候，他跟我说过一句话！他说要是以前，他们还能再给放宽点期限，反正他们只是要钱，又不是想逼死我们。但是现在，他们也是拿钱办事。”

拖欠工资和高利贷催债堆到一起，将黄易逼到绝境，于是他不得不选这条路。

SAN 竟然在十几年前就干起了这种勾当，并且至今他们仍然存在，这说明他们背后的势力不容小觑。

黄易能把娄老板和姚芳的事说出口，说明他心里对幕后真凶的身份还是有点数的。

邵冬吟问出最后一个问题：“你还记得联系你的人长什么样，什么口音吗？他是什么时候离开的？”

“记得，他普通话挺标准的，带点北方口音。我判刑之后，他看着我被押送走的，之后他可能就离开了。”

虞书鹤松开黄易，居高临下地看着他，冷笑道：“希望警察来找你的时候，你也能这么配合。”

邵冬吟将口袋里的录音笔拿出来，边往王家走，边将录音笔连接到手机上，准备把录音发给吴胜邢，然而手机却没有一点信号。

无奈，她在手机上保存了一份录音，把录音笔里的储存卡取出来，夹在了手机套后，录音笔就又被放回口袋里。

虞书鹤把她的手机拿过来，举得高高的，手机顶端的信号显示仍是时有时无。

“黄易的话只能证明他的钱是通过 SAN 转过来的，还是没法儿证明背后的人就是通过 SAN 指使黄易杀的人。”邵冬吟把手机从虞书鹤手上拿过来，放进口袋里。

“但是起码能向警方证明，十八年前姚芳的案子不只是黄易激情杀人这么简单，背后另有真凶。”虞书鹤追查SAN的根本原因不过是想找出当年杀害他父母的真凶。

他等了十四年，不急于这一时。

在黑夜的路上，一盏灯一盏灯地点亮，总有一天，这条漆黑的路会被从头至尾彻底照亮。

“那你觉得杀姚芳的幕后主谋是谁呢？”邵冬吟心里已经有了个名字。

“娄老板。”

邵冬吟微仰着头看虞书鹤，嘴角勾了勾。他白皙的皮肤在阳光下如羊脂玉一样细腻，瞳孔沾染上阳光的碎金。

他和她想的一样，她也觉得娄老板是幕后真凶。

虞书鹤望着她，呼吸一滞，心猛地开始狂跳起来。他深吸口气，侧过脸去不看她，用手微遮住下半脸，漫不经心地四处看，脑海里却不断重现她笑着看他时的画面。

她那样看着他，一刹那，她背后不再是木屋野草、棕黑泥路，而是空白的一片。而她是一片空白里，唯一的色彩。

她很漂亮。他这么想着，心欢跃不止，难以平静。

他恐怕真的要疯了。

邵冬吟拍了拍他的肩，顺着他的视线看山上，问：“你在看什么？”

虞书鹤身体一僵，摇了摇头，扯开话题：“你也觉得是娄老板吗？”

“嗯。”邵冬吟正过身子，不再看他，继续向王家走，“黄易说得很明白了，姚芳捏住了娄老板的把柄，娄老板不敢不听她的，甚至把给伐木工人的工钱都给了姚芳。如果姚芳仅仅是以向娄老板的老婆告密作威胁，娄老板不会做到这一步。”

娄老板杀姚芳，是为了灭口，确保姚芳永远不会把他的把柄说出去。黄易是去嫖娼，恰好听到姚芳说的，而不知道情况的外人——例如王子贵，就会以为娄老板对姚芳是动了真情。

黄易说，让他杀人的人在他被押去监狱后就离开了，王子贵之前说过，娄老板也是那时候离开的。

娄老板这样一个被姚芳捏着把柄而不得不屈服的人，怎么可能会因为姚芳之死就伤心得无法工作，关闭了伐木场呢？

唯一的可能就是，娄老板“杀”了人，他不敢再在这地方多待，看到黄易去坐牢了才安心地离开。

姚芳手里握着的到底是娄老板的什么把柄，娄老板又是如何联系上那个北方口音的人，叫他去让黄易杀人的……诸如此类的问题，就看黄易愿不愿意明明白白向警方供出娄老板，让警方去调查了。

录音，只是为了留下一个证据，让黄易在面对警察时不能改口。这种切实有人证的杀人案，还是该由警方去揪出幕后真凶。

虞书鹤和邵冬吟问了那么多，只是想了解 SAN。可惜的是，黄易并不知道 SAN。

不过，此行也并非全无收获……

邵冬吟握着手机，指腹摩挲着手机套里小小的凸起，眼底幽深。

通过这件案件，起码可以让警方知道，有一个叫 SAN 的所谓慈善机构，帮真正的罪犯做了中介。

走回王家，王子贵已经去上工了。

邵冬吟不断摩挲着手机背面，心头隐隐有股莫名的不安。她睨了虞书鹤一眼，他正坐在门口眺望远处的大山。

她走过去拉起他的手，拽着他往楼上走："你跟我过来一下。"

她的手很小，包不住他整只手，只拉住了手掌，柔软的四指搭在他的手心上。

虞书鹤脑中"轰"的一声，像是有什么炸开了。

是从什么时候开始，他的脑海里总会出现奇奇怪怪的画面，心总是不受控制地乱跳？

他不知道这是为什么，不知道是一种什么样的情绪在控制着他。但是这种情绪带着一丝丝清新的酸甜味，就像水果糖，总让人忍不住嘴角上扬。

他喜欢。

朽化的楼板被踩得"嘎吱嘎吱"响，邵冬吟与虞书鹤稍作商量，把手机放在了床铺下，不再带在身上。

王奶奶过来询问他们去黄易家看得怎么样，邵冬吟敷衍了两句，说黄易不太想跟他们家来往。

王奶奶说："黄易这人就这样，我们寨里人他都不爱来往的。"

她劝邵冬吟和虞书鹤别把这事放在心上，说她要和王爷爷上山去割点草回来喂猪。

邵冬吟和王家媳妇孩子待在一起不大方便，同虞书鹤以好奇的名头，一起上了山帮忙，打算今晚在这儿住一晚就走。

在山上待了一天，直到日落西山，邵冬吟和虞书鹤才跟着王家老夫妇一起回家。王子贵已经回来了，王家媳妇也把饭做好了。

虞书鹤因他那洁癖，以身体不适吃不下为由头，在楼上偷偷吃饼干。邵冬吟没那么多讲究，和王家人一起吃了饭。

大山里没有什么休闲娱乐的东西，吃完饭，大伙简单洗漱一番，就各自回屋准备睡觉了。

邵冬吟躺在床里侧，虞书鹤在外侧摆弄睡袋。

外面寂静一片，浓如稠墨的夜空中，点点繁星显得格外明亮。

忽地，周围的狗开始狂吠起来，邵冬吟听见楼下传来拍门板的声音，还有王子贵高声的一声应和，像是在问："谁啊？"

外面有人应了声，这声音有些耳熟。

虞书鹤和邵冬吟都身体紧绷起来，细思，恍然间忆起，这是黄易的声音。

未多作思考，邵冬吟连忙穿上鞋和虞书鹤一起冲下楼，止住准备开门的王子贵，问："你们家有后门吗？"

王子贵一头雾水，但还是指了指杂物间："那里边有一个。"

邵冬吟和虞书鹤跑进杂物间，打开后门，直接上了山。他们对地形不熟，在山腰的小路上乱转，时刻注意着后面的动静。

很快，后面传来窸窸窣窣的声音，邵冬吟和虞书鹤弓着身子缩在茂密的灌木丛后，盯着声音传来的方向看。

那里站着四个人影，其中三个人各拿着个手电筒到处照。手电筒的光不经意间打到他们自己身上，邵冬吟看到，黄易被两人架着胳膊，脸上有青紫的痕迹，一只眼睛肿得睁不开。

邵冬吟和虞书鹤心头一紧，从灌木丛后缓慢向后撤，然后慢慢站起了身子，转过身漫无目的地狂奔。

就算暂且在山里迷路，也比被那几人抓到好。

“在那儿！”中气十足的喊声在这宁静的大山里尤为刺耳。

那三人丢下黄易，鼓足了劲去追邵冬吟和虞书鹤。

山路崎岖不平，又有杂草枯枝横在路边钩人衣服，两人跑不快。上坡下坡，也不知道爬了多少坡，虞书鹤心想这么跑下去不是办法。

他掏出自己的手机，准备往旁边扔，手机屏幕在眼前一扫，他看到手机上有信号了。

听到那三人追赶的声音越来越近，他果断用尽全力将手机扔了出去，拉着邵冬吟到一边躲着。

手机不知砸在了什么上面，发出一声闷响。那三人顺着手机砸落的方向跑过去，虞书鹤拉着邵冬吟赶紧向反方向跑，直跑到一处空荡荡的崖边，实在是没了路才停下。

他们不敢懈怠，警惕地看着不远处的林子。

“这要是追来，就只能跟他们对抗了。”邵冬吟说着，理了理袖子，抬手要把松散的头发扎一下，这时才发现，扎头发的皮筋不知道什么时候跑没了。

“没事，应该不会追来。”虞书鹤又掏出部手机，黑暗中屏幕的光亮吸引了邵冬吟的注意。

她问：“你这手机又是哪儿来的？”

“你的手机，我跑的时候给带上了。”虞书鹤笑了笑。

“你带它做什么？”邵冬吟言语中略有呵斥。这手机是她故意留在王家的，想着如果那些人折返王家去搜他们的东西，起码能用这手机上的录音迷惑他们一下，让他们以为她手上已经没了证据，暂且撤退。

“不带手机，怎么报警啊？”虞书鹤冲邵冬吟晃了晃手机，手机上的信号显示变成了满格。

邵冬吟忙把手机拿过来解了锁，然后报了警，声称自己被歹徒逼上了山，在山上迷了路。同时将手机上的录音发给了吴胜邢，又在云端备了份。

做好这一切，她略松了口气。

虞书鹤向她伸出手，她看了他一眼，把手机交到他手上。他拿这部手机给自己的手机打了电话。

那边一开始无人接听，响了许久后，手机被接通了。虞书鹤“喂”了一声，那边的人便立刻挂断了电话。

应该是他们一开始没发现手机，现在总算发现了。那部手机起码还能迷惑他们一会儿。

虞书鹤在一块平得像床面，约有一米宽的大石头上坐下，望了眼还站着的邵冬吟，说：“过来歇会儿吧，万一那群人跟过来，还得打架。”

他语调轻松，没有丁点的紧张感，邵冬吟的心情也跟着松快了些。

她转过身来，顺着石头走到虞书鹤身边，直接躺下了。

虞书鹤侧目恰好看见她平坦的小腹，喉结上下滑动，理智告诉他，他不该这样盯着她看。

但是他就是想看，理智算什么？

“这石头有点怪，”邵冬吟说，“太平了，像是刻意打磨过的。”

“也许是这里的人经常会到这儿来看风景，所以磨平了这石头，方便坐着看风景。”

“只是坐的话，也不用磨这么平的。”邵冬吟拉了虞书鹤一把，让他自己摸摸看。这石头表面光滑得像大理石。

虞书鹤毫无防备，被她一拉，直接仰倒在石头上。邵冬吟听见他后脑勺撞在石头上的响声，惊得倒吸了口气，忙侧过身去，单手撑着身体，另一只手摸了摸他的后脑勺：“你没事吧？对不起，我不是故意的。”

她语调中透着担忧，又有她一如既往的冷静。

“没……没事……”虞书鹤侧躺着，抬眸看她，眼珠子转了转，装作疼得下意识要捂住后脑勺，却捂在了她手上，“嘶……”

月光打在她身上，他看到她光洁的颈，她微微有些瘦削的下巴，她艳比落日的红唇……

虞书鹤呼吸一滞。

“怎么了？”邵冬吟担忧地看着他，“很疼吗？”

“我没事。”虞书鹤不装了，转过身去，背对着邵冬吟。

再装他怕自己要忍不住了。

青春期的他看到女生穿裙子都淡定得像看一坨五花肉，怎么到二十多岁了，他反而变得像刚进入青春期一样，动不动就……

虞书鹤捂住自己的眼睛，胸腔里有股悸动的情绪。

他是不是……

邵冬吟皱了皱眉头，今天他好像一直怪怪的。

她躺下去，与虞书鹤保持着距离，贴到石头边缘睡。

山里的夜风寒凉，在崖下穿梭，如鬼哭一般。崖上，抬眼就能看见明月悬在夜的幕布上，一伸手仿佛就能摸到。

月华倾泻，星辰闪烁，树叶沙沙。

等了许久，也不见有人追上来。他们不识路，不敢贸然下去。

“就这样等吧，明天早上可以看完日出再下去。”虞书鹤笑说，颇有几分苦中作乐的意味。可他望着邵冬吟的眼里，分明只有欲望。

“嗯。”邵冬吟疲倦地应了声。

她累坏了，抱着自己的胳膊，微微蜷缩着，昏昏沉沉地睡了过去。

虞书鹤转过来看着她的背影，向她伸出手，小心翼翼地触碰她模糊在夜色中的轮廓。

过了一会儿，他缓缓收回了手，微笑着，定定地看着她的背影。

睡意逐渐将他的意识吞噬，他闭上了眼睛。

闭眼后，眼前依旧是她。

清晨，林中有鸟鸣，晨曦落在身上，带着一丝丝暖意。

虞书鹤睁开眼，撞进一片雾蒙蒙的眼波里。

眼前人是他昨夜梦里的人，此刻正带着初醒时的呆愣，茫然地与他对视着。

她小巧的鼻尖贴着他，只要他稍微再贴近她一点点，他就能对她做昨夜梦里做的事。

头脑清醒过来，邵冬吟一下子坐起，与他拉开距离。她看看身下的位置，又是她睡觉不安分，滚到他身边来了。

她怎么不往右边滚呢？就是滚到地上也比跟他那样贴着睡好啊。她脸上一下就热了起来。

虞书鹤在她身旁坐起，眼睛一眨不眨地盯着她看。她面染桃花的模样，令他忍不住勾起嘴角。

邵冬吟没察觉到他也坐起来了，转过脸来，启唇想说些什么，却与他的鼻尖蹭了一下。

她呆掉似的望着他。

他一秒化在了她倒映着曦光的眼眸里。

晨风吹拂，崖下传出空灵声音。

何为春情懵懂？

那是秋风染红叶，是白雪覆红梅，是春风潜入夜，润物细无声；那是雨幕之中看湖景，白云间里观山色，朦胧缥缈，万物皆蒙上了薄纱。

何为初识心动?

那是一夜之间，一瞬之间，惊雷炸响般的悸动；那是春日的池上碧苔三四点，是夏日的小荷才露尖尖角；那是她轻微的呼吸拂过他的耳畔，是她淡淡目光扫过他的眉眼，就好似吻上了他的心头。

任凭天际霞光染山色，不及晨雾中的她，虚虚幻幻，仿若仍在他梦中。

虞书鹤微眯着眼注视她，耳边只听得见自个儿的心跳。

一声又一声，大珠小珠落玉盘……

有人好像在她心头蒙上一层薄纱，叫她看不清自己的心绪。她心跳缓缓的、利落的，一声接一声，如玉珠击花鼓。

晨曦中似乎带了火，烧得她耳面皆热。邵冬吟抚了抚自己的脸，皱了皱眉，心情像最后一颗水果糖卡在袋子里似的郁闷，她想知道那是什么味，却怎么摸也摸不明白。

“天亮了，咱们下去吧。”虞书鹤上翘的嘴角下不来。

“不知道警察来了没有？”邵冬吟看向一旁，口随心走，“再等等吧。”

“好。”

山顶晨风徐徐，吹动她披散的发，散若墨云。他伸出手，她软软的发丝从他指间划过，而他竟会因此心生欢喜。

早知如此，他还会提议昨夜不要下去，在上面等今天看完日出再下去吗？会，肯定会的。虞书鹤心想，再重来一千次，一万次，他也会。

会上来看日出，会同她一起睡过去。

会……期待着睁开眼来，与她鼻尖贴鼻尖，撞进她那初醒时，雾蒙蒙的眼波里。

“这山……”邵冬吟的余光忽然瞥见，将她所在的山峰夹着的一左一右的两座山尖。

这是相守山。

“挺好的。”虞书鹤轻笑出声。

“在我们寨子里啊，以前小年轻结婚前都要到相守山上去一起住一晚，这样就会举案齐眉至鬓白，白头到老两不离。”

老人的话在耳畔回响，起初他不信，现在他信了。

邵冬吟下意识地问：“什么挺好的？”

他笑说：“什么都挺好的。”

邵冬吟与他对视着，他眼中的笑意丝丝缕缕闯入她的心间。她瞳孔蓦地放大，仓皇侧过头去，眸中泊着黛色远山，披散的发在阳光下映出棕红色，细小绒发在风中轻轻摇晃。

他注视着她的侧脸，指尖触到她的发梢，柔软微痒的感觉从指尖传达至心上。

他像偷吃了糖的孩子一样，眼中荡着喜悦狡黠，然后一本正经地别过脸去，被人发现他偷吃了糖就不好了。

邵冬吟回过头来看他，瞧见他精致的耳垂泛着红，有一绺俏皮的短发在耳边翘着。

她伸出手，手指摁下那绺翘起的发。

他感受到她的触碰，回过头来。

她没来得及收回手，指腹蹭到他的眼下。

他眼下那颗泪痣，就在她指尖旁。

她凝视着那颗痣，他眼睛向下注视着她的手指。

他们不约而同地抬眸，视线相触，同时撞进对方泛起波澜的眼波中。

湖光山色皆成影，衬着眼前人成了画中人，眼睫轻颤，嘴唇微启，都如美景映在心底。

这美景，此生难忘。

虞书鹤抿了抿唇，俯下身向她靠近，蒙着沉醉的眼中映着她的脸。

“还……还是回去吧。”

邵冬吟向来平静的声音涌起了波澜，短短一句话说得局促又气短。

她转过身去，无措地眨着眼。

如果她没动，他刚刚会做什么？

她咬了咬唇，把绮思赶出脑海。

“嗯。”他轻轻应了一声。

虞书鹤站起来，向她伸出手要扶她。他在她站起来后，却没有松开手，反手想要将她牵住。

邵冬吟迅速将手抽离，背过身子自顾自地往山下走。她的步伐和心跳，都是凌乱的。

虞书鹤望着自己握空的手笑了笑，跟上她。

他忽然唤她的名字：“冬吟。”

“嗯？”

“你以后叫我书鹤吧。”

“……”

“叫我书鹤，好不好？”

“哦。”

她觉得不仅他怪怪的，自己也怪怪的。

她的手忽然被牵住，邵冬吟回眸看了他一眼。

虞书鹤逆着光，晨曦从他背后洒落。他说：“牵着走吧。万一路滑，方便互相拉一把。”

她没有异议，任他牵着。普通的牵手罢了，她的心却一直乱跳。

虞书鹤的眼睛时而看路，时而落在他和她相牵的手上。

有种感情不需要太长时间的沉淀，遇到了就是遇到了。天雷勾地火般，当你明了这份心动的瞬间，所有情绪便不再受自己的控制。

他没谈过恋爱，亦不爱看那些情情爱爱的书，不懂如何追求，不懂如何讨女孩子欢心。

但他知道，他喜欢上一个人是很难得的。

不为和喜欢的人在一起去做些什么，是不可能的。

在半山腰，虞书鹤和邵冬吟遇到了前来搜救的警方，跟着一起来的还有吴胜邢。

邵冬吟暗暗甩开虞书鹤的手，问吴胜邢：“你把证据交给警方了吗？”

吴胜邢连连点头：“交了，交了。”而后转头奔向虞书鹤，“书鹤，你没事吧？”

虞书鹤后退了一步，避免吴胜邢抱住他。他说了声：“没事。”又走到了邵冬吟身边。

虞书鹤与邵冬吟先去王家拿了行李，然后跟着警察一起到镇上的派出所做笔录。警察直接把黄易也带回去了。

那三个在山上追邵冬吟和虞书鹤的人已经不知去向，警方留了人在山上搜索，依然没能找到那三个人。

警方将虞书鹤和邵冬吟两人分开询问，做完笔录，让他俩跟着一起去询问黄易，省得黄易耍滑头。

虞书鹤和邵冬吟与盘问黄易的两名警员都在一个房间坐着。

警察按照录音上的问话，重新问了黄易一遍。

黄易一会儿抬眼看邵冬吟，一会儿低下头。不管做什么动作，他始终保持沉默，一声不吭。

“黄易！”一名叫陈东的警察狠狠拍了下桌子，“我们手上已经拿到了录音，就算你什么都不肯说，我们也已经有证据证明你是受人指使杀害姚芳的。你要是配合调查，法院将会对你从轻处罚；你要是拒不配合，等待你的将是什么你知道吗！”

黄易抿了抿嘴，一脸苦相：“那我有个要求。”

“你说，只要我们能做到的，我们都会尽力帮你。”和陈东一起的另一名警察态度亲和许多。

“我要你们保证，我和我的家人，都不会受到伤害。”黄易瞥了眼邵冬吟，隐隐有责怪邵冬吟之前明明说了他不会受到伤害，他却依然被人打成这样的意思。

“你放心，保障人民安全是我们警察的义务。”

黄易一脸犹疑。陈东再次从头审问，这次他松了口，问什么，他便答什么。

问完录音内容，警方便把虞书鹤和邵冬吟请了出去，后面的详情不是他们该听的。

吴胜邢在派出所大厅等着他们，见他们出来，迎过来说：“那这里的事情都办完了，咱们回去吧？”

虞书鹤点点头。

因担心虞嘉烨会拦路，三人选择坐火车回去。信宁镇上没有火车，需要坐长途车到市里。

为保证他们仨的安全，派出所派了陈东送他们去火车站。

路上，邵冬吟跟陈东提了一句：“像黄易舅爷爷那种情况，普通慈善机构就算捐款，也不会捐那么多。”

他点点头：“我们知道，该查的我们会好好查。以后要是有什么需要你们的地方，还得麻烦你们配合。”他想了想，掏出随身带着的巴掌大的本子和一支圆珠笔写下电话号码，递给邵冬吟，“依我的办案经验，我认为这不是普通的案子。如果你有什么线索，可以联系我。”

邵冬吟说：“一定。”

三人登上火车，坐在位子上。

这两天发生的事历历在目，邵冬吟还有些不真实感。先前在孙家村，那些人还有些藏着掖着。现在，他们似乎是打算直接来硬的了。

“大巴车开到中午的时候，一直跟着大巴车的小车就不见了。那时候我就意识到，他们可能发现你们已经不在车上了。我就赶紧下了车，打了个车回到信宁镇上，你不知道那地儿有多偏，车有多难打……”

吴胜邢正向虞书鹤说着他昨天的遭遇，虞书鹤百无聊赖地听着，一双眼睛专心地盯在邵冬吟身上。

她正看着窗外飞逝而过的景象，表情平淡，眉宇间隐有忧愁。

“喂，你们跟我们换个座。”低沉的男声，命令式的口吻。

邵冬吟闻声抬眼，两名戴着厚口罩的黑衣男子站在她对面的那一排座位旁，其中一人手上拿着个空矿泉水瓶，居高临下地盯着坐在位置上的两名大学生模样的女生，指了指他们靠近车厢尽头的座位。

两名女学生脸上流露出一丝不情愿，沉默着同男子僵持了一分钟。男子微微抬高了声音：“过去！”

两名女学生一个哆嗦，背上各自的包，委委屈屈地往车厢后面走去。两名男子随后在邵冬吟和虞书鹤对面坐下，光明正大地盯着他俩看。

这一方座位仿佛隔离成了一处小天地，压抑紧张的氛围在空气中盘桓。吴胜邢抿着嘴，拉拉虞书鹤的袖子，小声说：“我们去找乘警吧？”

虞书鹤和邵冬吟皆不搭理吴胜邢，各自与坐自己对面的男子对视着，眼中平静无波。

什么事都没出，找来乘警又有什么用？难道要让乘警一直在这儿守着?

两名男子互相交换了个眼神，垂放着的手伸进口袋，借着桌子的遮挡捣鼓了一阵，忽地把空矿泉水瓶扔到了邵冬吟身上。瓶盖半挂在瓶口，撞到她身上的瞬间就掉在了地上。

浓重的带药味的气体从矿泉水瓶里迅速飘出，虞书鹤立刻把瓶子扔了回去。

“不好意思。”坐邵冬吟对面的男子语调没有丝毫起伏。

吴胜邢脑袋有些昏沉，顿感不妙，起身离了座位。

邵冬吟和虞书鹤紧跟着离开，快步向车尾走去。两名男子则把空矿泉水瓶拿在手上跟上他们。

邵冬吟和虞书鹤走到车头与车尾的交界处，无视站在那儿的乘客的异样目光，一起进了厕所，把门反锁上。

这是老式火车，厕所还算干净，就是味道难闻。虞书鹤把厕所的窗户拉开，和邵冬吟一起站在窗前呼吸外面的空气。

“我差点忘了，在桂安跟着我们的是五个人。”邵冬吟靠在窗户上说。

“他们是算计好的。”虞书鹤讥讽地笑了笑，“三个到山上追我们，要是这三个被警察抓了，还有另外两个可以继续跟。”

“刚刚有人看到我们一起进来了，待会儿有人想上厕所肯定会把乘务员叫过来。”到时候，若那两人还在外面守着，他们就跟着乘务员走。

邵冬吟揉了揉眉心：“不知道吴胜邢怎么样了，我看他脸色不好？”

“他能怎么样？多半是被吓到了，脸色不好都是因为他的心理作用。”虞书鹤说，“这世上可没有那种一闻就晕的迷药。”他顿了顿，沉闷地说，“不过，他们这么做大概是在恐吓你和他。这次只是扔带气体的瓶子，下次就不知道扔什么了。”

“你的意思是……”邵冬吟睨了他一眼，“希望我不要查了吗？”

虞书鹤沉默着，没有回答。

邵冬吟说：“你可别忘了，SAN 牵扯到的可不只是你父母的案子，还有我手上的案子。倒是吴胜邢……他这样跟着我们确实挺危险的。他胆子又小，又不会保护自己，万一出了事，我真不知道怎么向他爸交代。”

虞书鹤大脑中的一根弦紧绷起来，略感不快：“你要跟他爸交代什么？”话里透着股酸味。

“他爸是我老板，一直对我挺照顾的。我要是害了他，我可不就没法儿交代了嘛。”

虞书鹤了然地点了点头，嘴角翘了翘。

火车“哐啷哐啷”的响声在厕所里显得分外明显，时间一分一秒地流逝，中途停过两站。门外终于传来敲门声，乘务员用她独特的语调高声说：“请问里面有人吗？”

有个声音说：“都说了有人，两个小年轻进去半天了，也不知道在里边干什么。”

虞书鹤将门打开，邵冬吟跟在他身后出来。堵在厕所门口的一位大妈刻意用怪腔怪调说：“现在的年轻人真是的，一刻都憋不了吗？还在车上呢，也不注意影响。”

说完，她鄙夷地扫了虞书鹤两眼，拉开门进了厕所。

邵冬吟向周围看了看，已经不见那二人的身影。一回头，看见洗手台的垃圾桶里丢着个空的矿泉水瓶。

那二人的目的确实是想恐吓她和吴胜邢，完成任务，他们就在停站的时候下了车。

乘务员略带警告地教育了邵冬吟和虞书鹤两句，虞书鹤笑着应了几声，跟邵冬吟一起回位置上坐下。那两名女大学生已经回到座位上来，吴胜邢也满面担忧地在位置上坐着。

虞书鹤踢踢他的脚：“让一让。”

他抬起头，看见虞书鹤的一瞬间眼睛都亮了：“你没事吧？我刚刚想去找乘警，但头实在是晕……”

邵冬吟坐到靠窗的位置，不以为意：“能有什么事，火车上这么多人呢。

“这么多人他们也敢乱来啊，我现在还觉得头晕呢。”吴胜邢隔着虞书鹤看邵冬吟，不满地嘀咕。

邵冬吟懒得说什么，靠在座椅上闭目休息。虞书鹤应了声没事。

从信宁到云间城，坐老式火车得坐十多个小时。

邵冬吟假寐了会儿，真就睡过去了。虞书鹤怕她着凉，站起来脱了外套，轻手轻脚地把外套盖在了她身上。

吴胜邢古怪地看了他一眼，对面两个女生互相絮语两句，小声笑起来。

天色暗下，途经某市的时候，外面下起了绵绵细雨。细小的水珠顺着玻璃滑落，在车窗上勾勒出一条纹路独特的曲线。

行驶中的火车打散了雨幕，从车窗向外看，能模糊地看见窗外那灯火通明、车水马龙的热闹城市。

邵冬吟睡觉不安分，动了动身子，衣服滑到大腿上。虞书鹤小心翼翼地拎着衣领，又给她盖上，对着她的睡颜忍不住笑起来，眼中有他自己都察觉不到的温柔。

今夜，难得的安逸。

清晨八点，云间城火车站，一辆黑色面包车停在车站出口，接走了面带疲惫的三人。

老吴开着车，对邵冬吟说："你妈这几天总问我你这段时间到哪儿去了，怎么天天不着家。你待会儿要不要回家一趟？"

邵冬吟扶着额"嗯"了一声，让老吴把车停在她住的小区门口。

回到家，打开门，屋里冷冷清清，有着阳光也驱不散的凉意。

孔雪柳一个人坐在客厅吃早饭，桌上摆着两盘油条包子，她面前放着一碗粥，这显然是三个人的分量。

邵城死前她就准备这么多，邵城死后，她还是准备这么多。

听到动静，她没起身，坐在椅子上咬着包子说："回来啦。"

"嗯。"邵冬吟把东西放回卧室，去厨房里洗了手，舀了碗粥，坐到桌边拿油条吃。

"你男朋友呢？怎么不把他带回来给我看看？"

邵冬吟吃油条的动作一顿，拧眉问："什么男朋友？"

"你还跟我装呢。"孔雪柳吃完一个包子，喝了口粥顺一顺，"老吴说了，你跟一个男的去信宁了。他要不是你男朋友，你怎么能单独跟他去旅游呢？"

邵冬吟把油条往碗里一扔，金黄的油条缓缓浸入温热的白粥里。她垂眸盯着碗，说："他不是我男朋友，我们去信宁也不是去旅游的。"

"那他是谁啊？你同事？你俩去信宁是去出差？"

"我朋友。"邵冬吟重新又拿起油条吃起来。

"你朋友？做什么工作的？朋友也可以带回来给我看看啊。你年纪不小了……"

"妈，每次我回来的时候，你都一定要跟我说这种话吗？"

"我说什么话了？我说的难道不对吗？你整天工作工作工作，想怎么着？孤独终老啊！"孔雪柳胸口剧烈起伏着，"你要是想一直一个人，行，我没意见，前提是你得改行！省得哪天我死了，你也死了，都没人给咱们收尸！"

邵冬吟握着拳，轻声说：“不管做什么工作，都有一定的职业危险性，死不死的跟我做律师有什么关系？我爸难道是因为做律师死的吗？他是因为出车……”

“你闭嘴！”孔雪柳扶着桌子站起来，瞪着邵冬吟，“你懂什么东西！你什么都不知道！”

邵冬吟茫然，望着孔雪柳问：“我不知道什么？我爸难道不是出车祸死的吗！”

“你爸是出车祸死的，但我就是不喜欢你做律师！”孔雪柳说一句话，拍一下桌子。

“可是你不是很支持我爸做律师的吗？他以前去照顾那些叔叔的家人，你不是还会跟过去帮忙吗！”

“你不一样，你不适合做律师。”

孔雪柳的声音轻下来，说出的话却像一把刀子狠狠地刺向邵冬吟的心窝。

邵冬吟用手把松散的头发向后捋，点着头，说出的却并不是认同的话：“我适不适合做律师，不是你来决定的。”

“那你就结婚，早点生孩子。我也不想跟你争了，做律师还是结婚，你选一个。”

“我要是结婚了，结婚之后呢？”

“结婚后当然要干你该干的事，洗衣、做饭、带孩子……”

“你这不还是要我放弃我的事业吗？”邵冬吟打断她的话，眼眶都有些发红，“我就算结婚，也绝不可能找一个整天想着让我放弃我的生活我的工作，在家洗衣做饭带孩子的人。我如果要找，我只会找一个支持我工作，支持我做我想做的事情的人。”

孔雪柳扯了扯嘴角，囫囵喝掉一碗粥，起身把邵冬吟面前才吃了几口的早饭收走：“你别吃了。”

“妈，你以前不是这样的，你到底怎么了。”邵冬吟语气软了下来。

邵城死后，她一直努力学习，长大后，努力工作。是不是因为她没能照顾到孔雪柳的心情，才让孔雪柳变成这样？

“是，我以前不是这样，所以你爸死了。”孔雪柳站在厨房里，侧着身子斜眼盯着她。

邵冬吟忽然觉得脊背一寒：“你是不是有什么事一直瞒着我？”

邵城死后，她一直浑浑噩噩的，很多事都记不清了。就记得邵城死前那段时间，她放学回来，总会看见家里有许多陌生人，然后孔雪柳就会叫她进屋去写作业。

“没有。”孔雪柳把没吃完的早饭用保鲜袋装好放进冰箱，将碗筷丢进洗碗池里，“乒乒乓乓”地响了一阵，随后是哗哗的流水冲刷盘面的声音。

沉默了这么一阵，她说：“我是你妈，我不会害你的。”

邵冬吟做了个深呼吸，吐出一口浊气，回房间简单地收拾了些衣物，拿着包又出去了。

孔雪柳站在厨房，听到大门开关声，用力地擦着盘子，盘面上发出“嘎吱嘎吱”的声音。

“你以为你活着很容易吗？”

空荡荡的屋里，有这么轻轻的一句问话响起，不知道是在问谁。

· CHAPTER 5 ·
是谁在说谎

“其实我觉得，阿姨在你上大学之前，对你还是很好的。”米娅站在浴室门外，把玩着自己的头发。

雾气氤氲的浴室里，邵冬吟洗头发的动作顿了下，她把头上的泡沫冲干净，抹了把脸，说：“我知道。我只是不能理解，明明她那么支持我爸做律师，为什么我做律师她就一直说不行？”

离家后，她到米娅这边来洗了个澡，正好还可以跟米娅说说话。

米娅工作一直很忙，她也一样。难得米娅有这样一段长假，她却依旧忙于工作，鲜有时间跟米娅聚聚。

“也许是你做律师就会让阿姨想起叔叔，让她伤心？”米娅一脸认真地猜测，“不是说叔叔是在调查一个案子的路上出的车祸吗？或许阿姨一直认为，如果他不去调查那件案子，他就不会出车祸了。”

米娅的话有些怪异，邵冬吟琢磨了一会儿，却说不出哪里怪。她穿着浴袍走出来，米娅把浴巾递给她擦头发，跟在她身后坐到沙发上，说：“其实我也能理解阿姨。叔叔出车祸的时候她刚好就在车上，叔叔去世了，她却还活着。她跟叔叔感情那么好，当初要不是为了你，她可能就活不下去了。她也许会觉得，你早点成家生子，她就可以早点把肩上的担子放下吧。”顿了顿，米娅说，“你别怪阿姨。”

“我从来没有怪过她。”邵冬吟摇了摇头，叹了口气，端起玻璃杯喝了口水。

“不过，你和虞先生……”米娅隐晦地笑了笑，冲邵冬吟挑了挑眉。

“我和他怎么了？我每天忙着调查案子还来不及，根本……”邵冬吟脑海中忽然闪过一些画面，她不自然地眨了眨眼，又喝了口水，“根本没时间谈恋爱。”

米娅说：“没有啦，只是觉得你现在整天跟他待在一起，阿姨会多想也是正常的啊。而且……你有没有发现你现在的注意力全在他的那件案子上哎，你手上不是还有自己的案子没查清吗？”

“那是……”邵冬吟抿了抿嘴，“算了。”

那些事，米娅还是不要知道为好。

米娅也不追问，感到屋里的气氛略有些沉重，她扯开话题：“你今天晚上要在我这儿睡吗？”

“不了，我去新买的房子那儿睡。”

“你不是说虞先生在那儿，你不方便吗？”

“不方便洗澡，不是不方便睡觉。”

邵冬吟把头发吹了个半干，同米娅打了声招呼，离开了米娅的住处。

虞书鹤听到动静，套上浴衣急忙从浴室里出来，一抬眼，便瞧见邵冬吟一手提着个袋子，一手扶着鞋柜，正在玄关处换鞋。

邵冬吟换上拖鞋抬眸扫了眼虞书鹤，他浴衣没穿好，胸前大敞着。发梢上的水珠一滴一滴落在肩上，顺着身体的线条一直向下滑落，在腰际隐没进浴衣里……她匆忙移开视线，边向主卧走边说："我这几天都住这里，以后你在这儿注意点，别真把这儿当自己家了。"

虞书鹤"哦"了一声。很快，他明白过来邵冬吟为何会暂时住到这里，拢好浴衣，跟在她身后问："你跟你妈……"

"砰"的一声闷响，打断了他的话，她的包被重重扔到床上。邵冬吟重重地呼出口气，嗓音里透着股疲惫不堪："没什么，就是想住到这儿来方便调查罢了。"顿了顿，她说，"虽说我手上的案子和 SAN 有关联，但这件案子的具体案情我还没弄明白。之后我得暂时把重心放回到陈佳佳的案子上，SAN 的事……你暂时自己去查吧。"

"SAN 已经给出了警告，如果这时候我再穷追不舍，只会把他们逼急。所以 SAN 的事，我这边也得放一放。陈佳佳的案子需要我帮忙吗？"

"没什么要你帮忙的。"邵冬吟目不转睛地盯着玻璃窗，沉吟片刻后，才开口道，"不过，我还是得麻烦一下吴胜邢。"

虞书鹤轻轻皱了皱眉，眼中有一抹不悦。

有什么事是他不能办的吗?

邵冬吟整理起包里的衣服，拿内衣的时候手顿了一下，回过头对还站在门口的虞书鹤说：“你不回去换衣服吗？”

“哦。”他的声音闷闷的，甩手转身。

邵冬吟莫名其妙地望着他，嘴角不自觉爬上一抹笑。她心想，像个孩子似的，也不知道他跟谁赌气呢。恍然间回过神来，她平了平嘴角上翘的弧度，将唇抿成一条线，坐在床边打开电脑。

她已经有些天没去过事务所了。事务所的老板是吴胜邢的父亲吴谭，她同他打过招呼，所以他没说过她什么。

不过，不知情的人可能就会奇怪邵冬吟怎么不去公司了。

她登录这段时间一直没上过的邮箱，里面只有一封邮件，发件人是王菲菲，发件时间是三天前。

邵冬吟点开邮件，邮件内容除了简短的一句话“你是不是得罪人了”外，还有一个音频附件。

这段音频是一段电话录音。

其中一个女声，她勉强能听出来这是属于王菲菲的，另一个是做过处理的声音，听不出是男是女。

做过处理的声音问：“你考虑好了吗？”

王菲菲说：“我还没想好。”她的语气中透着不安。

那声音说：“你怕了？你怕什么？我保证就算 ta 知道是你做的，ta 也绝不会拿到任何证据。你不是很讨厌 ta 吗？让 ta 知道是你害了 ta 却又拿你毫无办法，这难道不痛快吗？”

王菲菲说：“我再考虑考虑。”

那声音没再说话，电话被挂断了。邵冬吟能肯定，那声音所指的那个“ta”，就是她，邵冬吟。

而那声音的主人……多半是SAN的人。

她掏出手机，打算打电话给王菲菲问清楚，电话还未拨出，她又赶紧挂断了电话。

她糊涂了。

万一那人监听了王菲菲的电话，那她和王菲菲就都有危险了。这大概也是王菲菲选择用邮件发送音频，而不是微信或电话的原因。

她回了王菲菲一封邮件后，开始整理起陈佳佳案的资料来。这么长时间没接触，很多细节她都记不太清了。

她把案件从头到尾又看了一遍，恰好看完时，门铃响了起来。

电脑下方显示着时间：11:08。

虞书鹤穿着一身休闲服走出房间，站在大门口透过猫眼看门外的人。

那人戴着一顶鸭舌帽，一身黄色工装，正在楼道里四处张望，手上拿着个黑色塑料袋。

这人他从未见过。

邵冬吟从屋里走出来，问他：“是谁？”

“不认识。”他说，“你看一眼？”

邵冬吟屏着呼吸走到门口看了眼，松了口气，开了门。

穿工装的男人一下子就从门缝里挤了进来，反手将门给推上了，呼出口气。

“侯叔，您怎么来了？”

“来给你送东西。”老侯坐到沙发上，把黑色塑料袋放在茶几上，将里面的文件拿出来，“有人跟踪我，我好不容易才甩掉他们。”

“吴叔不是说暂时不调查SAN的事了吗？”

“什么SAN？”老侯一头雾水。他工作忙，不怎么来跟老吴他们聚会，只是顺带着靠老吴传话，帮帮邵冬吟的忙。

邵冬吟给他倒了杯水，说：“那您拿的是什么？什么人跟踪您？”

“可能是医院的人吧。”老侯说，“这是赵美芳去看病的单子。”

邵冬吟拿起单子，上面不仅有就诊记录，还有B超单和各项检查单子，所有单子都表明——赵美芳怀孕了。

老侯肯定地说：“赵美芳怀孕这事，我去他们村里打听过，谁都不知道。我前段时间加班，一直没空去查，今天放假本来想继续去查的，结果就被人跟上了。我把那人甩了之后，就赶紧来找你了。”

顿了顿，他补充道：“赵美芳的主治医生沈琳，是她高中同学，两人关系挺不错的。但给赵美芳诊断完之后，沈琳就从医院离职回老家了。我好不容易联系上她，这些东西就是她给我的。她好像很怨赵美芳，但又总是欲言又止，我觉得这其中肯定有猫腻。”

邵冬吟感激地道：“谢谢侯叔，这段时间你辛苦了。”顿了顿，她说，“之后您还是别调查了。”

老侯不以为意地摆摆手："没事，那几个医院的人我还甩不掉吗，就一私人小医院。"

"那些可能不是医院的人。"

"那是什么人啊？"

邵冬吟长话短说，简单说了这段时间的事。

老侯怔了半晌，若有所思地"哦"了一声。他低下头来，盯着茶几，眼珠子不安地来回转。

邵冬吟唤了他两声，他仍沉浸在自己的世界，毫无反应。

她又拍了拍他的肩，他才浑身一僵，抬起头来说："怎么了？"

"您怎么了？我叫您好多声了。"

"啊？我没什么啊。现在几点了？"他看了眼手机，"哟，都十一点多了，我得回家吃饭了。"

他匆匆忙忙站起来，脚步极快地向门外走。

"要不待会儿我们一起出去吃，我们也还没吃呢。您帮了我这么个大忙，我总得请您吃顿饭。"邵冬吟跟在他身后说。

老侯头都没回，连连摆手："不了不了，我媳妇在家等我呢。"他出了门，慌里慌张地往楼下走，走到拐角处还打滑了一下，差点跌倒。

"您慢点。"

邵冬吟提醒了声，老侯却没回应。

虞书鹤站在邵冬吟身后探头向外看："他是不是有什么事没跟你说？"

老侯消失在视线中，邵冬吟的眼眸一下子暗沉下来。她没有回答，虞书鹤亦没有再问。

临近十二点，两人去楼下的面铺吃面。正吃着，虞书鹤的手机振动起来，他看了眼来电备注，接了电话，没说两句，把电话递给邵冬吟。

邵冬吟一直走神，见他把电话递过来，愣了下，满眼疑惑地抬眸看着虞书鹤。虞书鹤示意她接，她接过来“喂”了一声，电话里便传出声音：“我已经约好茉桐了，下午两点在世纪广场的SOU咖啡厅，你最好提前到那儿，省得她去了你还没来，她生气就走了。”

陌生的声音。

她本来是想请吴胜邢帮忙约下茉桐的，邵冬吟困惑地蹙起眉：“请问……”她的话突然止住，看了眼正用筷子挑面却不吃的虞书鹤。

她早上跟他提了一句来着，可她也没说，她找吴胜邢帮忙是要吴胜邢帮她约茉桐。

虞书鹤抬眸，恰好与她的视线撞上。他毫不避让，直视着她的眼睛，勾唇一笑，一双桃花眼微微弯起来，眼底似有春水泛滥。

邵冬吟心跳蓦地漏了一拍，故作镇定地移开视线。

电话里的声音抑扬顿挫地“喂”了好几声：“喂喂喂，怎么不说话，听得见吗？我什么啊？”

“没什么，刚刚有点事。”邵冬吟说，“谢谢。”

挂了电话，她的目光缓缓地、小心翼翼地挪回到虞书鹤身上。

他还在挑面，碗里的面没动几口。

她放下筷子，看了眼在厨房里忙活的老板，轻声对虞书鹤说：“你不喜欢吃面？”

虞书鹤回头看了眼厨房，向她凑近了些，轻声说：“他家的面有点难吃。”

“那别吃了，我们去世纪广场，吃点别的去。”

邵冬吟站起身打算去结账，虞书鹤拉住她的手臂往外走：“我已经结过账了。”

她“哦”了一声，跟他出了面铺。

他的视线总是有意无意地落在她的纤细白嫩的手上，抓着她手臂的手几度往下滑了滑，最终还是松开了她。

他怕吓到她。

如果握住的是她的手，又是什么样的感觉呢？他不着痕迹地向她靠近，手与她的手背“无意”地擦了一下。

那是世界和心跳都仿佛在一瞬间停止，大脑被浪潮冲刷成空洞，一秒后心脏开始疯狂跳动的感觉。

“你在这儿等着，我去楼上拿东西。”邵冬吟和他走到地下车库入口说道。

“我跟你一起上去。”他脱口而出。

“你要拿什么吗？我帮你带下来。”

他漫不经心地看向一旁，不回答。

他没有什么要拿的东西，只是不想跟她分开，想和她多待会儿。

邵冬吟以为他有难言之隐，也没追问。

二人一起上了楼。

车驶到世纪广场时，已经临近下午一点多。干脆在咖啡厅里买了份甜点，两人一边吃一边等。

两点过十分，茉桐姗姗来迟。

她戴着副墨镜，穿着齐臀短裙，一头及腰的长长卷发。她挎着个 LV 包，站在门口扫了店内一圈，踏着高跟鞋走到邵冬吟面前，高抬着下巴在邵冬吟对面坐下，长腿交叠，微微向后靠在椅背上。

墨镜一摘，标准的网红脸，除了姿态有些高傲，通身气质倒是很好。

邵冬吟叫来服务员，茉桐点了杯咖啡才开口："不好意思，太忙了，来得有点晚。"

邵冬吟没拆穿她，说："没事，茉桐小姐知道我们找您是为了什么吧？"

"嗯哼。"茉桐漫不经心地回应，一双眼睛有意无意地往虞书鹤身上瞟。

虞书鹤直勾勾地盯着她，微微眯了眯眼睛。

"请问您知道陈彤为什么要黑您吗？"

"大概是嫉妒我吧。我和陈彤都是博主，她粉丝没我多，长得也没我漂亮。"

"没有别的什么私人恩怨吗？毕竟，您和陈彤不是同类型的博主，她没道理嫉妒您到这个程度。”

“你不信我的话，还来问我做什么？”茉桐脸上显出几分不快。

“茉桐小姐，您的包很漂亮。”虞书鹤突然插话道。

茉桐勾起嘴角，把包放到腿上，颇为得意，语气幽幽：“限量款，我特意花了高价收来的。”

“您很喜欢这款包吗？”

“倒也不是很喜欢。”

虞书鹤了然地笑了笑，没再问下去。

茉桐睨着他，忽地问道：“你……是不是虞家的人？”她的语气复杂，既透着股谨小慎微又透着股热切。

虞书鹤没回答，邵冬吟唤回她的注意力：“茉桐小姐，麻烦您继续回答我的问题。您和陈彤认识吗？有没有接触过？”

“算认识吧，也接触过。”她的表情变得不太自然，眼睛垂下，眉头轻轻蹙起，抿着的唇紧了又松。

“您想说什么可以直说。如果是不方便向外透露的话，我向您保证，绝不会告诉别的人。”

“我没什么想说的。”她暗暗攥紧了拳头，目光又回到虞书鹤身上。

虞书鹤与她对视着，忽地转身问邵冬吟要纸笔。邵冬吟把本子和笔给他，他从本子上撕了一张空白纸，没有避着邵冬吟。

邵冬吟看到他在纸上写了四个字：我见过你。

邵冬吟向他投去了一个疑惑不解的眼神，虞书鹤对她笑了笑，把纸折叠起来递给茉桐："这是我的联系方式，有空联系。"

茉桐接了纸便打开了，看到纸上的话的瞬间，咽了咽口水。她把纸折叠起来，紧紧攥在手里，不安地眨着眼睛，过了会儿，又把纸撕了扔进垃圾桶里，说："把纸和笔给我。"

虞书鹤把本子和笔递给她，她在纸上潦草地写了一句话，把纸递给了虞书鹤说："我不喜欢联系别人，你要是想联系我，请你主动。"

虞书鹤接了纸，打开看，上面写着：我们已经分了。

茉桐把本子和笔随意推给邵冬吟，看了眼手上的表，拎起她的包，说："我很忙，还有别的事，先走了。"

她对虞书鹤妩媚地笑了笑，邵冬吟心里没来由地一阵硌硬，小声问："这话什么意思？"

茉桐这是在向虞书鹤表明自己的单身身份？

虞书鹤倾身靠近邵冬吟耳畔，温湿的气息喷洒在她耳朵上："回去告诉你。"

邵冬吟呼吸一滞，忍住了往后仰的冲动，带上自己的东西起身离开。

开车回家的路上，虞书鹤坐在副驾驶座，拿着手机一边在搜东西一边说："大概五个月前，有人给我寄了一组照片。照片上拍到了虞立文和茉桐一同从酒店出来，并且那位神秘的寄件人还在照片后面写了茉桐是虞立文包养的情人之一。”

而茉桐给虞书鹤写的字条的意思是，她和虞立文已经分手了。

“陈彤死后，茉桐被人指责没有好好管理粉丝，害陈彤被她的粉丝网暴自杀，她几乎被所有网络平台都封杀了，网上最近曝出的全是丑闻。我估计虞立文也是不想摊上她这样的麻烦，就把她甩了。”

“自己的情人都不帮忙吗？那个寄件人你没去调查吗？”

虞书鹤说：“他亲儿子倒霉他都不一定帮。寄件人嘛……没必要调查，能寄这样的照片给我，说明他不会是我的敌人。”趁等绿灯的时候，他把手机屏幕展示给邵冬吟看，“茉桐的那个包，陈佳佳有同款。”

手机屏幕上是陈佳佳半年前发的一条微博。这条微博@了陈彤，配字“谢谢宝贝送我的包包，我超喜欢的（爱心）”，底下还配有一张陈佳佳拿着包摆拍的图。

当时的评论是所有人都又酸又羡慕，如今的评论只有一片谩骂。

真正的物是人非。

“明天我要去见陈佳佳。”邵冬吟说。

虞书鹤把手机收回来，联系了那位他俩都知道的医生，说：“好，我帮你预约了。”

绿灯了，车重新发动，如同水滴汇入江海般，逐渐融入了川流不息的车流中。

翌日，下午一点十五分。

陈佳佳坐在这样空荡单调的房间里，听到开门的动静，两眼放空，装作发呆。

“是我。”邵冬吟进入病房，护士随即将门关上。

陈佳佳松了口气，盘腿坐在床上，期盼地看向邵冬吟，说：“你……”

邵冬吟止住她，示意她看监控。她的兴奋一下子褪去，颓然弯下脊背。

邵冬吟开门见山：“我来是想问你一个问题，陈彤送你的礼物，你都放在哪儿了？”

“基本上都卖了……”

“我记得你说过，陈彤送过你一个LV的包，你卖给谁了？”

“我不知道，我是在二手平台上卖的。”

“那人的平台账号叫什么？”

“一串数字，记不清了。”陈佳佳不安地问，“那包怎么了？”

邵冬吟盯着陈佳佳，没有回答，反问道：“你紧张什么？”

陈佳佳沉默一阵，心虚地说：“陈彤送我包之前，送过我一些其他东西，她知道我把那些东西卖了，她也没管，但是她说这个包不能卖……”

邵冬吟敏锐地察觉到一些什么，问道：“包里有什么东西吗？”

陈佳佳仔细回忆，说：“没东西啊。”

“那包里有没有什么特殊的地方？”

陈佳佳茫然摇摇头：“也没有啊。我觉得可能是因为那个包她也很喜欢，所以她不让我卖吧。那个包是她自己用的，我看她背过好几次呢。”

虽然陈佳佳这么说，但邵冬吟还是认定，陈彤不可能因为这个原因就跟陈佳佳说那样的话。她说“你跟我仔细形容一下那个包。”

陈佳佳一面回忆，一面用手比画着说：“大概这么大，白色，真皮的，金属链，金属 logo（标识），logo 上有一串数字……”

邵冬吟皱着眉头打断她：“数字？你确定有数字？”

“对啊，有数字和字母。”

今天茉桐拿着的那款包，logo 上没有什么数字和字母。

她用手机找出茉桐所背的同款包的图片给陈佳佳看，陈佳佳说：“对，就是这款。陈彤跟我说，logo 上的数字是她自己做的特殊记号，代表这是她的东西。”

邵冬吟又从陈佳佳微博上找出那款包的照片给陈佳佳看，说“你这款上面也看不出数字。”

“因为反光了嘛，那个字很小的。”陈佳佳把邵冬吟的手机拿过来，将图片放大给她看，“你看，就这里，还是能看到一点点的吧。”

邵冬吟眯着眼睛盯着陈佳佳指的地方看了好一会儿，总算看出点端倪来：在 L 和 V 相交的地方，有一串非常模糊的痕迹，看不出来是数字还是划痕。

“这个特殊记号，在她送你的别的东西上还有吗？”

“她送我的一块 BVLGARI（宝格丽）手表，表带两边也分别有她刻的字母。但这不是她的特殊记号，是她在讽刺我。表带一边刻的是SCS，另一边是JJC'sM。SCS每个字母间都有空格，都是大写；JJC's和M之间有空格，s是小写，前面有单引号。”陈佳佳语气中透露着不满，“她说SCS是Strawberry Cloud Store（草莓云盘）的意思，JJC's M里的JJC是我的名字……她把我的名字和SM放在一起，再在前面加个草莓云盘，想想也知道她什么意思。这表我拿到就摔烂扔了。”

邵冬吟拿出纸笔将陈佳佳说的写下：

JJC是陈佳佳，加上's……JiaJia Chen's M……不应该是陈佳佳和SM搭配在一起的意思，而是陈佳佳的M。

那么M又代表着什么意思呢?

M……Mail？草莓云盘，陈佳佳的邮件?

邵冬吟似有所悟：“陈彤有没有借用过你的邮箱？”

“借用？”陈佳佳自嘲地扯了扯嘴角，“她都是直接用我账号的。我所有的账号密码，她都知道。没办法，谁叫她有钱，她是大爷，我缺钱呢。”

邵冬吟嘴角耷拉下来：“如果你不网贷，不买那些你承受不起的东西，你也不用这样受制于她。”

陈佳佳自知理亏，扁了扁嘴，没有反驳。

邵冬吟掏出本子和笔丢给陈佳佳，说：“把你所有的邮箱账号都写下来，还有你二手交易平台的账号。”

陈佳佳扁着嘴将自己的账号一一写下。

邵冬吟又细问了陈佳佳和陈彤之间的过往。再次听到陈佳佳和陈彤的交往过程，邵冬吟对陈彤有了不一样的看法。

她轻叹一声，想起了米娅，嘴角不自觉地松弛了。

能有米娅这样的朋友，真好。

似乎这世上总有一种“说曹操曹操到”的规律，她正这么想着，米娅就给她打了电话过来。

她接起电话，电话那头却传来陌生男人的声音：“是邵冬吟吧？”

这男人的声音夹着电流，像是……王菲菲录音里的声音……

邵冬吟不敢乱想下去，一颗心悬了起来：“你是谁？”

“你的朋友有几句话想跟你说。”

“喂，冬吟，是我。”米娅的声音听上去很虚弱，带有微微的喘息声。

“米娅？你现在在哪儿？没事吧？有没有伤到哪儿？”

“我在家……有人突然闯进我家里，把我绑了起来。”

米娅的声音紧绷着，隔着电话邵冬吟都能感受到她的恐惧。她的语速很慢：“那个人跟我说，让我打电话给一个朋友，如果我这个朋友答应了他说的事，他就放过……唔……”

邵冬吟一边听她说，一边匆忙地进了地下停车库，开车往米娅家赶。忽然，她听见一声闷响，伴随着一声隐忍的闷哼。

“喂？米娅？你怎么了？喂？你听得见我说话吗？”

邵冬吟眼眶瞬间红了。米娅没有什么仇人，住的小区安保也是一流的，那个人能冲到米娅家里，把米娅绑起来，还让米娅跟她说清楚情况……

这分明是想用米娅威胁她！他是冲着她来的！

她踩住油门，不断地询问着，声音都在颤抖。

“看来你的朋友不太配合，那我就直接跟你说了。邵冬吟，你应该知道……啊！”

话音戛然而止，邵冬吟听见一道男人的惨叫声，随后是十分杂乱的击打声，然后电话被挂断了。

那边到底发生了什么？

邵冬吟不敢懈怠，一路冲到米娅居住的小区。保安将她拦了下来，打电话给米娅想确认邵冬吟的身份，电话却打不通。

邵冬吟站在小区门口，眼眶一下子就湿了。她不断拨打米娅的手机，却怎么也打不通。

过了大约十分钟，电话总算通了。

“冬吟，是我。”米娅的声音还是那么虚弱。

“你没事吧？那个人还在吗？你让我跟他……”

“冬吟，我经纪人恰好过来，那个人被我经纪人打了一棍子就跑了。”米娅身旁还有别人说话的声音，她顿了顿说，“我经纪人非要我去医院检查一下，好烦啊……你别担心，我没事，等我检查完了再跟你把事情说清楚，我先挂……”

“你别挂。”邵冬吟说，“你身边的是你经纪人？”

“对啊。”

“那你把电话给他。”

米娅不满地哼了一声：“你不信我啊。”

电话那边发出细碎的杂声，接着一个干净爽朗的男声说：“我是米娅的经纪人，我现在正陪着她。”

邵冬吟长长地呼出口气，拍了拍胸口，问道：“麻烦你跟我说一下到底发生了什么吧？”

那边沉默了一阵，经纪人说：“没什么，还是等她自己跟你说吧。我带她去医院先做个检查，然后去警局报个案……”

邵冬吟说：“那我……”她的话还未说完，电话就挂了。她继续打过去，没人接。

她站在小区大门口，不断地打电话。

很快大门开了，一辆保姆车从里面开了出来。她记得，那是米娅的保姆车。

她赶紧上车打算跟上那辆保姆车，一个转弯的工夫，保姆车就消失在了车潮里。

夜幕降临，黑暗笼罩在城市上方。

晚上八点十分，米娅总算来了电话。

“喂，是我。”

“你怎么回事？为什么不接电话？”邵冬吟坐在客厅沙发上，忍不住抬高了音量。

她身边的虞书鹤第一次见她如此失态，从失神中清醒过来，好奇又惊讶地看了她一眼。

“我要做检查嘛，检查完还要去报案，没空接电话啊。再说了，我手机一直被经纪人收着，我没接到电话都怪他不把手机给我！”米娅坐在病床上，理直气壮地撒着谎。

陪床的经纪人翻了她一个白眼，没说话。

“你今天……没事吧？”邵冬吟态度轻柔下来，语气中包含着满满的歉意，“对不起，都怪我……”

“停停停，为什么怪你啊？你跟我道什么歉啊？”

“那个人……”

“那个人是在国外偷拍我换衣服的狗仔，跟你有什么关系？你跟我道什么歉？你做什么对不起我的事了？”米娅反客为主地质问。

经纪人又翻了她一个白眼，撇了撇嘴。得，不仅他要背没收手机的黑锅，那个狗仔还要背“恶意报复”的黑锅。

“这……这样啊……”邵冬吟彻底放了心。

米娅没被SAN盯上就好。她问：“你现在在哪儿呢，我去看看你？”

“别，你别来。”米娅说，“哪怕你是我关系最好的朋友，我也不想让你看到我这么狼狈的样子。”

“这是我自己惹下来的事，如果不是我沉不住气得罪了人，他也不会这样报复我。”米娅委屈地说，“我经纪人已经训了我一顿了，你来了肯定还要训我。我没事，真没事。”

邵冬吟说：“那我也得知道你伤得怎么样了。你现在在哪儿，我去看你？”

“我给你拍张照，你还是别来了。”米娅看了眼沉着脸的经纪人，小声说，“最主要的是我经纪人现在暂时不许我和别人接触，过两天他就要带我出国训练了。我这段时间没锻炼，腰上都有赘肉了。”

“可是……”

“你不是还有一堆事要忙吗，你去忙你自己的吧。”米娅语气匆忙起来，“我经纪人来了，我挂了。”

没等邵冬吟回话，她便挂了电话。

经纪人冷着脸说：“你就把什么都推到我身上吧。”

米娅嘿嘿一笑，低下头来，嘴角上扬着，眼眶却湿润了，肩膀压抑地颤抖着。她低下头，胡乱抹了抹脸，又因碰到脸上的伤疼得倒吸了口凉气。

她很害怕，到现在还是很害怕……把她绑起来的人跟她说，都是因为邵冬吟参与了不该参与的事，她才被连累的。

那时候她真的很想立刻按照那个人说的，打电话给邵冬吟，叫邵冬吟别再管那些乱七八糟的事了，输了官司就输了吧，查不到真相就查不到真相吧。

只要平平安安的，不比什么都要好吗？

可是听到邵冬吟声音的那一刻，她又想，这世上很多东西，比平安更重要。

她想起小时候。

那时候她父亲被邵城送进了监狱。

虽然不清楚情况的同学们都对她指指点点，但她不在乎。她和妈妈都为从那个男人手里解脱出来而感到轻松，其余的什么都不在乎。

直到那天邵冬吟来找她，站在她的课桌前，朗声道：“我爸爸叫我来跟你做朋友，但是我来跟你做朋友不是因为我听他的话，而是因为我想跟你做朋友。”

“我们同班，你肯定知道我的名字。”邵冬吟说出的话虽然显得她有些高高在上，但她平静的语气表明，她其实只是在陈述一个事实。

邵冬吟向她伸出手，用平静无波的目光注视着她。

从此以后，她在乎的列表里多了三个字：邵冬吟。

她不需要很多朋友，一个足够真诚的就够了。

邵冬吟一个就够了。

经纪人拿来化妆箱，米娅将脸上的瘀青和红痕遮去，然后自拍了一张，打开APP又美了颜，将照片发给邵冬吟。

邵冬吟收到照片，回了一句：“以后多注意安全。”

“你才是要多注意安全，你做的事可比我危险多了。”米娅笑吟吟地打字回复。

“你就打算一直瞒着她吗，很显然那人是冲她来的。”经纪人突然出声。

米娅摇了摇头：“当然不。等她将那群人绳之以法，我就告诉她我遭受的事。她会为我报仇的。”

她相信邵冬吟。

就像邵冬吟相信米娅一定能成为舞台上闪闪发光的人那样，米娅也相信邵冬吟一定能在属于她自己的舞台上成为最闪耀的人。

邵冬吟现在一定是正在做邵城会做的事，正在不顾自身安危地帮助别人。

她不能成为邵冬吟前进路上的绊脚石。

邵冬吟看到米娅回的短信，什么都明白过来了。

她沉默许久，脸上的凝重退散不去，却没有再说什么。放下手机，做了个深呼吸，她扭头拿出本子，打算跟虞书鹤谈谈今天从陈佳佳那儿得到的消息。

虞书鹤忽地起身，对她笑着说：“你现在可以安心吃饭了吧，我有点累，先回房间啦。”

他笑得很自然，邵冬吟点点头，把本子放下，失魂落魄地去厨房热饭。

今天她去找了陈佳佳，虞书鹤去办了他的私事。

“啪嗒”一声，天然气灶上蹿出了幽蓝的火苗。厨房里油烟机“轰轰”的声音，成了这安静房子里唯一的热闹。

放在灶台旁的手机振动了一下，屏幕亮了起来。

邵冬吟侧头扫一眼，打算收回目光的时候，视线被短信上的字黏住了。

房间里昏暗一片，唯一的光源是窗外城市通明的灯火。

虞书鹤躺在床上，望着在黑暗中倒映着斑驳光影的天花板，对着那虚虚幻幻的光影伸出了手。

城市的光影映到他的手上，像活物一样，不停地因为车辆或灯光闪烁而变幻。

他今天去找了虞振中，谈了谈那天雨夜，虞振中未说完的话。

他闭上眼，恍惚间像是穿越回了父母去世后的日子。虞振中对他的照顾和帮助的一幕幕，真切而又熟悉地在他眼前重演。

这样的画面，令他温暖而感激。

这样的画面，渐渐破碎了。

他闭着眼，做了个深呼吸，有什么东西在气息吞吐间释然。

他的呼吸变得平缓，嘴角缓缓勾起，唇间逸出一丝苦笑。

夜色浓如稠墨，两间对着的房间里，各有各的忧愁与梦。

清晨，缕缕阳光穿透车窗，洒落到人身上。

邵冬吟开车，副驾驶上坐着虞书鹤，二人正往陈威所住的莲花村赶。

莲花村在云间城的郊区，比起农村要整洁些，比起市区又要落后许多。进入到城中村的地界，周围的房子都慢慢变矮，商场饭店也消失不见，取而代之的是民房、小超市、小餐馆和农田。

车拐入一条小道，进入莲花村，在村口一块废弃工厂空地停下，邵冬吟和虞书鹤下车，徒步走进莲花村。

此时不过八点，许多妇女端着早饭围在小卖部门口聊天，她们或站或坐，每个人谈起别人的八卦，都是神采奕奕的模样。

邵冬吟走上前去，她们望着她噤了声。

邵冬吟一副公事公办的架势，问道："请问有没有人跟龙谷家比较熟悉的？"

龙谷，就是昨天邵冬吟收到的短信上的名字。她从来没想过，原来跟 SAN 有关系的人还有离她这么近的。

妇女们笑着互相看一眼，有个穿花衬衫的大婶用带着方言口音的普通话说："都挺熟的，我们都是从下边农村拆迁搬上来的，好几十年的邻居了。"

邵冬吟对大婶微笑，走到她面前微弯下腰来问："那请问您能说一说龙谷家的情况吗？"

"我啊？"大婶放下饭碗，兴致勃勃地讲起了龙谷家的往事。

龙谷在十年前，因为开车撞人逃逸而坐了牢。

"也不晓得他哪里有钱买那么好的车，才开第一天晚上就撞了人。"大婶说。

"哪里是他买的哦，是他偷的哎。"另一个女人打岔道，"还是失主心好，没跟他计较，还说既然是他们家的车撞了人，他们家也有责任，赔了一部分钱，他才只被判了七年的。"

"我好几天没看到龙谷了。"

"我前两天看到他，他好像胖了。他前两年回来的时候不是瘦得跟竹竿似的嘛。"

女人们七嘴八舌地讨论起来，又把话题转回到那起肇事逃逸的案件上："说起来，主要还是没把人撞死，才没重判的，不然就不止七年了。"

很显然，她们对龙谷家的具体情况并不是真的了解。

邵冬吟没工夫听她们讨论那些以讹传讹的话，道了声谢，又问：“请问龙谷家住在哪儿？”

花衬衫大婶正和别人说话，听到问话，过了会儿她才指了指村口废弃工厂后的一栋二层楼房：“喏，那个就是他家。”说完她又转回去继续和人聊天。

邵冬吟再次道了声谢，往龙谷家走去。

虞书鹤跟在她身后，看着她晃来晃去的马尾，唇抿了又抿，满脸迟疑不决。

“冬吟……”虞书鹤跟上她的步伐，走在她的身侧，轻轻唤了一声。

“怎么了？”邵冬吟随意瞥他一眼，很快又收回了视线，“哦，对了，等回去之后我得麻烦你帮我一个忙。昨天我去见陈佳佳，她又给我提供了新的线索。我猜这个线索也许就是SAN一直在找的东西。”

听到SAN，虞书鹤的脑海里恍然间又闪过，虞振中突然在他面前跪下，沉重地弓着身子说“书鹤，对不起”的画面。

他恍了恍神，将这些与他要说的事无关的画面赶出脑海，又唤了一声：“冬吟……”

“怎么了？”邵冬吟停下脚步，回过头来定定地看着虞书鹤。

虞书鹤目光如炬，忽地又移开了视线，看向一旁的沙堆。

沙堆上有一株绿草，插得歪歪斜斜，随风摇晃，大约是村里哪个在这儿玩耍的孩子给插上去的。

与虞振中见面的场景仍历历在目，那些话也还在耳畔回响，他皱了皱眉，心里默念，一定要说。

不说的话，或许就会像他和虞振中那样。

他一直想在一切尘埃落定后，好好跟虞振中道一个谢，好好表达一下这么多年来的感激。可虞振中同他说了那些话后……那个“谢”字，他是无论如何也说不出来了。

现在不跟她表明自己的心意，以后他还有机会说吗？

虞振中那些隐晦的话语在他脑海里盘旋，他深吸口气，转过头来，直视着邵冬吟的眼睛，说：“冬吟，你对我有……”

邵冬吟的目光突然就从他的身上落到了他的身后，猛地伸出手拉了他一把。

他撞到她身上，她向后踉跄了好几步，身体向后仰，他赶紧一把搂住她的腰。

她双手攀着他的肩膀站稳，仍看着他的背后，低声说了一句：“小心！”

虞书鹤应声回头，就见四名流里流气的小青年站在他原来站着的地方，为首的一位朝地上吐了口痰。

虞书鹤默默地将邵冬吟挡在自己身后，扫视了一圈对面的人。他们拿着手上的木棍，再次向虞书鹤和邵冬吟挥去。

邵冬吟看了眼不远处大门紧闭的龙谷家，在电光石火间权衡了利弊，拉上虞书鹤转身就跑。

那四个小青年只是追了几步，见他们没有回头的意思，便停下脚步，在沙堆附近看着他们跑远，就像是龙谷家的护卫。

邵冬吟和虞书鹤回到废弃工厂里，向龙谷家所在的方向望了一眼。

邵冬吟拉开车门上了驾驶位，说："走吧。"

SAN也许早就考虑到了他们会来找龙谷，就算他们把这几个混混儿制服了，也不一定能从龙谷嘴里问出什么。

不，应该不只是考虑到他们会来找龙谷，还有别人家，应该都已经有了各自的"看门狗"了吧。

邵冬吟抓紧方向盘，直视前方的眼神颇为凝重。

虞书鹤跟着上了副驾驶，沉默不言。有的话一次性没说出来，就真的再难说出口了。他的手机振动起来，他拿起来看了一眼，没接。

邵冬吟睨他一眼，说："不接就挂了吧。"

虞书鹤把手机放回口袋里，还是没挂断，就这样等到手机停止振动。

她从后视镜上看了他一眼，眼中有几分担忧。

从昨晚开始，他就一直不太对劲。

车掉转方向，往城区驶去。

干燥的空气，灰白的马路，汽车驶过，尘土飞扬，一路无话。

回到家才十点，邵冬吟与虞书鹤各自回了房间。

她没有再向他提起陈佳佳提供的线索，想让他休息一会儿。回了房间，她自己慢慢试。

草莓云盘十分小众，起先她在网络上搜，搜出的都是一些似是而非的东西。直到她翻到后几页一个已经被删除，只留有快照记录的帖子，才发现草莓云盘是一个提供私人云盘跳转的站点，需要有账号才能跳转至私人云盘。

终于在临近十二点的时候，她用找到的那个草莓云盘的账号登了进去。

云盘里有两个文件夹，第一个文件里是一段录像，第二个文件里有数十张图片，每一张都写明了日期。

点开一张图片，图片上是一张泛黄的草纸，就像是以前农村小学发的那种本子。

纸上写着日期和天气，很显然，这是陈彤的日记图片。

她随手点开看，每一张都是一扫而过，看到第七张，她的手顿了一下。

纸上的文字让她的眼前浮现出一个趴在桌上，边写日记边偷偷哭的小姑娘。

她犹豫了一会儿，跳到最后一张，终究没能细看下去。

沉痛地呼出口气，她平复了一下心绪，退出去播放第一个文件夹里的录像。

录像画面十分模糊昏暗，勉强能看清这是在一家豪华酒店的房间内拍的。拍摄者在床上，正对着摄像头的是亮着灯的卫生间。

卫生间的门没有关紧，隐隐能听见里面传出了男人的声音。

画面摇晃起来，拍摄者拿着拍摄设备，轻手轻脚地爬到床尾，拍到了门缝里的那个男人。

邵冬吟看到男人的脸，瞳孔不自觉地放大，忙接上自己的U盘将视频下载下来。

她将视频拉到开头，然后捧着笔记本电脑去找虞书鹤。她的大脑还沉浸在震惊之中，以至于连门都忘了敲，就这样开门走了进去。

客房里空荡荡的，床上整洁干净。她四处望了望，看到卫生间半透明的门里映出了一个朦胧的人影。

她张了张嘴，想叫虞书鹤一声，隐隐约约却听到了卫生间里传出他压抑的声音：

“你现在……邵伯伯怎么死的……我没……跟她说。”

断断续续的话，让她在心里拼凑出一个大概的意思。

邵伯伯……是谁啊？邵冬吟心里“咯噔”一声。

她还是把电脑放在了床上，不自觉地放轻了脚步，向卫生间走去。

“你都这样说了，不就代表邵伯伯的死我也有一定责任吗？”

她离卫生间越来越近，他的声音也越来越清晰……

“虞家，我不可能放弃。”

她站在卫生间门口，手摸上了拉门，指尖触碰到的金属门开关，冰凉冰凉的。

“我知道……等虞立文垮了，你再来跟我说这些吧。虞家要是不到我手里，我没有钱，你也没法儿从我这儿拿到一分钱。”

她的手轻轻颤抖起来。

“行了行了，要不是邵伯伯，她怎么会帮我，我……”

“哗啦”一声，门被拉开。

虞书鹤面前的镜子里，映出他一手拿着电话，一手撑在洗漱台上，看着镜子里站在门口的邵冬吟一脸错愕的模样。

电话那头的虞振中听不见他的回应，有些着急：“喂？喂？书鹤？当时你比邵冬吟还小，是邵城自己为了报答你奶奶蹚的浑水，他的死怎么也怪不到你头上，你别这么想。我也从来不是因为以后会得到多少钱才帮你的，书鹤，我是真的……”

邵冬吟看着他手上的手机，通话还在进行中，可是她听不见里面说了什么。

她抬眼盯着虞书鹤的眼睛，问：“邵伯伯是谁？邵伯伯是怎么死的？”

邵伯伯是谁？要不是因为邵伯伯，谁又根本不会帮他？

她心里其实已经有了答案。

“邵伯伯是……”虞书鹤垂眸，看到正处于通话中的手机，忙将电话挂断，再次抬眸，邵冬吟已经不在卫生间门口。

邵冬吟拿上手机，拨出那个她并不熟悉的号码。彩铃声响了大约十八秒，电话才接通。

“喂，冬吟，啥事啊？我在上班呢？”老侯的声音中夹杂着杂乱的机器轰鸣声。

邵冬吟单手拿着手机，把东西胡乱地往包里一塞，拎上往外走：“侯叔，我爸到底是怎么死的，您知道吗？”

老侯那天的不对劲，还有孔雪柳之前对她说过的话，一瞬间搅成了一团，灌入她的大脑中。

虞书鹤从客房出来，轻轻拉住她的胳膊："冬吟……"

邵冬吟头也不回地甩开他，一边朝门口走去，一边说："您什么时候午休啊，我去您厂里找您行吗？"

虞书鹤跟上两步，大门被"砰"的一声关上了。他站在原地，望着紧闭的大门，恍然有一种感觉，走出大门的是他。

房子里有炽烈的阳光，有闯入的暖风，有适宜的温度。

可是他好像被关在了房子外面似的，有点冷。

他的呼吸轻轻的，脚步轻缓地回了客房。

邵冬吟的电脑还在他床上放着，画面一片模糊。他在电脑前蹲下来，点了一下播放键，视频开始重新播放。

邵冬吟赶到老侯工作的电子厂，在大门口的值班室等着。

没一会儿老侯便从厂里出来，同门口保安打了声招呼，拉着邵冬吟到一边去，说："你听谁说那些有的没的了？他们都是瞎说的。"

"我妈说的。"她撒了谎。

老侯愣住了，顿时手足无措起来，眼睛也不知道朝哪儿看了："你妈……跟你说了啊……"

"是。但是她没说明白，她叫我来问您的。"

老侯摸摸鼻子，说："冬吟啊，有些事过去就过去了，你没必要盯着这些不放。你看你这些年过得不挺好的嘛，干吗要去纠结过去的事呢？”

“侯叔，这不是过去的事情，这事不可能过去的。我身为我爸的女儿，我难道连他到底是怎么死的都不能知道吗？”邵冬吟眼眶红红的，紧紧抓着拎包带子。

老侯抓了把脸，又搓了搓手：“你爸他……你爸是出车祸死的，但是那场车祸不是意外，当时车上除了你爸和你妈，还有一个小孩儿。”

从前的老侯不像现在这样不爱跟老兄弟谈天说地，相反，他是最八卦的。每次聚会，他都一定是最后一个走，生怕错过了什么。

那天晚上，他和老吴几个人在邵家边吃饭边说了他们最近调查的情况。

他坐在凳子上休息的时候，看到书房里有个小男孩正扒着门缝向外边看，等所有人酒足饭饱后，他问了邵城那孩子是谁。

邵城说那是虞学文的儿子，也就是他正在调查的这个案子的被害人的儿子，更是他的恩师——苏老师唯一的亲孙子。

邵城跟他说，虞学文死了，苏老师的老伴受不了打击，已经快不行了。虞家又乱成了一团，谁都想趁此时赶紧从虞家剜几块肉下来。苏老师年纪大了，不能方方面面都顾及到，就把孙子送来，求他帮忙照顾几天。今晚他就要把孙子送回去了，因为苏老师的老伴今儿去世了。

老侯的好奇心得到了满足，骑着他的摩托回家了。之后再看到邵城，邵城已经躺在病床上，被医生宣告死亡了。

孔雪柳伤得很重，老吴、老侯他们几家人的媳妇轮流给她守夜。她从病床上苏醒的那天，守夜的恰好是老侯媳妇。孔雪柳醒来后说的第一句话就是：“快去报警。”

老侯媳妇怕有什么事，赶紧把老侯叫了去。

孔雪柳就跟他说了那晚发生的事儿。

他们的车驶上山路的时候，一辆车正朝他们驶来，他们往哪儿让，那辆车就往哪儿开。邵城避让不及，两辆车撞在了一起。

她那时候还没有陷入昏迷，勉强睁开眼想看邵城的情况，却看到一辆摩托车开了过来，车上下来一个人，把昏迷的孩子抱了就走，弃她和邵城于不顾。那辆摩托车才开出不远，又有另一辆轿车开了过来，她想要求救，却没有力气。

那轿车上下来两个人，过来查看了她和邵城的伤势。她隐约听到邵城向他们求救，他们中有一个男人低声说：“还活着。”

另一个男人说：“那小子没在车上。”

然后他们上了车，开着那辆车撞向了他们的车子。

之后，孔雪柳就陷入了一片黑暗中。

那时候老侯家困难，没手机，况且那个年代，手机也没有普及。他听了之后赶紧往外走要去警局报案，一出病房，就又被几个男人堵了。

那几个男人问他要去哪儿，他直觉不对劲，说要去买点吃的给孔雪柳。他们还是没让他走，几个人围成一堵墙，把他推回了病房。

那几个人一起进了病房，开门见山问孔雪柳记不记得那天晚上的事儿，说他们可以帮她的忙。

孔雪柳下意识地就想说出那天的事，瞥到老侯一脸的慌张，她就改口说什么都不记得了。

有个男人反复问了她好几遍，她都说什么都不记得了。那个男人没有因此就放过她。他说："你女儿叫邵冬吟是吧？在二小上学？"

他还说："什么时候你丈夫成了被人害死的，你女儿就会下去陪她爸爸。不信的话，你试试。"

孔雪柳一开始只是表面上答应了，她不想连累别人，就不让老侯他们掺和，也不让老吴他们知道这场事故的内情。

她把邵冬吟从学校接出来，打算把邵冬吟送回老家后，自己再去报警。她以为那些人要报复，应该不会报复到那么远。

可是那天，她妈突然给她打来了电话，说是有个外地好心人把电话借她的。

她妈问她过得怎么样。

她本想趁此机会说她想把邵冬吟送回老家的事，就听到她妈说："我得把手机还给人家了。"

随后，那边响起了那个男人的声音。他说："你想把你女儿送来陪她爸爸吗？"

从此，不管是老侯一家还是孔雪柳，对当年的那起车祸内情都守口如瓶，不再提起。

老侯不再爱听八卦，不再爱去聚会，甚至开始害怕自己同朋友聚得多了，听得多了，会再次了解到这些他不能承受的东西，孔雪柳也变得沉默阴郁。

后来警方来调查的时候，孔雪柳也只说，那只是场意外。

……

老侯的一字一句都是一记重锤，狠狠地砸在邵冬吟心上。

好疼啊……

邵冬吟把眼睛瞪得大大的，眼眶里蓄满了泪水，眼里布满了血丝，通红通红的。她浑身都在发抖，紧咬着唇，呼吸沉重又急促。

她和孔雪柳的争吵，她对孔雪柳的不理解，孔雪柳那些莫名其妙的话……全部在她耳边如惊雷般一起响起。

她胡乱抹了把脸，匆忙对老侯道了声谢，开车往家赶。

她和邵城、孔雪柳的家。

· CHAPTER 6 ·
别动，他有病

邵冬吟曾以为，孔雪柳在邵城死后带着她搬了新家，是因为不想触景伤情。

她曾以为，孔雪柳的“为你好”都是迂腐母亲的自以为是。

她曾以为，孔雪柳根本就只是自私地不想理解她的想法，才会总是在她面前自说自话，把她的话都当耳旁风。

比起独自承受一切的孔雪柳，她真是无知得可怕。

眼眶里的泪珠不受控制地如珠串般，大颗大颗地不断往下掉。邵冬吟身边渐渐积了一堆湿纸巾，可她脸上的泪水还是擦不干。

她赶到家里，打开门。

客厅里整洁明亮，阳光透过窗户照到身上，暖暖的。空气里也有暖暖的味道，那是家的气息。

孔雪柳不在家，这时候她还在上班。

邵冬吟在沙发上坐下，垂眸看到透明茶几上，放着一个茶叶罐

子和三只白瓷杯子。

茶叶是邵城最喜欢的茶叶，杯子是她、邵城、孔雪柳三个人以前用的杯子。

茶叶罐子有些年头了，生锈了。

三只瓷杯，两只白得发亮，只有一只微微泛黄，里面有小半杯水，这是孔雪柳用的杯子。

她抬眸，看到餐桌上铺着三张垫子，桌边只有三张椅子是半拉出来的。

她目光转动，看到电视柜上放着一个黑灰色的眼镜盒，那是邵城的眼镜盒，她和孔雪柳都不近视。

透过卫生间半开着的门缝，她还看到，架子上放着三个茶缸、三条毛巾……

被阳光填满的房子里，响起了压抑的声音——先是抽泣，再是呜咽，而后是撕心裂肺的哭喊。

像一个孩子受了天大的委屈，却没人可以安慰。

她静静地坐着，弯下腰，抱住了自己。

日暮西垂，落霞漫天，房子里充斥着橘红色调。

门锁的转动声响起，邵冬吟起身走到门口。

门打开，孔雪柳看到门口站着的人，怔了一下，她什么都没说，进屋后把门关上，换鞋，放下包，拎着菜进了厨房。

“妈……”邵冬吟的声音带着一丝嘶哑。

孔雪柳放下菜，手指微微缩了一下，语调平淡：“你想好要怎么做了？”

邵冬吟走到厨房门口，手扶着门框，看着正低头择菜的孔雪柳。

她不知道有多久没这样好好看过孔雪柳了。

记忆里的孔雪柳，总把一头乌黑长发束成干脆利落的马尾辫，眼眸明亮，笑起来眼里像是藏了星星。

而眼前的人，一头长发成了短发，黑灰色的杂乱发丝中混着零碎的银白。她低垂着眉眼，眼睛像蒙上了一层灰，不复以前的明亮，脸上有车祸与岁月肆意留下的痕迹。

记忆里那双纤长白皙又温暖的手，变得骨节突出，指甲增厚，正择着带土灰的菜。

“妈……”邵冬吟的声音发颤，“我都知道了。”

孔雪柳择菜的动作停顿了一下，她想抬头看向邵冬吟，又生生忍住，嗓子眼里梗了东西似的，说：“你知道什么东西？”

“该知道的我都知道了。我知道我爸是怎么死的了，我知道你为什么带我搬家了，我知道你为什么不让我做律师了。”邵冬吟微微瞪着眼，做了个深呼吸，再将头仰起。

她好不容易才止住眼泪，可不能再哭了。

孔雪柳把菜往水池子里一丢，回过头来看她：“你知道什么啊！谁跟你说的！别人说你就信？”

“侯叔跟我说的。”邵冬吟低下头看向孔雪柳，视线又变得蒙眬模糊起来。

一滴泪珠从她眼眶滚落，她才又看清站在水池边的孔雪柳。

孔雪柳没说话，用抹布擦了擦手，气势汹汹地出了厨房，拿上电话，拨出了一个号码。

邵冬吟怔了下，反应过来孔雪柳想做什么，忙过去把电话按了："妈！是我骗侯叔你已经把事情告诉我了，他才跟我说的。这事不怪他。"

"你能耐了，会骗人了。"孔雪柳一边讥诮一边点头，把电话一撂，往沙发上一坐，看向一旁。

邵冬吟看着她眼眶慢慢变红了。

孔雪柳抹了把眼底，说："你知道又怎样呢？日子还不是这样过吗？你知道你就会听我话不做律师吗？"

邵冬吟沉默着，良久，才开口道："我知道了，我就会为我爸报仇。"

"报仇？"孔雪柳像是听到了天大的笑话一般，讥讽地轻笑了一下，手指重重地点着茶几，"有能力的去找那些人，那叫报仇；没能力的去找那些人，那叫送死。"

那个年代，那个时候，那些人的威慑深深地刻在孔雪柳的脑海里。以至于她这些年来不仅不敢反抗，也不希望邵冬吟再去接触任何有类似危险的事情。

邵冬吟理解她。

"你怎么知道我没能力，我……"

"你有什么能力？你一个小律师能有什么能力？"孔雪柳的语

气显得有些咄咄逼人，“你去找警察，你去报案，你有证据吗？十多年前的事了，你想让警察帮你去查？人家怎么查？”

“我自己来查！我会找到足够的证据，我会把那些人绳之以法！”

邵冬吟没法儿指责孔雪柳的懦弱。

孔雪柳的懦弱，几乎全是为了她。如果不是她，那时候，孔雪柳应该是抱着同归于尽的心想去报案的。

孔雪柳的胸脯高高低低地起伏着，眼睛一眨不眨地盯着她。

邵冬吟说：“我已经大概知道那些人是谁了，我手上也已经有了一定的证据。只要再等等，我一定可以把他们绳之以法的。”

孔雪柳沉默不语。

邵冬吟说：“你之前不是问我，跟我一起去信宁的是谁吗？他是虞书鹤，是虞学文的儿子虞书鹤。”

孔雪柳的眼睛猛地睁大，陷入震惊，久久不能回神。

邵冬吟脑海里闪现出虞书鹤在卫生间打电话的画面，闭了闭眼：“我和他的目的是一样的，我们都是想要将幕后的人全部揪出来。我会和他一起把这案子查清……”

即使她现在并不能确定他调查这些事，究竟只是为了钱在利用她，还是真的想要查出真相为他父母报仇。

“你离他远点。”静默许久后，孔雪柳严肃地盯着邵冬吟说。

邵冬吟摇了摇头：“是你暂且要离我远一点。”

孔雪柳怔怔地望着邵冬吟，不敢相信自己的女儿竟会说出这样的话：“你……你什么意思？”

邵冬吟按下心中翻涌的复杂情绪，深吸口气，尽量平静地说：“妈，我相信你也是想抓到杀害爸的凶手的。我希望你能相信我，接下来你就听我的安排，好吗？”

三天后。

昏暗的客厅里，一道人影靠坐在沙发上，头微微向后仰着，手上握着的手机屏幕逐渐暗了下去。

窗外闪烁的灯光明明灭灭地映照在他脸上。

安静的房子里，只能听见他清浅的呼吸声。

“咔嚓——”

门锁转动的声音响起，他应声转过头去，缓缓站起来。

门打开了，灯随之亮起来。

邵冬吟走出玄关，侧头看到虞书鹤在沙发旁站着。

他目光灼灼地望着她，她别开视线，说：“你在啊……怎么不开灯？”

他信步向她走来：“觉得没开灯的必要。”

他停在她身侧，有意想向她解释那天的事，却又不知该从何说起，沉默半晌，他说：“我给你打了很多电话，你都没接。为什么？”

“这几天比较忙。”邵冬吟的语气平淡，带着几分疏离，“你有什么想跟我说的吗？”

“那天我是……”

他不用说太多，因为她不一定信他。邵冬吟抬手止住他，抿了抿唇，问："你记得你小时候的事吗？"

"记得。"

她直勾勾地盯着他，眼中带着质问："那你知道，在我爸送你回家的那天晚上，救走你的是谁吗？为什么他只救走了你，把被你连累的我爸我妈留在了那里，甚至都没为他们报个警，叫救护车？"她越说越激动，语调高亢起来。

一段话说完，她眼眶又红了。

这几天她一直在忙着安顿孔雪柳。

她不得已去找了米娅，看到米娅脸上的青紫，她的心简直像被人攥住了一样。她只能一直对米娅说对不起，即便米娅依然在对她装傻。

她心知自己连累了米娅，可她还是又把米娅拉下水了——她请求米娅等等再出国，请求米娅将孔雪柳一起带走。

米娅没有思考就答应了她。

可是她心里更难受了。

她开始想，如果没有虞书鹤，她现在是不是还拥有一个幸福的家。

孔雪柳每天早上准备好的三份早餐都有人吃，茶几上三只杯子都有人用，茶叶罐里的茶叶还有人喝，电视柜上的眼镜还有人戴……

要是没有虞书鹤，邵城就不会死，米娅也不会受到她的牵连……

"要不是邵伯伯，她怎么会帮我。"

——虞书鹤说得对，要不是因为他说这是邵城当年未查完的案子，她根本不会管。

如果没有虞书鹤，或许她的人生会很美好。

可是……她竟然舍不得这个世界没有他。

邵冬吟闭了闭眼，双手攥成拳头，与虞书鹤一起去调查线索的经历像幻灯片似的在她脑海里播放，仿佛有一双大手在拉扯着她的心脏。

这个世界上没有如果，而且她也不该全怪虞书鹤，该怪的是真正的杀人凶手。她脑海里的一个声音这么说着，另一个声音却化成利刃在她的心头上一刀一刀地割：如果没有他，爸爸不会死。

她微微弯下腰，恍惚间踉跄了一步，眼前的世界突然变得天旋地转。

她这三天几乎没怎么睡。

她揉揉太阳穴，摇了摇头，想让自己保持清醒，手臂上突然传来一道温暖的支撑。

虞书鹤一手扶着她的手臂，一手扶住她的肩，惊慌不安地问："你怎么了？哪里不舒服？我们去医院。"

"没事。"邵冬吟挥开他，坐到沙发上，闭目养神，"你先回答我的问题。"

虞书鹤蹲到她面前，关注着她的脸色，声音轻轻的："是我的一个叔叔，就是那天跟我通话的人，当时是他把我带走的。"

他顿了顿，说："冬吟，我带你先去医院看看，等我们回来，我慢慢跟你说。"

他强制性地扶着邵冬吟站起来。

邵冬吟头痛欲裂，浑身上下都不舒服，心跳得异常快，耳边还有类似电流的声音。

她没逞强，虞书鹤扶她走了两步，干脆将她打横抱起。

下楼，上车，她眼皮好似千斤重，靠在副驾驶位上忍不住闭上了眼。

车疾驰到医院，虞书鹤扭头要叫邵冬吟下车，却发现邵冬吟闭着眼，眉头轻皱着，呼吸有时急促有时平缓。

他轻唤了她名字两声，她抬手挥了挥，眉头皱起，仿佛在嫌他吵，翻了个身背对着他，侧身靠在椅背上，很显然是睡着了。

他一颗悬着的心放下了，把车开到僻静的车位，静静地注视着她，目光柔如水波，脱下外套，轻轻盖在了她的身上。

银月高挂，夜色渐浓。

医院时有来往的车辆亮着刺眼的远光灯，他怕那灯打扰到她睡觉，瞧见有车来，就用手遮住她的眼。

他不敢碰着她，怕会把她惊醒。她轻颤的眼睫若有似无地扫着他的手，有些痒，心里更痒。

即便他知道，此刻不该想这些。

邵冬吟做了个梦。

梦里她回到了小学时代，回到了老房子里。

她背着书包站在家门口，打开那扇熟悉而老旧的大门，看见客厅里站着四五个西装革履的人。

这已经不是她第一次在家里看到这些人了，她有些见怪不怪。

还梳着马尾辫的孔雪柳催她回房写作业，她乖乖地应了，走回房间，将房门关上的那一刻，无意间瞥见坐在沙发上的三个模糊人影——

一个是穿着旧西装、戴着眼镜的邵城，一个是穿着裙子，头发有些灰白的女人，她姿态优雅地坐着，微微低下头，正和邵城说话。

这两位谈话的场景，也是她见过许多次的了。

可今天，还有一个小小的人儿，穿着儿童西装。他似乎察觉到了她的目光，向她看来。

她匆忙将门合上，那小小的身影还不断地在她脑海里重现，一点一点地清晰起来，她却没继续想下去，放下书包开始写作业。

天色渐暗，孔雪柳敲门叫她吃饭。

她走出去时，那些人已经走了，那个小小的身影还在。

他坐在邵城身边，平静地看着她，眼下一颗红色泪痣尤为醒目。

邵城对她招手，笑着说："冬吟，他叫书鹤，从今天起，他就要在我们家住几天了。"

不要……不要他在这儿住！邵冬吟想到之后发生的事，大脑里疯狂叫嚣着拒绝的话。

小小的虞书鹤就那样看着她，他眼里隐隐有水光闪动，眼眶红红的，红红嫩嫩的唇紧紧抿着，极力不让自己哭出来。

“书鹤，给你介绍一下，这是伯伯的女儿，她叫冬吟。你别怕，以后让冬吟姐姐陪你玩好吗？来，叫姐姐。”

“冬吟……”他稚嫩的声音掺杂着哭音，说不出话来了，眼里的晶莹泪珠似乎随时要从眼眶里滚落出来。

他在强忍着不哭。

她没说话，坐到虞书鹤对面，自顾自地吃饭。

他静静地望着她，邵城俯首轻声哄着他。

孔雪柳从厨房出来，打了一下她的胳膊，附在她耳边轻声说：“别这样，对他态度好一点。书鹤的父母两年前失踪，最近他们才被人……”

她拿着筷子的手一顿，抬眼看向已经低下头、肩膀轻颤的小人儿，大脑中紧绷着的一根弦断了。

他还那么小，面对父母的惨死，他什么都做不了，又何来的能力预见和阻止邵城的死亡呢？

她听见九岁的自己用稚嫩的声音向他许诺：“以后你有事可以来找我，我罩你。”

他抬起头，小心翼翼地看着她：“冬吟……”

“冬吟？”有声音在她耳边轻唤。

她试着去睁眼，刺眼的强光让她眼睛发疼。忽然有什么东西挡在了她眼前，光亮柔和起来。

天光一片大亮，金色阳光从车窗洒落进车内。

虞书鹤将手从她眼前收回，用哄孩子的语气说：“好点了吗？

现在八点了，我们先去医院做个检查，然后回家再继续睡，好吗？”

他的语气透着股小心翼翼，眼底一片乌青。

他守了她一夜。

邵冬吟定定地望着他，他的脸渐渐和她梦里的小人儿重叠在一起。她说：“以前在我家，我是不是见过你？”

虞书鹤愣了下，点点头：“嗯。”

“你有认出我吗？”

他继续愣怔，随后笑了笑：“嗯。”

邵冬吟低垂眼眸，呼出口浊气，放不下的心结随着这股气息消散。

她跟着虞书鹤下车，虞书鹤还怕她站不稳，双手虚扶在她身侧。

她一边向医院大门走，一边说：“我有很多事想问你。”

“好，你问什么我都回答你。”

“这是我最后一次信你。如果我再发现你利用我欺瞒我，我不会再听你说任何话。”

“我……”他想说他没有，但转念一想，这些不重要了。

他说：“好。”

“第一个问题。”

“嗯？”

“你小时候为什么不叫我姐？”邵冬吟看向他。

她记得邵城哄他时说：“怎么不叫姐姐呀？是不是怕她？你别怕，姐姐只是看起来凶，其实她不凶的。”

她看上去真的很凶吗？

虞书鹤沉默了半晌：“忘了。”

他勾着嘴角，低下头来，用只有他俩能听到的音量，绵软暧昧地唤了声：“冬吟姐姐。”

邵冬吟脚步一顿，缩了缩脖子，耳根被火烧了似的烫。

“你还是别叫我姐了。”

他没直起身子，在她耳边吃吃地笑起来。

进医院，排队挂号，排队看医生，排队交费，排队体检……

一套流程下来，已经快中午了。

虞书鹤站在邵冬吟身边，医生看了检查报告，一边敲键盘记录，一边说：“你这样熬夜不行的，你看你内分泌都紊乱了。不过没什么大事，回去好好睡觉，不要熬夜了。还有你这几天饭也没怎么吃吧？这样不行的，你这样要熬出病的，回去还要好好吃饭晓得吧？来，把体温计给我看下。”

邵冬吟把体温计从衣服里拿出来递给医生，医生“啧”了一声：“你这都发烧了，你没感觉吗？”

“头疼，还晕。”邵冬吟有气无力地说。

“那需要拿药挂水什么的吗？”虞书鹤扶着她，微弯下腰对医生说。

“当然要挂水啊，先把烧退了，你看这都三十九度一了。”医生开了单子，让虞书鹤和邵冬吟下去拿药，然后直接去吊水区挂水去。

虞书鹤扶着邵冬吟走到诊室门口的椅子上坐下，又折返回来：“可不可以开间病房？”

医生奇怪地看着他：“挂个水你还要去病房挂啊？”

“我之前看到吊水区人太多，我怕别人吵得她不舒服。”

“行行行，你要开给你开，没见过有人发烧挂个水还要多花这个钱的。”医生又调回邵冬吟的记录页面，开了个住观察病房的单子给虞书鹤，打趣道，“你对女朋友还挺好的啊。”

虞书鹤没有否认他和邵冬吟的关系，笑着说了声谢谢。

出了诊室，他看了眼医生开的病房位置，然后叫邵冬吟坐这儿休息，自己爬上爬下地去排队交钱拿药，去观察病房前台那儿把单子交了，回来扶着邵冬吟往病房走。

她走出几步，脚步虚浮得厉害。

虞书鹤柔声问她：“难受吗？”

她“嗯”了一声，腰上忽然一紧，整个人腾空起来。他抱着她往病房走去，一路上不断有异样目光向他们投来。

“放我下来。”本该是表达不悦的话，因她此刻虚弱，说出来反而有几分撒娇的意味。

“你怕别人看你啊？”

邵冬吟没说话，算是默认。

“你把头埋我肩上，这样别人就看不到你的脸了。”虞书鹤认真地提议。

邵冬吟沉默了一会儿，伏在他肩上，头靠着他的颈间。

脸上好烫，大概是因为发烧吧。她心想。

他的脚步顿了一下，嘴角上扬的弧度越来越大，脚步也欢快起来。

他想，从诊室到病房的路要是再长些就好了。

病房是双人间，虞书鹤抱着邵冬吟进去，动作轻柔地将她放在病床上，然后帮忙拉下被子给她盖上。

另一张病床上是一位患阑尾炎的老太太，身边陪护的人可能有事暂且离开了，只留下一个四五岁的孩子，围着老太太的病床转来转去。病房里充斥着孩子玩闹的声音。

护士进来在邵冬吟的床尾放上单子，虞书鹤看了眼，一共有六瓶水。

他看完单子，瞧见邵冬吟躺在床上，闭着眼，眉头微微皱着，护士在一侧拿皮筋勒紧了她的手臂，正准备给她扎针。

他绕到另一侧，半蹲下握住她的手。

邵冬吟睁开眼，不明所以地望着他。

针头对准她的手背，缓缓刺入皮肤，她眉头又是一紧，下意识地要转过头去看。

虞书鹤伸手挡在了她的脸侧，她转头的瞬间，捂住了她的眼。

他半弯着腰，声音轻轻地飘入她的耳朵：“不看就不疼了，乖。”

护士轻笑起来，邵冬吟脸上更热了。

是因为发烧，都是因为发烧！

邵冬吟挥开虞书鹤的手，睨他一眼：“我……”她不是怕挂水，怕疼，只是……

她冲他勾勾手，他附耳至她唇边，她小声说：“我觉得那孩子有点吵。”

虞书鹤闻言起身，看向那个还在上蹿下跳的孩子，一把抓住他的胳膊，居高临下，冷着脸说道：“这里是病房，安静点。”

病床上的老太太一看急了，半撑着身子坐起来：“哎，你抓我孙子干吗，你快松开他！”

那小孩有了老太太撑腰，挣扎着大叫起来。

虞书鹤没搭理老太太，附在小孩儿耳边，指着窗户，声音里透着股阴森：“你再吵我就把你从那儿扔下去。”

小孩儿盯着窗户，眼眶红了，吸着鼻子一副要哭的架势。

“你要是敢哭我也把你扔下去。”

小孩儿小嘴一扁，在病床旁的小板凳上坐下，盯着奶奶看，指望着奶奶帮他出气。

老人家耳朵不好，没听见虞书鹤说的啥。看自己孙子不吵了，自己也可以休息会儿，摸了摸孙子的头，只瞪了虞书鹤一眼就不说话了。

虞书鹤坐到邵冬吟床边，声音柔软起来：“你再睡一会儿。”他小心翼翼地捧着她的手，像对待易碎的珍宝似的放进被窝里，给她掖了掖被角。

邵冬吟哭笑不得：“你连小孩儿都恐吓啊。”

“像这种孩子，你好好说话他不会听的。”虞书鹤对着她两手一摊，目光如水，注视着她的脸。他伸手摸了摸她的额头，确实很烫。动作自然地捋了捋她散乱的发丝，他哄孩子入睡般柔声说：“睡吧。”

“你睡吧。”邵冬吟眼里映着他眼底的乌青，“我自己看着吊瓶。”

“我不困，你快睡。”虞书鹤伸手抚下她的眼皮。

她的眼睫在他掌心里轻颤了下，随即闭上了眼，身体却紧绷起来。

有种感情在她心里滋生，有些画面在她脑海中浮现，她意识到了一些事，有点怕睁开眼看到他。

虞书鹤也是一愣，收回手，看了下自己的掌心，手肘撑在床边，手扶着脸看她入睡，不知不觉中微笑起来。

他偶尔抬头看吊瓶，吊瓶里的药水一滴一滴往下落，逐渐变得越来越缓慢。这一瓶大概只有他半个巴掌大小，可滴了快一个小时也没滴完。

他摁下床头按钮，叫来护士。护士先是检查了吊瓶和输液管，又掀起被子看邵冬吟的手。

邵冬吟原本平放在身侧的手被她在睡梦间放到了肚子上，手背像拱起的小山包。

护士摁摁她的手背，将针头拔出来，邵冬吟本就睡得浅，一下就被疼醒了，睁眼迷茫地到处乱看。

虞书鹤一只手捂住她的眼不让她去看护士扎针，另一只手去摸她肿起的手，肿得像馒头的手冰凉冰凉的。

他心上一抽，有些自责。

“不要再乱动了，再肿起来那只能扎脚上了。”护士叮嘱完邵冬吟离开了。

虞书鹤把凳子提着坐到她挂水的那只手那边，自己将手搓热，把她的手放进被子里，双手一上一下轻轻地捂着她的手，说：“继续睡。”他一脸坦荡真诚。

邵冬吟轻轻地抽动手臂：“不用了，我不睡了，你睡吧。”

虞书鹤捏住她的手指尖，她耳朵噌地就热了。

他说：“你睡吧，我帮你握着，不会让你再乱动了。”

邵冬吟仍要抽手。

他不愿放，一只手轻抓住她的手指，一只手覆上她的眼睛：“快睡！”

邵冬吟心里挣扎了一下，闭上了眼。

她的眼睫不断轻颤，身体僵硬。

虞书鹤将她的手包裹在自己的双手间，看她装睡的样子，忍住想揉她手指的冲动，勾起的嘴角弧度扩大。

前两瓶药水都是半个巴掌大的小瓶子，到了第三瓶药水，就是比一个巴掌还大的袋子了。

六瓶药水一直挂到傍晚才结束。

夕阳将病房内照成橘色，邵冬吟穿好鞋子下床向外走，虞书鹤还要过来扶她。

她避了一下：“我不晕了。”

虞书鹤“哦”了一声，跟在她身边走。

时间不早了，两人没直接开车回家，徒步出了医院，在医院附近的小餐馆吃了饭。毕竟邵冬吟家旁边的那家店饭菜味道实在是不敢恭维。

他们吃完饭，天已是全黑。回到医院停车场，走到车边，虞书鹤却发现有些不对劲。

他蹲下来，昏暗的光线下，车子的两个后轮都瘪了，他拿手机对着照了照，能很明显看到俩后轮上各有一道口子。

邵冬吟抬头向周围看，这停车位有点偏，和摄像头间卡了根柱子。

虞书鹤顺着她的目光去看那摄像头，说：“拍不到谁割的轮胎，但应该能拍到谁往这边走了。”

他跟邵冬吟一起去医院服务台说了这事，说想看下监控。服务台的人又联系了保卫处，保卫处的人过来表达了歉意：“看监控这事我们得请示过领导才行，不好意思啊。要不你们留个联系方式，现在领导下班了，等明天领导来了，我们再通知你们，你们看行吗？”

邵冬吟心里头直突突，也不知是因为生病还是什么，总想赶快回家。她爽快地应了，跟虞书鹤一起出了医院去打车。

正值下班高峰，又是饭点，医院门口车来车往，停下一辆就被站在前面的人给截了。

虞书鹤找了网约车，在医院门口等了有十多分钟都不见车来，打电话给司机，司机又叫他退单，说是来不了了。

“这个时间点打不到车也正常。”邵冬吟以前刚上班还没买车的时候，到这个点下班，别说打车了，就是地铁都得靠挤才能上去。

她往家的方向走，说：“反正也不远，走回去吧，就当饭后散步了。”她心里不舒服，慌得很，没安全感。

虞书鹤跟上她，陪在她身边走着，时不时侧过脸来看她一眼。

“你怎么了？哪里不舒服吗？”他关切地望着，伸出手想抹去她额角流下的汗。

“没有。”邵冬吟头往后仰，避开他的动作，侧头看了他一眼，欲言又止，心里还是慌，加快脚步往家走，“回家再说吧。”

虞书鹤没料到她会加速，一下被她甩在身后。他跟上她，一边走一边看她。

昏黄路灯下，她面色凝重，有意无意地与他保持着距离，一个劲儿地往前走，直视前方。

他的脑海里不由得有了许多杂思。

他停在路灯下，猛地一把拉住她的手腕，她向后踉跄两步，退到他面前来，疑惑地眨了眨眼：“怎么了？”

“你是不是还是……”他的嗓音微沉，透着不确定。他的眉心微拧，眸中透着不安和歉意。

她一下子明白过来他在想什么。

“我只是觉得很不舒服，想快点回家。”邵冬吟目光随意一瞥，看到地上的另一个人影，拉住虞书鹤的手腕，压低声音说，“快走。”

虞书鹤看了眼地面，眸光一凝，反手握住她的手，快步往前走。

地上的影子跟紧了他们的步伐。他们俩的影子中间，有第三道拿着棍子的影子。

周围车流少了，行人只有他们俩。

虞书鹤向邵冬吟递去一个眼神，邵冬吟会意。

各自默数三秒，他们一起回头。

他们身后那个穿黑色卫衣、戴着鸭舌帽的人也停下了脚步，握紧了手上的木棍，一个箭步冲上前来。

虞书鹤轻松躲开挥来的木棍，紧抓住那人的手腕一拧，那人吃痛哼了一声，木棍随声落地。他不死心，另一只手握成拳攻向虞书鹤。虞书鹤偏头躲过，攻击他的膝盖，将他双手反压在身后，腿顶着他的背把他压在地上。

邵冬吟因紧张，呼吸有些凌乱。她掏出手机，解开锁打开录音机，蹲到那人身边问："你是谁？谁叫你跟踪攻击我们的？"

那人扯唇，喉咙间发出闷闷的笑声。

"嘭——"

"嘭——"

两声闷响同时响起。

一瞬间，虞书鹤眼前天旋地转起来。

他看到，在这扭曲摇晃模糊的世界里，邵冬吟倒在了地上，一个人影在她身后缓缓蹲了下来，捡起了地上正在录音的手机。

"啧。"他身后传来一声不耐烦的轻哼，头上再次传来钝痛。

下一秒，他的世界陷入一片黑暗。

那真是一个很恐怖的梦。

她梦到自己生病了，从医院回家的路上遇到了歹徒袭击。

嘶……好疼啊……

她缓缓睁开眼，一片朦胧间看到一个坐着的人影。

一股暗红色液体从他额头上流出，在他苍白的脸上形成一道干涸的印记。

虞书鹤?

她睁大眼睛，清醒地意识到，她的噩梦不是梦。

一道黑影在她面前出现，她的头有些晕，视线模糊了起来。闭眼摇了摇头，她再睁开眼，一个戴着黑色口罩和黑色帽子的人蹲在她面前，手上拿着她的手机。

手机屏幕上显示着一张云朵的图片，下面有一行字：请输入密码。

“密码是多少？”蹲在她面前的人问。

她抿着嘴，注视着面前的人，不说话。他不耐烦地翻了个白眼，抬手。

“啪——”清脆的响声在空旷的厂房里响起。

邵冬吟白皙的脸上出现了一道鲜明的红印，脸被打歪过去。

“密码是多少！”他一字一顿地问。

她皱起了眉，低垂眼眸，抿嘴不语。

他急躁起来，抓住她的头发往上扯：“我问你……”

“她那儿没有东西。”突兀的声音响起。

男人松开邵冬吟，转过身，看向站在一旁的小弟：“他什么时候醒的？”

“刚才。”

“她这里有没有东西，不是你说了算的，我得看了才能知道。”男人又转过身去，对邵冬吟说，“最后问你一遍，密码是多少？”

“告诉他吧。”虞书鹤看着邵冬吟。

邵冬吟回望他。

厂房里静默着，男人深吸一口气，半蹲下来手向邵冬吟伸出。

邵冬吟闭了闭眼：“135794。”

男人身体站直了，输入密码。他的手指在手机屏幕上滑了滑，随手把手机一扔，转过身走向虞书鹤。

“你知道我们想要什么吧？”

“你们是SAN的人？”

男人没有回答，虞书鹤当他是默认。他认命似的低下头，说：“你们想要的东西在我朋友那儿，我得给我朋友打个电话。”

“行。”男人掏出手机，在他面前蹲下，“报号码吧。”

虞书鹤报了十一位数字的电话号码，邵冬吟愣愣地注视着他。男人拨打出去，开了免提。

“嘟——嘟——”

等待接通的时间格外漫长，男人说：“他要是能把东西送来，我就放过你俩。但要是被我们发现你们还留有备份……我不会放过你们第二次。”

“我知道。”虞书鹤默默做了个深呼吸。

电话接通，那边传来一个低沉的男声：“喂？”

“Kevin，你现在在哪儿？我交给你的东西在你身边吗？”

那边沉默了一阵，问：“不在，怎么了？”

“没什么，我要用。你什么时候有空可以把东西给我送来？”

“我看看啊。”那边发出窸窸窣窣的声音，“后天？”

“太迟了。”男人轻声说。

“太迟了。”虞书鹤重复男人的话。

那边的人说：“那明天成吗？我现在在外地，今晚赶回去，最快也要明天中午才能到云间城。”

虞书鹤顿住，抬眸看面前的男人。

男人对着他做了个口型，虞书鹤说：“行，那明天下午两点你把东西带到和泰广场的地下车库，到时候我再联系你。”

“哦……我到时候直接给你送家去不行吗，干吗这么麻烦？”

“我不方便回家，挂了。”

男人应声摁下挂断键，眯着眼睛注视虞书鹤。

虞书鹤与他对视着，男人低哼一声："你要是敢跟我耍花招……"他别有用心地觑了眼邵冬吟。

“我有没有耍花招，你明天不就知道了吗？你要是觉得有什么不对劲，到时候再处置我们也不迟。”虞书鹤自嘲地笑了下，“你也知道，我可怕死了。”

男人哼了一身，带上手机领着小弟离开了。

空荡的厂房里只剩下虞书鹤和邵冬吟。

虞书鹤靠着墙，慢慢站起来，走到邵冬吟身边，说："你往前挪挪，我给你把绳子解松，到时候有机会你就跑。"

邵冬吟不解地望着他。

虞书鹤对她微笑了一下，俯身在她耳边低语。

"万一不是呢？那到时候你怎么办？"邵冬吟拒绝了他的提议，坐在地上没动。他脸上的暗红血迹，格外刺她的眼。

"相信我，我不会有事的。"

"要么一起走，要么一起等人来救，我不会拿你的安全去赌。"

"冬吟，你听我说。"虞书鹤心头暖暖的，"我赌过很多次了，每次都是我赢。"

"你信我，这一次肯定还是我赢。"他微笑起来，突然蹭了蹭她的脸，"我还有话没跟你说，我不会有事的。"

柔软细腻的皮肤贴着她的脸，她怔了下。顾不得害羞，她摇了摇头："他们想要的无非是我们收集到的那些证据，大不了给他们就是了。"她顿了顿，说，"万一我跑不掉呢，我体育不好。"

"瞎说。你打架那么猛可不像体育不好。"虞书鹤的语气跟哄孩子似的，"他们这几个不过是走狗罢了，就算想对我动手，也得等他们的主人给指示他们才敢动我，你放心。"

邵冬吟闭着眼睛摇了摇头，简短地回应："我不。"她不想冒这个险。

虞书鹤无奈，在她身边坐下，头一偏，靠在她肩膀上："那就这样等吧。你脸上疼吗？”

“一巴掌而已，没事。”邵冬吟凝视着他头上的血迹，“倒是你头上的伤……”

“没事。”虞书鹤嘴角微弯，眼底酝酿着暗色，“你让我靠一下，我就好了。”

邵冬吟无奈地叹了口气，低声问道：“你为什么会那么想？”

虞书鹤闭着眼睛，没有说话。

“虞书鹤？”她的语气急促起来。

“嗯？”

“没事。”她呼出口气，她还以为他晕过去了。

那几个人走了之后再没进过厂房。夜里邵冬吟凑到门口看了看，那些人在外面守着，叽叽咕咕地说着话。

由于隔得远，那些人说了什么她没听清。

一天一夜变得格外漫长，时间的流速仿佛放慢了似的。

没人进来给他们送水，也没人进来给他们送食物。

至第二天中午，那个戴鸭舌帽的男人领着他的小弟又进来了。看到虞书鹤坐到了邵冬吟身边，他没说什么，拨通了昨天的电话。

“喂？书鹤，我已经在路上了，咋啦？”

“我不方便去和泰广场，你到时候把东西放在车库门口的垃圾箱里就行了。”虞书鹤按照男人的指示说。

“不是……书鹤，你咋怪怪的？你是不是出什么事了？”

“没有，有人跟着我，我不太方便跟你碰面。”

“哦哦哦，那我到了就把东西放那儿就成了？哦，对了，我外头的事还没办完，还得离开云间城一趟。你有事再给我打电话说吧。”

虞书鹤沉吟片刻：“嗯。”

男人摁断电话，坐到一边的集装箱上，目光锐利地盯着邵冬吟。

邵冬吟手攥成拳，心中惴惴不安。

虞书鹤虚了虚眼睛，没说话，靠在她身上，同她低声耳语：“相信我。”

时间一分一秒地流逝，终于，男人的手机响了起来。

与此同时，外面传来嘈杂的声音，窗户玻璃随之破裂，一个人从窗外蹿了进来。

正在接电话的男人一怔，下意识甩开手机想去拉虞书鹤。

虞书鹤对着男人狠踹一脚，大门随之破开，一群警察冲了进来，持枪对准那男人。从窗户翻进来的人从背后三两下便钳制住了他，将他摁在了地上。

“书鹤，你没事吧？”

一个头发花白的男人从特警身后冲了过来，激动地抓住了虞书鹤的肩膀。虞书鹤低着头，浑身颤抖着不说话，像是很害怕。

跟在虞立文身后的人过来给邵冬吟和虞书鹤解了绑。

下一秒虞书鹤就冲了出去，掀开被钳制住的男人的帽子和口罩，一拳又一拳狠狠地打在男人脸上。三两拳下去，男人的脸青紫肿胀起来。

警察连忙过来拉住他，他趁乱对着男人的脸又用力地踩了一脚，然后躲到邵冬吟身后，紧紧抱住了她，低下头，脸埋在她发间。

邵冬吟一怔，很快反应过来，止住要抓他的警察：“别动他，他有精神病！”

虞书鹤搂着她腰的手又紧了紧。

警察拉他的手一顿，收了回去：“先回警局。”

邵冬吟道了谢，转过身去搂住虞书鹤，动作像在抱孩子。她装模作样地轻声哄着他，用眼神向他传达疑问。

他对她眨了下眼睛，悄悄伸手，心疼地用指腹碰了碰她脸上的巴掌印。

她的心间有朵烟花炸开，搂着他小声笑了起来。

· CHAPTER 7 ·
情侣哪有这样的

“你……我真没想到，你竟然会做出这样的事！这些年，我待你不薄啊！”虞立文气愤地捶桌，手微微颤抖着捂住了自己的胸口。他身边的虞嘉烨连忙扶住他，掏出一盒药递给他。

他吃了两颗，做了个深呼吸，重新看向脸肿得像猪头的男人：“许畅，你说，到底是谁让你这么干的？”

许畅——跟随虞立文多年的秘书，他坐在椅子上，身边是警察。他低垂眼眸，面无表情：“没谁。”

“这些年你有什么困难我不帮你的？你为什么非要对书鹤下手？你分明知道他什么情况，你这哪是为了钱？你这是要他的命啊！你为什么要这么做啊！”虞立文痛心疾首地捶桌子。

这么多年来，虞书鹤还是第一次看到虞立文这样失态。他坐在一旁，一脸惊魂未定地搂着邵冬吟的腰。

邵冬吟微低下头说：“差不多行了。”

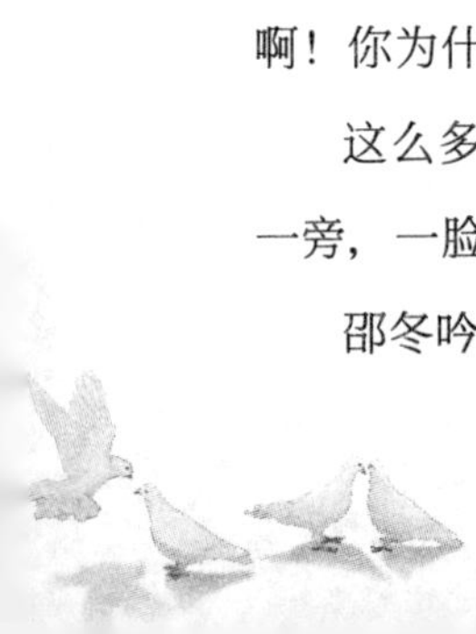

虞书鹤摇摇头，搂着她不撒手。

“我知道您对我好。”许畅眼睛发直地盯着桌角，“但是这么多年来，我一直不明白，明明虞总监才是您的亲儿子，明明虞总监这么优秀，为什么您却一心只顾着精神失常的虞书鹤？我不想看着您的心血葬送在虞书鹤手里。”

“合着你做这些，是为了我们虞家？”虞嘉烨讥讽地笑了下。

虞立文摇着头说：“许畅，我劝你最好说实话。你绑架书鹤这事证据确凿，你要是说实话，没准儿还能争取宽大处理。”

许畅抿着嘴不说话了。

虞立文摇头重重地叹了口气，走到虞书鹤跟前，弯下腰说：“书鹤？你还认得出我吗？我是你大伯啊。”

虞书鹤搂着邵冬吟不吭声。

虞立文语气柔了许多：“书鹤，咱们回家好不好？”

虞书鹤还是不说话，像傻了似的。

邵冬吟拍拍他的肩，说：“你大伯在跟你说话呢。”

他这才有了反应，抬头盯着邵冬吟看，手仍是圈在她的腰上。

虞嘉烨走到虞立文身边，轻笑一声：“邵小姐厉害啊，这才多久啊，就把书鹤哄得只听你的话了。”

“嘉烨，你怎么说话呢！”虞立文怒目圆睁，厉声呵斥，扭过脸来又对虞书鹤如春风细雨般说道，“书鹤，要不这样，让邵小姐陪着你，咱们回家好不好？”

虞书鹤盯着邵冬吟看，邵冬吟同他交换了个眼神，说：“我陪你回家好不好？”

他点了点头，跟着邵冬吟站起来，缓步往外走。

虞立文扭过头去不断地感谢警察，领着虞嘉烨跟上虞书鹤。

警局外停着两辆车，邵冬吟和虞书鹤坐一辆，虞嘉烨和虞立文坐一辆。

车一前一后驶向虞家，一路上虞书鹤都是呆呆傻傻的样儿。邵冬吟心里揣着疑问，看了看前面坐着的司机，抿嘴不语。

到了虞家，虞立文瞧着虞书鹤欲言又止，最终只是叹息，让邵冬吟陪虞书鹤回房间休息。

关上房门，邵冬吟松开虞书鹤：“你……”

虞书鹤搂紧她不放，趴在她耳边：“嘘。”

他温热的气息落到她耳朵上，给她小巧白皙的耳郭染上了桃花色。

她在房间里四处看了看，没看出有什么。

虞书鹤松开她，说：“我要上厕所。”

她一愣：“那你去吧。”

他拉住她的手把她往卫生间带：“你陪我一起。”

她脸唰地就红了，挣扎了一下，很快又明白过来他的意思，任他拉着进了卫生间，将门关上。

虞书鹤打开水龙头，低声说：“待会儿你跟他们提议要换个房间。”

“换到哪儿？”

“三楼楼梯左边第三间。”

邵冬吟疑惑地皱了下眉，虞书鹤说：“那是虞嘉烨的房间，最安全。”

从卫生间出来，让虞书鹤坐到床边，邵冬吟蹲在他面前假装安抚他。过了会儿，她离开房间下了楼。

走到一楼楼梯口，她听见虞立文和虞嘉烨正在说话。

虞立文说：“嘉烨，这几天你就搬出去住吧。”

“为什么？”

“书鹤他现在状态又不好了，他很不喜欢看到你，你在家……我怕你刺激到他。”

“爸！”虞嘉烨气愤的话语里透着委屈，“为什么你总是要我给虞书鹤让步？到底他是你儿子，还是我是你儿子？”

“嘉烨！”虞立文话语里透着歉意和缅怀，“是我对不起你叔叔和书鹤……因为你是我儿子，所以我才让你给他让步。这都是我们应该做的！”

“你有什么对不起叔叔的？这么多年来你这么照顾虞书鹤还不够吗？你怕他在外面出事想把他拘在家里，可他领你的情吗？他三番五次往外跑，因为他觉得你想害他，你不是在为他好。”虞嘉烨说，“爸，叔叔的死又不是你的错，难道因为所有人都在误会你，你就真把错都揽到自己身上吗？”

“别人误会我，那说明我做得不够好！”虞立文叹了口气，“算了，你不愿意搬出去，那就少在书鹤面前出现，免得刺激到他。”

虞嘉烨赌气说：“你别说什么我是你儿子了，我看虞书鹤才是你亲儿子。”

重重的摔门声响起，偌大的客厅里安静良久，才响起了一声叹息。

邵冬吟站在原地，怔了许久，心中五味杂陈，缓步从楼梯间走出。

听到脚步声，虞立文手足无措地转过头来，怕被她听到什么似的。他很快冷静下来，清了清嗓子：“邵小姐有什么事吗？”

“哦……”邵冬吟还有点恍惚，盯着虞立文看了会儿，笑了笑说，“虞总，我想跟您聊聊，可以吗？”

“行啊，聊什么？”虞立文顿了顿，又看似漫不经心地关切道，“书鹤现在怎么样了？他还好吗？”

“还好，正休息呢。”邵冬吟坐到虞立文对面的沙发上，“虞总，您和书鹤之间是不是有什么误会？需要我帮忙吗？”

虞立文没有回答，反问道：“邵小姐和书鹤现在是什么关系？我记得你是胜邢介绍给书鹤……”

“是。本来想着以后可能会有来往，所以多相处相处，这一段时间相处下来，互相觉得对方还不错，目前算是情侣吧。”

虞立文故意拖长声音“哦”了一声：“你下来有什么事吗？”

对于帮忙的事，他不再提起，算是默拒。

邵冬吟亦没有追着要帮忙的意思，说：“哦，是这样的。书鹤很不喜欢他现在住的房间，恰好我懂一点风水上的东西，我觉得三楼楼梯左边第三间房不错，可不可以安排书鹤住到那间房去？”

她眼中带着询问。虞立文略有迟疑，避开她的视线，眉尖轻蹙，似有难色。

“我知道风水这东西是没有科学依据的，但书鹤是真的很不喜欢他现在住的房间。我以为虞总这么在乎书鹤，这么点小事应该会同意的……”邵冬吟搓着手掌止了话，又改口说，“对不起，是我没考虑周到，您不同意肯定有您的难处。要不这样，我带书鹤搬出去……”

“没有。”虞立文打断了她的话，“只是那间房有点乱，收拾需要时间。”

“没事儿。我跟家里阿姨一起收拾，肯定很快就能收拾好的。书鹤在他房间里总是不安生，我想今晚就搬到三楼的房间里，可以吗？”

虞立文与邵冬吟对视着，点了点头。

邵冬吟笑起来：“我可以叫您虞伯伯吗？”不待虞立文回答，她接着说，“虞伯伯，书鹤现在对您可能是有很大的误会，您放心，我会帮书鹤解开对您的心结的。他不知道您对他的好，我知道。”

虞立文苦笑了一下，低垂的眼眸里阴暗如深潭。

哑巴吃黄连，又雾里看花。

夜色降临，世间的一切都仿佛浸在黑青的染料里。

在一片黑暗中，响起了“啪”的一声——悬挂在房顶上的吊灯亮了。

跨进房门，穿过长廊，整个房间一览无遗。家具及墙壁上的粉饰，皆透着股质朴，比起虞书鹤那华丽的房间，堪称一个天上一个地下。

虞书鹤怯怯地抱着邵冬吟的胳膊，她走一步，他便跟一步，慢慢地走进这间房，瞪着眼睛打量房间里的一切。

邵冬吟轻轻拍了拍他的背，将他带到床边坐下，蹲在他面前轻声细语地说：“乖，你在这儿坐一会儿，我一会儿就回来。”

虞书鹤抓着她的衣袖摇了摇头。

邵冬吟微笑着轻轻掰开他的手：“我一会儿就回来。”

她走到内室与房门之间的长廊处，对站在房门口的虞立文说：“谢谢虞伯伯。书鹤就麻烦您好好照顾了，暂时不要有人进来刺激他就好。现在时间不早了，我得回家去了。”

虞立文堵在门口没动，担忧地向内室看了眼，说：“现在书鹤这个样子，恐怕离不了你。不如你这几天就在这儿陪陪书鹤吧？”

邵冬吟脸上的微笑有一瞬间的僵硬，眨眼间恢复自然，她点点头：“那好吧。”

虞立文对她和蔼地笑着点点头，像是在称赞她的听话。

他又朝内室看了眼，便转身离开。

邵冬吟将门关上，耳边忽然感受到了温热气息。

“为什么不走？你非要离开的话他也没法儿拦你。”虞书鹤不知何时无声无息地出现在她身后，倾身在她耳边低语。

邵冬吟惊得一愣，用力推了下他。

“吓着你了？”他同她拉开距离，话中透着调笑。

邵冬吟不回答，边走进内室边说：“我忽然想起我有话要跟你说。”

身后忽然传来一股拉力，她整个人被拉得向后仰，惊愕失色的瞬间，她的背撞上一堵硬硬的“墙”。

虞书鹤双手扶住她的肩膀，贴着她的耳朵说：“看墙角。”

顾不上生气，她余光瞥见了内室里墙角闪烁的红点。

那点明亮的红，艳得明目张胆。

“是我估计错了。”他说，“我没想到他连自己儿子都要算计。”

邵冬吟脑海中回响起虞立文和虞嘉烨的对话，她靠在他怀里没动。

“其实……”

其实……事情也许不是他们想的那样。

黑暗闭塞的空间里，呼吸交缠在一起。

她稍微抬下手，他都能感受到她的胳膊蹭过他的手臂。

她平缓的呼吸声在他耳边响起，不知不觉间，他的呼吸也沉重起来，渐渐变得有些急促。

邵冬吟点亮手机，在手机屏幕上点了点，打出四个字：“喘不上气？”

他额上有层薄汗，面颊上透着不正常的绯色，尽量让下身避着她，在自己的手机上打字：“没有，有什么事你说，这样怪闷的。”

摄像头下的大床上，铺着厚重的被子。

被子时不时被拱起，看着监控屏的虞嘉烨“啧”了一声，感叹道：“呵，都这时候了……”

被子下，邵冬吟在手机屏幕上打字：“你在厂房的时候，是给谁打的电话？”

“我之前跟你说过的一个人，我的一个叔叔。”

“是他报警让警察来救我们的吗？那为什么最后来的是虞立文？”

“他没有报警。”他和虞振中说的每一句话都是别有深意的。

虞振中察觉到他出了事，于是一边拖延时间说在外地，一边想办法。那天下午又打电话过来说外地的事还没办完，意思就是虞振中和他一样，也察觉到了这场绑架，其实并不会让他和邵冬吟出事。

至于虞立文……

“谁知道他是怎么知道我们被绑架，又是怎么迅速报警营救的呢？”

邵冬吟眉头紧锁，低首沉思。

虞书鹤和她之间大约只有一个手掌的距离，互相都能感受到对方的气息。

他注视着在手机屏幕上认真打字的她，原本严肃的思考逐渐被绮思吞没。他做了个吞咽的动作，喉结上下滑动。

邵冬吟在手机屏幕上打了一长串话，密密麻麻的宋体字堆在一起，叙述了一个令人不寒而栗的猜想。

虞书鹤的大脑几乎陷入半清醒半糊涂的状态。

他盯着手机屏幕看了多久，邵冬吟便盯着他看了多久。

终于……他闭了闭眼，一把将邵冬吟摁着贴近自己。

邵冬吟下意识挣扎了一下，他双手箍着她，手机被甩到了她的身后，嗓音低沉压抑，略带沙哑："别动。"

"你干吗？"

她的身子贴着他，要不是被子里暗得很，他定能看到她的脸红得堪比戏中的关公。

"我有点不舒服……"

"喘不上气？那你出去喘会儿。"

"你让我抱一会儿就好了。"

邵冬吟脸上更烫了，挣扎着要他松开。

虞书鹤突然在她腰腿之间轻拍了一下，她像是被摁着了什么可怕的按钮，整个人僵硬了。

"好了好了，不要动了。"他沙哑的声音在她耳边轻喃着哄孩子似的话。

邵冬吟回过神来，手背到身后捂住自己的屁股，一字一顿地从牙缝里挤出来："你干吗？"

耳边响起他的低笑，邵冬吟对着他小腿踹了一脚："信不信我告你去。"

"告吧，告吧。"他浑然不觉得疼，心头酿出蜜来，低笑道，"再让我抱一会儿，你想怎样都成。”

“虞书鹤，你！”邵冬吟不好意思把那话说出来，憋了半天说了一句，“你疯了！”

“你才知道？我已经疯很久了。”虞书鹤的手上移，摁住她的背让她紧贴着自己，唇齿间逸出一声叹息。

邵冬吟脑子里似有什么东西爆炸了，所有的思绪在一刹那被炸成空白。

她没再挣扎，没再说话，烧红的脸也任它烧着。

她不是才知道……其实那天去医院，她就有点察觉到了。可她对感情这方面不敏感，从来不敢胡乱猜测。

他要是不说明白，她怕是一辈子都不会真的明了。

虞书鹤的呼吸渐渐平稳下来，如同许下承诺般地说：“你现在不用说什么，不过很快，你就得给我一个答复了。”

邵冬吟的大脑逐渐冷静下来，她点了一下头：“嗯。”

在此之前，她会认真考虑的。

“要不，我们就这样说吧？打字有点慢。”他的唇贴着她的耳朵翕动着，搔得她痒痒的。

他说：“这么小的声音，就算装了监听器也是听不见的。”

与他的声音一同钻入她耳朵里的，还有暧昧的呼吸。

真要这样说话，那还得了？

邵冬吟推着他的胸膛：“不行，有事打字说！”

清晨，一缕阳光穿透窗帘的缝隙，照在躺在床上的二人身上。

本是各自靠床边睡的，邵冬吟被敲门声吵醒时，却发现自己又滚到了虞书鹤身边，手搭在他胸前。

他双手平放在身侧，睡姿乖巧又显得拘束，整晚都没怎么动过。

邵冬吟蹑手蹑脚从他身旁爬起来，下床去开门。

虞书鹤在她转过身后睁开眼，嘴角上扬注视着她的背影，听她跟门外的人说了两句话。

“好，我们马上下去。”邵冬吟将门关上，回过头来，虞书鹤还闭着眼睛躺在床上，没有一丝一毫要醒来的迹象。

她坐到床边，注视着他的睡颜，犹豫片刻，动作轻柔地推了推他。

虞书鹤眉眼轻动，缓缓睁开双眼，眼神蒙蒙胧胧地望着她，忽地握住她的手送到自己唇边，在她手背上落下一个轻吻。

“干什么你！”邵冬吟一惊，连忙抽回手，故作镇定地背过身去，面上被晨曦覆着，倒不知是阳光晒得她脸上发热，还是因为别的什么。

虞书鹤迷迷糊糊地皱着眉头，坐起身来揉了揉眼睛，笑了起来：“我以为做梦呢。”

她脸上更发烧了，余光瞥见那如眼睛一般监视着他们的摄像头，又转过身来温柔地说：“书鹤快起床吧，七点了，刚刚来人说你大伯母回来了，让你起来赶紧下去吃早饭呢。”

虞立文的妻子宋嘉雯前段时间和她的小姐妹周游欧洲去了，昨儿夜里到的家，邵冬吟和虞书鹤一点儿动静都没听见。

方才虞书鹤听到了邵冬吟和帮佣阿姨说的话，对此并不惊讶。

他眸底划过一丝灰暗，长臂一伸，揽住邵冬吟的腰，将她带到自己怀里，做出了孩子气的撒娇动作——蹭了蹭她的脸。

他小声在她耳边说：“虞立文的夫人不是省油的灯，你小心。”

邵冬吟拍拍他的背：“好了好了，我知道了。不闹了，快起吧。”

他松开她，她给他递去一个会意的眼神叫他安心。

换好衣服，洗漱完毕，邵冬吟牵着虞书鹤出了房间。

虞家的饭厅与客厅是分开的，下了楼梯，帮佣阿姨领着他俩穿过客厅和一道长廊，进了饭厅。

虞书鹤一直紧贴着邵冬吟，看上去对周围的一切都很害怕很陌生的模样。到了饭厅，他瞧见坐在大理石圆桌旁的妇人，又往邵冬吟身后躲了躲。

邵冬吟跟虞立文打了招呼，回过头问：“怎么了？”

虞书鹤抓着她的胳膊不说话。

“书鹤，这是又怎么了？连我都不认识了？”宋嘉雯用调羹搅着面前奶白浓稠的粥，腰背坐得挺直，侧对着虞书鹤，浑身上下都透着一股倨傲。

“书鹤前两天受刺激了，现在状态很差，你别端着这个态度跟他说话。”虞立文沉声道，话里透着几分训斥。

邵冬吟连哄带骗牵着虞书鹤到餐桌旁，挑了个离宋嘉雯最远的位置，略带歉意地冲虞立文笑了笑。

虞立文和蔼地对她点点头，漫不经心地扫了眼虞书鹤，眼中藏着难以抑制的关切与无奈。

“当——”清脆的瓷器相撞的声音在安静的饭厅里响起。

邵冬吟和虞立文都望向了冷下脸来的宋嘉雯。虞书鹤被惊吓到一般，双手抓紧邵冬吟的手臂，把脸埋在她宽松的衣服里，嘴角却暗暗地翘起。

要是总能这样名正言顺地触碰她，一直这样演戏也不错。

阳光穿过透明的玻璃窗，被窗框划分成一缕一缕金色的光束，空气中的微尘在这光束里静静地跳着舞，每一秒都放慢了。

秒针“嘀嗒嘀嗒”地走着，成了这舞蹈唯一的伴奏。

大约两分钟过后，一声轻咳打破了这份压抑，抬手的动作打散了在阳光中舞蹈的尘埃。

“嘉雯，你要是不吃就回房休息去。”虞立文咳完后，喝了口粥。

宋嘉雯横了眼虞书鹤，用难以理解的眼神盯着虞立文，指着虞书鹤说：“虞立文，你要照顾你侄子我没意见。你把嘉烨赶出去，让他住嘉烨的房间，这是个什么意思？”她顿了顿说，“今儿让他住嘉烨的房间，明儿是不是就该让他坐嘉烨的位子了？”

邵冬吟惊讶地望着虞立文：“大伯，我不知道，对不起。”

她转头对着宋嘉雯说：“伯母，不好意思，是我……”

“不关你的事。”虞立文止住她的话，站起身来，盯着宋嘉雯说，“你要吵也别在孩子们面前吵，咱们回房去。”

宋嘉雯哼了一身，起身把凳子踢开，用仿佛想把地板碾碎的步伐离开了饭厅。

虞立文顿了两秒，呼出口气，对邵冬吟说：“你和书鹤慢慢吃，我待会儿直接去公司了。大概早上十点，会有医生来给书鹤检查，你到时候记得陪书鹤看医生。”

“好，我知道。”邵冬吟仍是满脸歉意，“大伯，对不起。要不我还是带书鹤……”

“没事，你吃你的。”虞立文深深地看着虞书鹤，丢下一句“好好照顾他”，便离开了。

饭厅里除了候在一旁的帮佣阿姨，就只剩下邵冬吟和虞书鹤。

虞书鹤的肩膀耸动起来，像是在憋笑。他抬起头，眼神晶亮地看着邵冬吟。

邵冬吟眼神复杂地看着他，面有忧愁。

“他戏演得真好。”虞书鹤不再装傻，直起身子给自己舀了碗粥。

“书鹤，其实我觉得……有些事可能不是你想的那样。也许，不是他在害你。”邵冬吟断断续续地说。

虞书鹤脸色有些冷了下来：“不过是给你演了场戏，你就信他了？你不是这样的人啊。”

邵冬吟抿着嘴，不再言语。

虞书鹤又笑起来，把粥碗推到邵冬吟面前，脸上又换上天真的神情，张开嘴：“喂我，啊——”

“你自己吃。”邵冬吟把粥碗推回去。

“不行，我不会自己吃，你喂我。”虞书鹤又把粥碗推回来，“啊——”

邵冬吟赌气似的舀起一勺粥直接送进他嘴里。

他原本红艳的嘴唇瞬间被烫成不正常的深红，他皱着眉头没说话，闭上嘴把粥吞了。

邵冬吟瞪着眼睛捏着他下颌叫他张嘴："你干什么呀！烫！"

他直勾勾地看着她不说话。

邵冬吟坐下来，舀起粥，把粥吹成温热，再送到他嘴边。

他一边喝粥，一边眸色深邃地看着她。

邵冬吟暗自叹息，不过是演戏，何必这么认真。

早上九点，虞立文和宋嘉雯先后离开了虞家。

十点，虞立文安排的医生准时到达虞家。

虞书鹤没有继续装傻，丢给医生一句"我没事了你回吧"，就叫人把一脸茫然的医生给请走了。

邵冬吟坐在一旁，无奈地叹了口气："你这是在做什么？"

"没做什么啊，我好了，不用看医生了。"意思是，他不打算装傻了。

"行，既然你好了，那我也该离开了。"

邵冬吟上楼要去拿包，才踏上一级楼梯，手就被人抓住。她回过头来，虞书鹤撇着嘴："我好了你也不能走。"

邵冬吟甩了甩他的手："松开。"

"我不。"他说，"你要是走了，我就又会不好了。"

邵冬吟正对着他："那你跟我赌什么气？"

“我没有。”他一脸委屈。

“你还没有？你以为我看不出来你跟我耍脾气呢？”邵冬吟用手指戳了戳他微鼓的脸，姿态亲昵。

客厅的两位帮佣阿姨在打扫卫生，看似全然没在意楼梯口发生的事情，打扫的动作却放缓了。

虞书鹤深吸口气，倏忽间靠近她，一把抱住她的腰。他站在台阶下，上半身向前倾，脸埋在她的颈窝处：“我只是不想你为他说话。”

邵冬吟错愕地瞪大眼睛，嘴角抽了抽，很快又恢复正常表情，安抚地回抱住他：“我不是在为他说话，我只是想说我看到的。你大伯他可能真的没有你想得那么坏，有些事，我猜可能不是你大伯做的。甚至，他是真的不知道那些事。”

他搂着她的手收紧，嗓音沉闷：“我只有你了，我不希望你站在他那一边。”

“我会永远陪着你，永远站在你身边。”邵冬吟抚着他的脸，温柔地承诺着。

他心跳怦然，险些就要克制不住地笑起来。

可惜……

他的手又收紧了些。

没有可惜！他会让她再次向他郑重地如此承诺的。

“嘶——”邵冬吟暗暗抽了口气，掐了一把他手臂，瞪着眼睛咬牙低语，“疼！”

他侧头在她颈窝处如蜻蜓点水一般轻吻，又很快松开她，与她拉开距离："对不起。"

邵冬吟捂着被他偷亲的地方，眼睛瞪得更大，从牙缝里挤出来两个字："没事。"

她会让他知道什么叫"秋后算账"的！

夜晚将世界涂抹成灰暗的色彩，霓虹灯光将城市点缀成不夜之城的时候，虞立文回来了。

他满脸疲惫，问了管家今天家里发生的事，以及宋嘉雯和虞嘉烨有没有回家。

老管家跟在虞立文身后汇报着情况："书鹤少爷说他没事了，把医生赶走了。现在他正和邵小姐在饭厅等着吃饭。夫人和少爷都还没有回来。"

虞立文捏了捏眉眼间："算了，不等他们，开饭吧。"

他换上舒适的居家鞋，放下公文包，走进饭厅。

邵冬吟和虞书鹤坐在一起有说有笑。

看到他进来的那一刻，虞书鹤的笑僵住了，眨眼间，变成了面无表情。

邵冬吟对他微笑着点了下头。

他在桌边落座，一道一道好菜，陆续上桌。

虞立文要过生日了，宴会举办时间就在今晚——已经在虞家住了四天的邵冬吟被虞立文告知这件事的时候，正准备收拾东西离开。

“麻烦你跟书鹤说一声吧。”虞立文将邀请函递给邵冬吟，理了理自己的领带和西装外套，转身要离开。

“大伯，这种事您怎么不自己跟他说？”

“我跟他说？他肯定不愿意听我说一句话。”虞立文停下脚步，“我也不跟你绕圈子了。书鹤到底是什么情况，其实你我都心知肚明。他年纪不小了，很多事也不是我能掌控得了的。今晚在宴会上，我有一件重要事情宣布，是关于他的，我希望他能到场。”虞立文说罢，低下头，脚步沉重地离开了。

邵冬吟放下行李，回到楼上，同虞书鹤说了这事。

虞书鹤躺在床上拉住了她的衣摆：“你真要走啊？”

邵冬吟挥开他的手：“跟你说正事呢，你去吗？”

“你希望我去吗？”

邵冬吟沉默半晌，点了点头。

“那我去，你别走，好吗？”虞书鹤揪住她的袖子，笑吟吟地同她讨价还价。

“你爱去不去。”

邵冬吟起身就往外走，虞书鹤从床上跳下来，跟上她的脚步，从背后环住她的腰，下巴靠在她肩膀上，说：“你再住几天吧？或者我跟你一起走。”

邵冬吟回眸与他对视两秒，心中清明，点点头：“那你先去参加宴会，等回来咱们再商量这事？”

虞书鹤“嗯”了一声，声音却沉闷：“你为什么……”

“什么？”

他轻叹一声：“没有……”

“那你快去换衣服，咱们早点出门。不管怎么样，参加别人的生日宴会总得带个礼物吧。”

“给他送礼？还是别了吧。”虞书鹤轻蔑一笑，边脱衣服边向卫生间走，随手从衣柜里拿了件衣服。

“砰”的一声，卫生间门被用力摔上了。

邵冬吟无奈地轻声叹息，等虞书鹤换好衣服，和他一起出门。

礼物终究是没买，邵冬吟和虞书鹤都不愿意浪费时间去挑礼物。

虞书鹤开着邵冬吟的车往酒店赶，等红绿灯时，邵冬吟拿起手机编辑了条短信发出去。

虞书鹤的手机随即振动了一下，他点开了一条来自备注名为棉花糖的信息，信息上说：请你注意一下你的言行，我忍你很久了。

陪他演出戏还得献身，这个她可接受不了。

他望了眼板着脸的邵冬吟，险些笑出声。他很快编辑了一个字发出去：好。

下午两点四十八分。

车开至酒店门口停下，立刻有人过来将车开去停车位。虞书鹤将邀请函递给门口的接待，站在门口对邵冬吟弯起胳膊。

邵冬吟懂他的意思，对着他眯了眯眼，嘴角向下。

他像是不懂她的不悦，直接伸手从她背后揽住她的腰，手贴在她的腰腹处，淡然道："走吧。"

他眼里的笑意都要溢出来了。

邵冬吟心中憋闷，当着接待的面也没推开他。她对他的行为并不反感，只是……

他都说"好"了，怎么还对她动手动脚的？

宴会在顶楼举办，出了电梯，穿过走廊，直接就能到达有巨大落地窗、摆设装饰皆豪华的宴会厅。

宴会的筹备人员正在宴会厅里来回走动忙活。时间还太早，客人除了虞书鹤和邵冬吟，还无一人到场。

不过，有些东西向来就不是能给客人看的。

"请问虞总现在在哪儿？"邵冬吟拦下一个端着一盘高脚杯的服务员。

服务员在大厅里四处看了看，指了指宴会厅舞台后的休息室："虞总在里面。"

"谢谢。"邵冬吟对服务员点头微笑，暗暗将虞书鹤的手掰开，快步向休息室走去。

虞书鹤紧跟在她身侧，低声说："你不是跟他说了我们是情侣吗？情侣哪有这样的？"

"没别人的时候就不是情侣了。"邵冬吟斜了他一眼，没好气地哼了一声。

虞书鹤笑了下，注视着她的眼眸亮如星辰。

可能连她自己都没注意到，她的语气有多娇嗔，像在撒娇。

要是放在以前，她只会对他说：虞先生，如果您再对我动手动脚，我们的合作就到此为止，并且我会对您提起诉讼。

虞书鹤心上包裹了一层蜜，唇边的笑都带上了甜味。

她就像是棉花糖，外面一层粉平淡无味，咬开之后又软又甜，由口入喉，甜到心头。

离休息室十米处时，两人都放慢了脚步，轻手轻脚地走近休息室，在门口停下。

房间里的争执声从虚掩着的门缝里传出。

“虞立文！你疯了！虞家的家产都是我们的！是嘉烨的！你凭什么送给那个杂种！难道他真是你亲生的？”宋嘉雯歇斯底里地咆哮着，脚下堆了一地散乱的文件。

虞立文坐在沙发上，神情凝重地盯着宋嘉雯：“你在胡说八道什么！虞家本来就是书鹤的，我现在只不过是要把虞家还给他罢了。不是我们的，终究不是我们的。”

“虞家要是他的，那你当初为什么在虞学文死后要占了虞学文的位置？虞立文，你敢说你没有私心吗？”宋嘉雯踩着高跟鞋用力地踩地上的文件，“我为了你做了那么多事，你现在说要把虞家还给虞书鹤？我告诉你，不可能！”

“你干什么！”虞立文抓住宋嘉雯的胳膊，把她往一旁拽，“你为我做什么了！该留给嘉烨的我都会留，该还给书鹤的……”

“都是我们的！”宋嘉雯用力甩开虞立文的手，瞪大后如铜铃般的双眼通红，面目扭曲，“我为你为嘉烨，付出了那么多！你心里难道不清楚吗？怎么，到这时候你良心发现了，不想除掉虞书鹤了？”

虞立文看着宋嘉雯狰狞的面孔，明白过来一些事：“书鹤在外面遇到的那些事，都是你干的？”

“不然呢？”宋嘉雯胡乱抓起地上的文件，用力撕扯着，“我做这一切，还不是为了你，为了嘉烨。你不是也想要虞家吗？虞老爷子那么偏心，你不是一直很怨恨他吗？”

“我没有，我没有……”虞立文喘息着从衣兜里掏出一盒药倒出两颗放进嘴里，“我确实是想要虞家，可我从来没怨恨过……嘉雯，你收手吧。该是你的自然会是你的，不是你的你抢也抢不走。”

他顿了顿，忽然面露惊恐：“那这次绑架书鹤的事，难道你也参与了？”

虞书鹤贴着墙壁，紧紧攥住邵冬吟的手，眉心紧拧，眼眶发红，神情复杂又无措。

邵冬吟用眼角余光扫了眼还在大厅忙活的服务员们，安抚地拍了拍他的肩膀。

他顺势倾身，伸手搂住了她。

她嘴角一抽，搭在他肩上的手用力一掐。

他像是不觉得疼似的，笑着低语：“配合一下。”

房间里传出宋嘉雯的声音：“绑架？我可不干这么蠢的事。谁知道是不是他在外面惹了什么人。”

虞立文不确定地又问了一遍：“真不是你？”

“是我做的我不屑否认。我说不是我做的，那就不是我做的。”宋嘉雯把文件揉成一团，随手抛在地上。

虞立文舒出口气：“你没参与就好。”

“你说这话什么意思？”宋嘉雯敏感地问，“难道……”

“是虞家其他人对书鹤下的手，而且他们不止一个人。虞家以前是个香饽饽，现在可不一定是了。”虞立文无可奈何地重重叹了口气，“我把虞家还给书鹤，一是因为虞家放在我手里，我不一定守得住；二是因为……”他顿了顿，说，“我怕这次被绑的是书鹤，下次就是嘉烨了。嘉烨不明白这些没关系，他太冲动，什么事都不能跟他说，但你可不能再搅这浑水了。”

“你什么意思，你给我把话说清楚。”宋嘉雯一听虞嘉烨会有危险，立即紧张了起来。

“虞家该是书鹤的，还给他，他有老太太保着，那些人没理由还会对他动手。这样对他好，对于我们也好。我没名没分地掌控了虞家这么多年，就连老太太都把我当成狼子野心之辈，对我不满，更何况那些人呢？”虞立文深沉地说着，“书鹤虽与我不和，我以前也确实不喜欢他，不想他回虞家，但事到如今，发生了那样的事，我也明白了。在虞家，咱们唯一能依靠的只有老太太。老太太只肯保书鹤，那咱们就得和书鹤搞好关系。”

他又是一声长叹：“谁叫我不是老太太的亲儿子呢。”他自嘲地笑出了声。

宋嘉雯急躁地说："你说了这么多，还是没给我说明白！虞家这么多人，谁不对虞家的家产虎视眈眈？怎么以前你不怕，现在就怕了？"

"以前我是不知道，虞家的人，有一半都是一条船上的。"虞立文说，"虞家和书鹤关系最好的便是振中，而这次绑架书鹤的也正是他。以前我就发现过一些蛛丝马迹，可他表现得太老实了，我从来没想过，他竟然藏得……"

"你们在说什么！"门被猛地推开，虞书鹤眼里充斥着震惊和愤怒。

"书……书鹤，你什么时候来的？来了怎么也不打声招呼……"虞立文越说声音越小。

邵冬吟也有些诧异，问道："如果是虞振中干的，那你怎么能那么快就带警察来救我们？"

"书鹤，这件事我之后再……"

"你现在就解释。"虞书鹤打断他的话，双手攥成拳。

虞振中……那是他在虞家最信任的人啊！

"绑架你的是我秘书，在他绑架你之前，我就发现了他和虞振中之间私下有来往，一直在留意他。你们被绑架的那天夜里，我派去跟踪他的人就回消息说他绑架了你们。我一开始以为……"他欲言又止，在虞书鹤灼灼目光下，继续说，"我一开始以为嘉烨也参与了其中，后来发现不是，我就找了警察去救你们……"

“书鹤，我知道这些话很难让你相信，但今天，我是真打算把虞家还给你的。以后，算了……”他悲伤得不再说下去。

被虞书鹤听到了这些话，让虞书鹤知道他做的一切其实也有很大的私心，虞书鹤还会信他吗?

虞书鹤掏出手机，拨打了虞振中和他私下联系的号码。按下拨出键后，手机里很快响起了机械的女声：“对不起，您拨打的电话是空号……”

这么快，虞振中就已经将号码注销了。

他失魂落魄地看着手机屏幕，表情呆滞，似乎受了很大的打击。

邵冬吟垂眸凝思，又扶住虞书鹤的胳膊把他往外带，轻声说：“走，我们先回家。”

他们回的家，自然不是虞家的大宅，而是邵冬吟的住处。

天色暗下，车驶进小区。

房门打开，一股凉意扑面而来。

邵冬吟开了灯，阴暗的客厅一下子亮堂起来。

她回了房间往床上一躺，浑身放松下来。配合他演了四天戏，她理所当然地享受着虞书鹤帮她把行李拿回房间的服务，疲倦地伸了个懒腰：“虞立文的话，你都信了吗？”

身边的床垫塌陷下来，虞书鹤躺在她身边，侧着身子盯着她看：“信一半。”

她伸手，把他的脸往一边推：“回你房间睡去。”

“我怕黑。”

“哈？”邵冬吟用见了鬼似的眼神看他，坐起身来，“行，那我去给你开灯，你开着灯睡吧。”

一股轻柔的拉力将她往后拉，让她倒回到床上。

他手搭在她肚子上：“我一个人睡不着。”

她把他的手推开：“适可而止！”

他手撑在她耳边，翻身半压在她身侧，与她对视着：“跟我睡了这么多天，你还没习惯吗？”

“你以前一个人睡了那么多年现在就睡不着了？”邵冬吟脸上有些发烫，她避开他的视线，看向一旁，含含糊糊地说，“我还没有……”

他突然伸手捂住她的嘴：“嘘，现在不是你回答的时候。”他翻回去躺在她身边说，“好了，不闹你了。”

他摸索着握上她的手，将她柔软的小手包裹在自己手中，看着天花板，嘴角微扬：“如果没有你，我可能会被骗。”

“你不会。”邵冬吟果断地否认他的观点。

不管有没有她，他都不会是个轻易相信别人的人，不可能因为虞立文的几句话就彻底改变他对虞立文的想法。

他握紧她的手：“我会。在遇见你之前，我已经很累很累了，如果没有遇到你，我可能坚持不下去。”

“你能坚持下去。”邵冬吟一脸冷静地分析，“在遇见我之前，你才调查过孙家村不久，这不是……”

“冬吟。”他捏了捏她的手指，“你不能配合我吗？”

“……”邵冬吟脑海里冒出了问号，她这不是很配合吗？他说一句，她分析一句。

她正疑惑，一个黑影忽然覆在了她的身上。

还没来得及叫他从自己身上滚下去，她眉心处传来柔软温湿的触感。

他的唇贴着她的眉心，她呆呆地看着他。

“冬吟，我只是想说，”他轻喃，“能遇见你，我的人生真的很美好。”

房间里静悄悄的，酿出了微醺的气息。

一轮新月高悬天空，将银辉编制成纱铺满世间。

今夜月色真美。

爱情是不知不觉间埋下的一颗种子，等发觉时，已经看到了一株嫩绿的芽儿。

· CHAPTER 8 ·
比下雪更令人开心的是看到你

翌日上午九点三十分。

虞家大宅，一辆黑色轿车畅通无阻地驶进院子里。

虞书鹤和邵冬吟下了车，被人迎进客厅。

虞立文今儿没有去上班，他面前的桌子上放着一摞文件，他正盯着文件失神。

听到动静，他闻声站起来迎过去：“书鹤……”

“我是来跟你谈合作的。”虞书鹤一副公事公办的态度，坐在了虞立文对面的椅子上，邵冬吟在他身边坐下。

“你……你信我的话？”虞立文有些激动。

“这些年我也查到了一些事情，我知道虞家内部有问题，虞振中……”虞书鹤呼吸微微颤抖，似乎还没能接受虞振中的事。

“虞振中的事你知道多少？还有虞家内部，究竟哪些人跟他是一条船上的？”

虞立文从文件里抽出一张名单递过去："这些都是。"

虞书鹤接了，扫了一眼，面上并无惊讶，将名单放在了一旁："这些人我都知道，我还知道，他们都是 SAN 的会员。SAN 这个慈善机构……我相信大伯也知道，不用我多解释了吧？"他看向虞立文，"我想要我不知道的——比如我父母究竟是怎么死的？"

"SAN……我也是调查到他们才知道有这个机构的。你父母的死我还没能查清，只是有一点头绪。"虞立文说，"当年你父母因为一点小事闹了矛盾，这个你也记得，提议让他们一起出去旅游缓和关系的，是虞振中。虞振中在SAN，似乎拥有很高的地位。许畅……哦，就是我的前秘书，他已经交代了，都是虞振中指使的他，而虞振中在这之前就逃往国外了。"

"你的意思是……虞振中设计杀了我父母，现在负罪潜逃了？"

虞立文摇了摇头："也不排除是别人，SAN 这个慈善机构的业务很多。"

虞书鹤点点头："我父母的案子我是一定要查清的，我希望你能协助我。对了，我还有两件简单的事想要你帮个忙。"

"你说，能帮的我都帮。"

"大伯既然已经知道我不是真的疯傻了，就麻烦帮我对外澄清这点吧，这是第一件事。"

虞立文愣了下，说："这是应该要做的。"

"还有第二件事，大伯说过要把虞家还给我，但是我现在没有时间处理公司的业务，所以虞家的公司还得麻烦你了。"他勾唇轻笑，

“等我把虞家上下清洗一遍，我会把虞家拿回来，你放心，不会麻烦你太久的。”

虞立文眼皮一跳，点点头：“好。”

虞书鹤开怀笑起来：“这些年我全靠自己一个人查，还得东躲西藏的，查起来真的很困难，现在有大伯帮忙，我就轻松多了。”

他站起身要和邵冬吟离开，走出两步又停下脚步，回过头来说：“对了，大伯，你既然也知道虞家内部有那么多 SAN 的会员，想必你手上是有证据的吧？我虽然知道他们是，可我一点证据都没有。大伯，他们干的都是违法的事，你是不是该把那些证据交给警察？”

“这是自然的，只是我手上证据还不足，派出去调查的人也还没有全部给我答复。我想等为你父母翻案的时候，再把所有证据一起提交上去。”虞立文说，“SAN 害惨了咱们虞家，一定要连根拔除才行。”

邵冬吟听他这么一说，眼珠子转了转，走到虞立文面前，说：“大伯，其实我手上的陈彤案和 SAN 也有关系，您看……可不可以帮忙一起调查下呢？”

听到“陈彤”两个字，虞立文的手下意识握紧，他点点头：“行！反正查来查去，查的都是 SAN。”

“那就谢谢大伯了！”邵冬吟笑眯眯地道了谢，同虞书鹤一起往大门走。

虞立文坐在沙发上，眯着眼睛看他二人的背影。

骑虎难下，进退两难。

他不得不赌一把。

虞立文的调查进度堪称神速。

两份不同的证据分别交到虞书鹤和邵冬吟手上，他只花了一周的时间。

这一周，虞书鹤和邵冬吟难得轻松，简直像在度假。

没有人给他们使绊子，没有人跟踪他们，更没有人绑架威胁他们。

已入深秋，阳光格外明媚，金色光芒穿透枯黄的叶与棕色的枝洒进客厅，照在人身上，暖融融的。

茶几上堆着三摞文件，一份是孙马案的相关文件，一份是陈佳佳案的相关文件。这两摞文件里都夹了能够证明SAN这个慈善机构涉嫌犯罪的证据，也都有充足的证据能够证明，涉案人员收了SAN的钱。

另一摞文件，则是近二十年来，SAN在全国各地违法犯罪的证据，涉案人员包括虞家的商业伙伴和劲敌。

邵冬吟靠在沙发上，侧着头看这三摞文件："啧，早知道能有这么一天，之前我就不跟你到处受罪去了。"

"我调查了近十年，什么都没查到。遇见你之后，这么快就拿到这些证据了。"

"主要还是撞上了恰好的时机。"邵冬吟坐起身，把陈佳佳案的相关文件拿在手上翻阅。

虞书鹤眼睛笑成弯月，眸底漾着微光，盯着邵冬吟看：“那也是在遇见你之后，遇见你果然是件很美好的事。”

邵冬吟脸上一红，不跟他贫嘴，严肃起来：“先是陈佳佳案，然后是 SAN 的案子，最后是……你父母和我爸的案子。”

她说的是处理顺序。

虞书鹤点点头：“不急，该是这个顺序的。能让真正的凶手绳之以法就行，我也不希望有太多人关注我父母。”

“我也是……”她也不希望太多人关注邵城的案子。

气氛变得沉重起来，邵冬吟深吸口气，说：“行了，咱们现在去找陈威和赵美芳吧，能快则快，不然陈佳佳在精神病院里真要疯了。”

发着“突突突”声音的大三轮车从路边经过，扬起一阵尘土。

虞书鹤一手捂住邵冬吟的口鼻，一手捂住自己的口鼻。

邵冬吟看了他一眼，把“我自己会捂”这五个字吞回了肚子里。

待空中飞扬的尘土落下，虞书鹤才松手，然后牵着邵冬吟的手一起过了马路。

邵冬吟昨天说要去找陈威和赵美芳，结果到了他们在云间城的家，邻居告诉他们，陈威和赵美芳已经回农村了。

于是，今天一大早，邵冬吟和虞书鹤就开车到了云间城郊外的农村。

他们是打听好了情况过来的，进了村很快就找到了陈威家。

此时临近中午，陈威正坐在门口抽烟，赵美芳在屋里骂骂咧咧："你就晓得抽烟！一点都不为你儿子着想！你以后就跟香烟过去吧！"

陈威一声不吭，听凭赵美芳唠唠叨叨，一支烟接一支烟地抽着。

忽然，他眼前出现一双黑色高跟鞋，往上看，一个熟悉的人逆着阳光站在他面前。他惊了一下，差点从小板凳上摔下来。

邵冬吟居高临下地看着他："陈威，你知道 SAN 吗？"

"扑通——"

他彻底从板凳上摔下来了。

"谁啊，你又在跟哪个女的讲话！"赵美芳气冲冲地从屋里出来，看到邵冬吟和虞书鹤，愣住了。

她很快回过神来，去扶跌在地上的陈威，扯着嗓子喊："你们谁啊，干吗打我老公！来人啊！杀人啦！哎哟，杀人啦！"

"你喊吧。你把村里人都喊来，我不介意问问你账上的两百万是怎么来的。"邵冬吟睨着她，"陈太太，你真不认识我吗，我们在法庭上见过的？"

"哦哦。"赵美芳眼珠子转了转，"你就是陈佳佳的辩护律师吧？我想起来了，你这个人有没有良心的啊，竟然帮着她这个杀人犯讲话，你真是要钱不要良心……啊！"

她边说边逼近邵冬吟，手快指到邵冬吟脸上的瞬间，虞书鹤挡在邵冬吟身侧，狠狠地打开她的手。

她又捂着肚子"哎哟哎哟"地叫起来，往地上瘫，嘴里号着："我的孩子，哎呀，我的孩子啊！来人哪，我要被人打流产了，我要被律师打流产了……”

“行了，我没工夫看你演戏。”邵冬吟看了眼她的肚子，按理说，她现在应该怀孕六七个月，可她的肚子明显比六七个月的孕肚要大些。

赵美芳见邵冬吟看她肚子，立刻又爬起来背过身去，说起话来都不那么利索：“你……你看什么！”

邵冬吟没再纠结她的肚子，说：“我是有了足够的证据才来找你们的，要不要进屋说？”

赵美芳还是背对着邵冬吟，陈威站在一边失魂落魄，精神状态不是很好。

经赵美芳那几声喊叫，村里有人过来，站在小路边上朝这边看。赵美芳说：“你有什么话就说。”

“赵美芳，陈威，现在你们身上牵扯了两个案子。一、你们杀了陈彤……”

“你别胡说八道！”赵美芳的声音尖锐起来。

与此同时，陈威终于开了口，声音很低很无力：“进屋说吧。”

他走进屋里，邵冬吟和虞书鹤随后跟上。赵美芳在门口站了站才进屋。

邵冬吟从包里拿出手机放在老旧的木桌上：“这是监控录像，你们自己看看吧。”

朽化发黑的木桌上的手机，放着总体色调偏黑的录像，左上角的时间显示为陈彤死亡当天的凌晨。

一个纤瘦的身影走在河边，步履虚浮，摇摇晃晃。她身后跟着一男一女，时而离她有一米远，时而又紧贴在她身后。

仔细看能看出，纤瘦身影是陈彤，一男一女则是陈威和赵美芳。

陈彤走着走着，忽然跨过防护带，在河边蹲下，好像是在吐。

这时候陈威和赵美芳互相说了什么，二人一起走到陈彤身后。陈威四处张望着，赵美芳被陈威挡住了。

赵美芳看不下去了，突然伸手要抢手机。虞书鹤迅速抢先把手机拿在手上，逼迫陈威和赵美芳继续看下去。

大约过了五秒，陈威和赵美芳跑着离开了，而河边已经没有了陈彤的身影。

陈威嘴唇苍白，手哆哆嗦嗦地拿起一支烟又要点燃。

邵冬吟出声呵斥：“这里还有孕妇。”

他后知后觉地回过神来，把烟拿在手上，呆呆地看着桌子。

赵美芳一个劲儿地摇头：“不可能……不可能，你们怎么会有监控！你们……”

“我知道，SAN 给了你们两百万让你们杀了陈彤，并且说会帮你们销毁证据。”邵冬吟说，“你们真以为这两百万这么好拿吗？你们真以为 SAN 能力通天吗？那条河边确实没有监控，但是旁边的居民楼有一家住户，在私宅里开了宠物店并且装了监控，这监控……

是 SAN 从他那里买走的。”

“他他……”赵美芳结结巴巴说不出话。

“既然我们能查到是 SAN 买走的，那我们自然有方法拿到监控视频。”邵冬吟明白她要说什么，“我现在给你两个选择：一、我拿着监控视频和你的银行流水去举报你；二、你自己去自首，说清楚是 SAN 指使你的。”

赵美芳不安地低下头，不说话。

“还指望着 SAN 能来救你？”虞书鹤笑着说，“SAN 要是真想保你，我们就不会拿到这个监控视频了。”

这个监控视频是虞立文拿来的，说是叫黑客侵入了虞振中的电脑里找到的。

虞书鹤的话成了压垮赵美芳的最后一根稻草，她浑身颤抖着，害怕的样子并不可怜，反而让人觉得可笑。

“我早就知道……我早就知道……”陈威喃喃自语般说着，“我最近做梦梦到彤彤了，她每晚都来找我啊！问我为什么要杀她，为什么要杀她……”

陈威呜咽起来，捂住脸失声痛哭。

赵美芳忽然想起来什么，掏出手机要打电话。

虞书鹤看了眼，手机上的备注为律师。

邵冬吟淡然道：“正好，这是我要说的你们犯的第二条罪，你们诬告了陈佳佳。别说你了，就是你的律师我也得一起告。你打给他吧，你看到时候他是把锅全甩你身上，还是会保你？”

赵美芳正拨打电话的手顿住了。

她呜咽了一声，扯着嗓子开始号啕。

两个人都哭得很难听。

走出陈家的大门，邵冬吟有意无意地又对赵美芳的肚子扫了眼。

赵美芳不是很胖，为什么肚子这么大？难道是双胞胎？

她这般想着，同虞书鹤一起走到水泥路边上。

聚在路边围观的人看他们出来，正打算散开，其中有两名大婶嘀嘀咕咕地在说话。

邵冬吟思考片刻，拦住了这两位，尽量露出亲和的表情问道："请问你们跟陈威很熟吗？"

这两位大婶说话时，她隐隐约约听到什么烧纸、咒人之类的话。

其中一位微胖的大婶笑得憨厚："还好，都是一个村子的，抬头不见低头见的。"

"有关于陈威家的事我想问问你们，可以吗？"邵冬吟掏出自己的证件展示给她们，"你们放心，我是律师，不是什么坏人。"

"我看你这闺女也不像坏人。"高个大婶扫了眼证件，对微胖的大婶笑着说。

"你要问啥就问吧。"微胖大婶说着，拉着邵冬吟往路边靠，"往旁边站站，有车来了。"

一辆摩托车从她方才站着的地方唰一下过去，车速快得邵冬吟只看到个影子。

大婶骂了两句骑车人，转过脸来笑眯眯对邵冬吟说：“哎，有什么事你说。”

“请问你们这段时间跟陈家有来往吗？知道赵美芳是什么时候怀孕的吗？”

一提到这个，两位大婶眼睛锃亮。

高个大婶凑过来：“我跟你说，我早就看她那肚子不对劲了。听老陈讲是七个多月，我看着大得跟快生了似的。”她顿了顿，又说，“那个赵美芳本来就不是什么好东西，她是隔壁大队的，以前他们队里就说她不检点，和别人胡来。”

邵冬吟不大爱听这些八卦，但二位大婶说得起劲，她只能一边听一边从其中提取她想知道的信息。

陈威十八岁就结婚了，当时是陈威父亲做的主，给他娶了当时住隔壁村的一个智力低下的婆娘。两人结婚早，没领证，婚后好几年都没有孩子。

一直到陈威二十五岁，陈威家那位傻婆娘在村里到处玩的时候，从河边的垃圾堆里捡了个小丫头回家，这小丫头就是陈彤。

之后陈威家一直把陈彤当作亲生女儿养，傻婆娘虽然傻，却很照顾陈彤。可好景不长，那位傻婆娘在陈彤五岁的时候，掉河里淹死了。之后大概过了两年，陈威就娶了赵美芳进门。

“赵美芳这个女人……”微胖大婶撇了撇嘴，脸皱起，摇了摇手，“我看她嫁过来的时候，那个身形就像是生过娃的。但她一直没结过婚，也就几年前出去打了几年工，也不晓得在外面干什么的。”

赵美芳进门后，一直虐待陈彤。一开始乖巧又聪明的陈彤，后来突然变得越来越叛逆。她初中的时候跟社会上不学好的混在一起，陈威和赵美芳从此就再没管过她了。村里人都曾听见过陈家吵架，陈威说过让陈彤初中毕业后就外出去打工，不让她上学的话，不过陈彤还是一直上到了大学。

“陈威这个人其实挺老实的，就是太听赵美芳的话了。赵美芳真是不安好心。”微胖大婶凑上前来，神秘兮兮地说，“赵美芳嫁过来之后，每年在小彤彤过生日的时候在家门口烧纸钱，你看有她这样咒人的不？”

邵冬吟敷衍地应了两句，眼前浮现出她看到陈彤写在云盘里的第七篇日记，脑海里闪过一个荒唐又可悲的想法。

两位大婶叽叽咕咕地在她耳边说着，她更为认真地听。

其实这些与判陈威的罪并无多大干系，来了解这些，是因为她想了解陈威一家人，想了解陈彤到底拥有一对怎样的父母，在怎样的环境中长大。

不管是从陈佳佳那里知道的陈彤，还是她看到的日记里的陈彤，都让她有去了解的想法。

陈彤把从小到大的日记挑挑拣拣地拍成照片放在云盘里，悄悄地把所有的线索送给陈佳佳，或许是希望，陈佳佳有一天能够知道她所经历的一切。

可陈佳佳注定不会是能为了陈彤多想的人。那么陈彤想说又没能说出口的一切，就由她来说出来吧。

“你为什么要问那些问题？你也不像那么八卦的人啊。”虞书鹤开车回去的路上，突然笑着调侃了邵冬吟一句。

“那时候，你应该看到视频了吧？”

“嗯。”

“另一个文件夹里的日记你看了吗？”

“没有，当时脑子太乱了。里面有什么吗？”

“有一个小姑娘的人生和眼泪。”

虞书鹤不再说话，他透过后视镜看靠在车窗边吹着冷风的邵冬吟，看到了她眼底的悲悯。

那个小姑娘是陈彤。

邵冬吟把陈佳佳从精神病院接出来的那天，问她：“你有没有把陈彤当过朋友？”

陈佳佳说：“她那种人哪里需要朋友。”

邵冬吟没再说话，警察把陈佳佳带回了拘留所。

陈佳佳一案将于半个月后进行二审，正当网民热烈讨论，将邵冬吟和陈佳佳口诛笔伐的气氛炒到高潮之时，陈威和赵美芳撤诉，并向公安机关自首，承认是他们杀了陈彤。

此时距陈佳佳从精神病院被接出来，已经过了一周。

这一周里邵冬吟比以前更忙，她委托老吴查了很多关于陈威家和赵美芳家十几年前的事，甚至找到了为赵美芳检查的那位原本做医生，后来却被开除的同学。

赵美芳的这位同学，证实了她的所有推测。

虞书鹤能看出她的心情很低落。

他打开网盘将那些图片都看过了，他看到了一个无可奈何又想拼命过好的人，那个人一边哭一边记录下她的人生。

可惜他不能感同身受，无法用体贴的言语去安慰邵冬吟，他只是默默陪在她身边。

将所有资料整理好，邵冬吟因陈威和赵美芳的诬告代陈佳佳向他二人提起了民事诉讼。

带上所有资料，以律师的名义去了拘留所，她请求探望正在候审的陈威和赵美芳。

陈威和赵美芳一前一后地进入房间，两个人都消瘦憔悴了许多，赵美芳的肚子显得更大了。

邵冬吟坐在他们对面，同他们隔着一张桌子。她抽出一份文件，放在桌上，推到陈威和赵美芳面前。

这是一张打印出来的图片。

“看得出来这是谁写的吗？”邵冬吟问。

图片上稚嫩的笔迹诉说着一个小姑娘对爸爸的爱。按时间算，这时的陈彤应该才七岁，刚刚进入小学。

自她的“妈妈”死后，陈威一个人照顾她很辛苦，她都看在眼里，她写道：以后我要出去赚钱，让爸爸在家玩。

很多字她不会写，都是用拼音代替的。

赵美芳抿着嘴，脸撇向一旁。

“你也看看吧。”邵冬吟对她说。

“我看这东西做什么。”赵美芳的语气很冷漠。

陈威摩挲着打印纸，吸了吸鼻子。

“跟你也有关系。”邵冬吟对赵美芳说。

她把打印出来的日记一张一张放到桌上展示，指着第七张说：“你们看看这个，好好看看。”

这一篇日记，是陈彤快要进入初中时写的，也是在写下这篇日记之后，她开始变得叛逆了。

赵美芳麻木地扫了一眼，在看到纸上的文字后，眼睛却像黏在了纸上一样，伸向日记的手不断地颤抖着，嘴唇都开始发白。

这篇日记上布满了泪痕，字越写越丑——

为什么我是她生的？她那么坏，爸爸跟她在一起之后也变坏了。

我不要他们做我爸妈，我妈已经死了。

我什么都听到了，既然生了我为什么又要扔掉我？

我不会认他们的！

我以后没有爸妈了！

赵美芳很清楚，日记里的“她”指的就是自己。

豆大的泪珠从她眼眶里滚落，她毫无知觉，浑身发抖。

“当年的事，你们应该比我更清楚。”接下来的打印文件就不是他们该看的了。邵冬吟把文件袋收起来，“以前的事你们做得很隐蔽，除了你们的亲人和当时一起上学的部分同学，没有别人知道了。”她顿了顿，说，“但这世上没有不透风的墙。”

“你后悔吗，赵美芳？”

赵美芳仍旧浑身发颤，嘴巴微张着，双眼瞪大，喉咙里发出含混的声音，说不出完整的话。

当年，当年……

赵美芳和陈威其实在陈彤出生前就认识了。

陈威二十四岁那年，去隔壁大队闲逛的时候认识了还在上高中的赵美芳。他年轻时皮相不错，看上去人很老实，两人一来二去便在一起了。

赵美芳那时正是愿意为爱不顾一切的年纪，不顾陈威还有个傻子老婆，和陈威一起偷吃了禁果。陈威说要对她负责，去了他们家里提亲。

所有人都知道陈威是有老婆的，哪怕是没领证，那也是他老婆。

大队里的人从来没见过有人娶了老婆还想娶第二个的，况且陈威家庭条件极差，赵家人也看不上。

赵家父母棒打“鸳鸯”，拆散了他们。没承想赵美芳怀了孕，被发现时，肚子里的孩子已经成型。

赵家怕丢人，不敢去医院，便让赵美芳辍了学，在家里把孩子生了下来，趁着赵美芳还没恢复意识的时候，赵家的老太太把孩子用块布裹着，扔到了河边的垃圾堆里。

后来，这孩子被陈威的傻媳妇捡了去。

陈威并不知道赵美芳怀孕，且因他这段时间干活伤着了，去医院检查说以后很难再有孩子，他爹便做主领养了这孩子，取名陈彤。

也许，陈彤到死都没想到，她日记里的两个坏人，真的坏到了要害死她的地步。

后悔吗？赵美芳大脑里嗡嗡作响，陈威亦是满脸泪水。

不等他们缓过神来，邵冬吟又拿出了一支录音笔，这是赵美芳的高中同学给她的。

“小玲啊，你就帮帮忙。我们以前关系那么好，你难道忍心看我再受一次苦吗？我把你当好朋友，什么事都告诉你了，你就不能帮我撒个谎吗？我保证，这事你知我知，绝不会有第三个人知道，你就帮帮我吧，嗯？”

这是赵美芳的声音。

赵美芳神情陡然变得惊悚，疯狂扑向邵冬吟去夺取她手上的录音笔。

邵冬吟站起身躲开，椅子在地板上摩擦的刺耳声音就像是这段录音的小插曲，录音继续播放着。

“美芳啊，不是我不帮你，你这事我要是做了又被查出来，我这医生以后可都没得做了。”

“这事你知我知，哪有第三个人知道，不会被人查出来的。”赵美芳抽泣起来，“我也是一时糊涂。要是让我老公发现这孩子不是他的，我该怎么活啊。”

伴随着塑料袋的声音响起，赵美芳说：“这钱你拿着，小玲啊，就当我求你了，你帮帮忙吧。”

“这……”

“这些也给你。这样吧，你不用说什么，到时候我来说，你就配合我说就行了，你看成不？”

“那好吧……”

“嘀——”

清脆的电子音响起，邵冬吟摁下暂停键。

陈威五雷轰顶般地看着脸上布满心虚与绝望的赵美芳，仿佛就在眨眼间，他便苍老了许多，神态犹如垂暮之年的老人。

“你……你……”

“不是，你听我说，我……啊！”

不等赵美芳说完，陈威便扑过去同她扭打起来，警察连忙过来拉开二人。

陈威气得说不出话来，被架走的最后一刻，才吼道：“赵美芳，你还我女儿！”

陈威心里有一道坎，一直过不去。

他想要个孩子，一个体内流着他血脉的孩子。他的第一个老婆不能生，自己又意外受了伤，想要个亲生骨肉，是他藏在心里不能言说的执念。

他本来已经认命了。

直到那天，赵美芳跟他说她怀孕了。

他欣喜若狂，陪着赵美芳去她说的医院检查，却听赵美芳和医生谈话说，赵美芳肚子里的孩子有可能保不住，如果要保，起码要准备两百万。

他一个没文化的人，什么都不懂，听医生这么说，立时就慌了。他不敢想象这个孩子要是保不住，那他以后还能拥有自己的亲生骨肉吗？

可是两百万的巨款，这让他上哪儿去弄？

就在这时，赵美芳跟他说，陈彤在外边得罪了人，那人出两百万买陈彤的命。

一个是初中之后就和自己不亲且没有血缘的女儿，一个是自己的亲生骨肉，他终究选择了后者。

他从来没想过，赵美芳肚子里的孩子不是他的，所谓的孩子保不住，也只是赵美芳为了哄骗他帮忙杀陈彤编造出来的谎言。

赵美芳亦是没有想到，她心心念念的头胎女儿，她以为已经死了、每年都为其烧纸的女儿，在5月22号那一天，真的被她亲手害死了。

他们以为没了陈彤，有了钱，以后会有更好的生活。然而现实给了他们沉痛的一击，他最想要的，被他亲手摧毁。

用害人终害己这句话来形容他们，再合适不过。

关于陈彤案的一篇篇报道在嫌犯被判决后如雨后春笋般冒了出来，令人目不暇接。网民们都在惋惜陈彤的人生，对陈威及赵美芳口诛笔伐，用尽咒骂之词。

陈佳佳的微博又火了，许多人向她道歉，她的粉丝开始疯长。

陈佳佳通过她的微博表达了对陈彤的痛惜以及对陈威和赵美芳的怨恨，这让许多人又开始感叹她和陈彤之间的友情。

邵冬吟在处理完对陈威和赵美芳的民事诉讼后，与她最后一次交接时，问她："你在微博上说那些话，不亏心吗？"

陈佳佳看向一旁，抿着嘴没有说话，有些心虚。

她的人生重新开始了。

陈彤已经走完的一生，才刚向众人展示出一半。

这个小姑娘一半的人生毁于她的父母，一半的人生毁于她自己。

她做了她不该做的事，妄图纠缠她不该纠缠的人。

冬天已经到了。

今年的天气很不正常，先是夏秋交替时的忽冷忽热，再是十二月就下了第一场雪。

邵冬吟坐在律师事务所里，穿着米白色的高领毛衣，坐在椅背搭着外套的椅子上，对着电脑"啪嗒啪嗒"敲击着键盘。

"你手上又没案子，在这儿忙什么呢？"王菲菲从茶水间出来，双手捧着杯子，杯口冒着氤氲热气。

她看邵冬吟的眼神，依旧不爽。

邵冬吟回头对她笑了下，她见了鬼似的，脖子一缩，快步走回自己座位坐下，不再多言。

邵冬吟关了电脑，把U盘拔出来，穿上外套进了老板办公室。

没一会儿，她走了出来，拎着包离开了。

推开公司大门，一阵刺骨寒风夹着雪扑面而来，打在脸上，生疼。

她偏过头去用手挡在脸前，眨眼间，身前不再有风雪，一个高大的身影笼罩住她。

她抬眸，撞进一双满含笑意的眼里。这双眼睛的右眼下方，有一颗艳丽的红色泪痣，鼻子以下被围巾裹得严严实实。

虞书鹤穿着呢子大衣挡在她身前，背上被风打上了雪花，他解下围巾，套到邵冬吟的脖子上，给她绕了三圈："怎么穿这么少？冷吗？"

邵冬吟的脸被他的指尖无意间碰了一下，她打了个激灵，一把握住他给她整理围巾的手。

她的手是温热的，而他的手凉得像冰块。

"你没开车过来吗？"

"没有。想跟你一起去吃饭的，我十点多就在这儿等了。"他把手从她手里抽出来，点了点腕上的表，"你看，现在已经十二点多了。"

不用她问，他也要告诉她，他等了她很久。

"走吧，去吃饭。"邵冬吟走向自己的车，迈出了两步又转回来，往事务所走，"你进来等会儿，我给你倒杯热水，你焐焐手。"

"不用了，我们快去吃饭吧，我饿了。"虞书鹤拽住她的胳膊把她拉了回来。

邵冬吟盯着他看了两秒，妥协了。

她上了车，他很自然地坐上副驾驶位。

“到哪儿去吃？”她边开车边问。

虞书鹤挪了挪位置，靠近她，忽然把一只手伸进她上衣口袋里，一脸漫不经心地说：“去金利广场。”

“手。”她横了他一眼。

上衣口袋的位置在她的腰侧，她能很明显地感觉到，他的手隔着衣服放在她的腰间。

“我手冷嘛，给我焐一下。”

“你不会揣自己口袋吗？”

“我的没你的暖和。”他微侧着身子，脸贴近她，“外面那么冷，我等了你那么久，揣一下你口袋都不行吗？”

“谁叫你不事先打电话。”邵冬吟顿了顿，又说，“你要我现在给你回答吗？”

虞书鹤不再嬉皮笑脸，严肃认真地说：“你觉得我好吗？”

“还行吧。”

“那你再考虑考虑。”他立刻坐正了身体，手仍放在她口袋里，“等你觉得我是这个世界上最好的人的时候，你再回答我。”

邵冬吟表面淡然，耳朵却渐渐红起来。

他说：“我再等等也没关系。”

“你手要是再乱动，我现在就给你一个不字。”

金利广场五楼，许许多多的人聚在巨大的玻璃墙前望着外面纷纷扬扬的雪花。

从上往下看，整个世界银装素裹，万物皆披上了一层雪白的衣裳。

长廊上，邵冬吟和虞书鹤一前一后朝餐厅走去。

虞书鹤看着玻璃墙外，忽地停下了脚步，转过头来一眨不眨地注视着那往前走着的背影。

邵冬吟余光瞥见身后没了人，停下脚步回头朝他走来：“怎么了？”

“我从小到大一直都觉得，看到下雪是最让我开心的事。”虞书鹤笑吟吟地盯着她看，“但是我今天发现，看到你比看到下雪还让我开心。”

邵冬吟温度才消退的耳朵又热起来了，她拉了拉围巾，挡住自己的半张脸，转过身去：“都快一点了，你还吃不吃午饭？”

他跟上她的脚步，把她的围巾扯下来，在她红扑扑的脸上落下一枚轻吻。

红艳的唇与柔嫩的皮肤，一触即离。

他半弯着腰，说：“我觉得你是这个世界上最好的。”

你什么时候也能觉得我是这个世界上最好的呢？

他好想再听她说：“我会永远陪着你，永远站在你身边。”

她敏感地嗅到了一丝不对劲：“是不是……”

手机振动起来的“嗡嗡”声打断了她的话，虞书鹤看了眼手机屏幕，接了电话。

邵冬吟拉住他拿手机的手，听到手机里传出虞立文的声音：

“书鹤，你什么时候把材料交到警局去啊？趁着他们正在调查SAN，你赶紧把你父母的事给办了吧。”

“虞伯伯，我是邵冬吟。书鹤现在不在，等他回来我叫他回个电话给您，可以吗？”不等虞书鹤开口，邵冬吟抢先一步出了声。

虞立文怔了一下，说：“哦，那好。”

邵冬吟“嗯”了一声，摁了挂断键。

“他等不及了？”

“嗯。”虞书鹤收起手机，笑道，“我们先去吃饭吧。”

“你打算怎么办？”

“我要的东西还没拿到，过两天我得亲自去一趟。”

“我跟你一起去。”

虞书鹤脚步停下来，肃然道：“在国内安全了，不代表在国外会安全。更何况我要的东西……”

“我知道。”邵冬吟认真地看着他的眼睛，“我会站在你身边，而不是站在你身后。”

她要的是将害死她爸、害死他父母、害死陈彤，罔顾道德法律的幕后凶手绳之以法，而不是被逼着上交这些不完整的证据，将幕后凶手洗白成一个无奈又委屈的善人。

· CHAPTER 9 ·
世界上最好的你

12 月，泰国最舒适的月份之一。

脱去厚重的冬装，换上轻薄的夏装，再套一件薄外套，邵冬吟和虞书鹤各捧着一只椰子漫步在曼谷的街头，在旁人看来，俨然是两名来泰国旅游的游客。

步行街上人潮涌动，不少游客在小摊前排着队。空气中弥漫着各种香料和水果的甜腻，各国语言不断在耳边响起。

邵冬吟拉了拉虞书鹤的袖子，倾身过去指着一个挤满了人的棚子说：“去里面看看。”

“好。”虞书鹤温柔地应了声。

看上去，他们就像一对再普通不过的情侣。

转过身，邵冬吟和虞书鹤各自在自己身侧的人潮里有意无意地扫了一圈。

街道上人头攒动，熙熙攘攘。要想在这样的环境找出跟踪他们

的人，无异于大海捞针。

他们昨天就到了曼谷，休息了一夜，今天在酒店待到下午才出来。

一出酒店门，虞书鹤就察觉到有人在跟踪他们。

他们不动声色地默默观察，但毕竟跟踪的人藏于暗处，要找出那人很是困难。他们无意间看到了那人的长相，像是泰国本地人。

邵冬吟和虞书鹤走进水果摊，挑挑拣拣选了三个大芒果，用中文试探着和老板交谈。

做游客生意的，哪能不懂一点外语。老板的中文不是很好，但勉强能和人交流。

付钱时，虞书鹤靠近老板，装着指点老板怎么切的模样，悄声对老板说："这个棚子后面可以走吗？"

老板愣了一下，指着靠近角落的一张随风飘荡的塑料膜说："那里可以。"

他把高于芒果价格两倍的钱放在老板手边，说："待会儿如果有人进来找我们，麻烦你把芒果给他，并且为他唱一首生日歌，可以吗？"

老板会意，点着头比手势："可以。你朋友有你们这样的朋友，很好。"

虞书鹤笑了下，挑了一个最大的榴梿，问了价格，又给了两倍的钱，说："那麻烦你再剖个榴梿给他吧。如果他急着找我们，急着要走，麻烦你跟他说如果他不把芒果和榴梿带走，他就不能从这里过。"

老板眼里闪过一丝迷茫，邵冬吟说：“我们是为了给他过生日特意到泰国来的。我们想给他过一个很特别的生日，麻烦您了。”

老板点着头应了。

邵冬吟又在水果棚前流动的人群里找了一圈，没看到那个跟踪他们的人。二人快步从棚后离开，顺着路边的过道躲进了一条小巷。

小巷的宽度不到两米，两旁皆是三层楼高的建筑。

此刻本就日落西山，天色渐暗，小巷里更是昏暗。邵冬吟和虞书鹤对泰国都不怎么熟悉，不敢贸然走动，出了巷子，他们直接打车回了酒店，飞速收拾好行李，办理了退房，到了附近的另一家酒店办理了入住。

“一间双人房，谢谢。”

邵冬吟诧异地扫了眼虞书鹤，对前台说：“两间，谢谢。”

“你们是一起的吗？”前台小姐的眼睛在他俩身上扫来扫去，微笑着问。

“是，要一间双人房就行了。”

“两……”

邵冬吟刚说了一个字，虞书鹤就拉住她的胳膊把她往旁边拽，低头在她耳边说：“SAN 的本部就在泰国，大白天他们就敢跟踪我们，万一晚上他们下手，我们还是住一起比较安全。”

他满眼真诚，似乎真的是只考虑到了安全问题，没有多想别的。

邵冬吟迟疑了一会儿，才点了点头。

虞书鹤勾起嘴角，眸中闪过一抹狡黠。订了间楼顶的观景房，他谢绝了帮忙提行李的服务人员，一人拎着行李，和邵冬吟一起进了电梯。

电梯门关闭，电梯缓缓上升。

虞书鹤附在她耳畔轻声说：“昨晚我没睡好。”

她莫名其妙地看他一眼。

他又说：“我很想念跟你一起睡的日子。”

他的话误导意味太重，她拧了下眉头，说：“今晚你睡地上，我睡床上。”

“自从没跟你一起睡，我的睡眠质量就很差了，你想让我今晚彻底失眠吗？”嘴上说着委屈巴巴的话，他眼眸里却有星星点点在闪烁，“只是睡在一起，我又不做什么。睡了那么多次了，还不信我吗？”

“以前那是条件所迫，现在条件允许，所以你睡地上。”邵冬吟一副绝无商量的姿态，耳郭却是难以掩饰的绯红色。

“叮”一声，电梯门开了。

邵冬吟拎起自己的行李头也不回地出了电梯，虞书鹤赶忙跟上，从她手里抢回行李，说：“好啦，我睡地上就是了。”

她没吭声，打开房门走进去。

房间很大，很华丽，很出人意料——这是一间两张床的双人房。

邵冬吟没忍住，“扑哧”笑出声：“你不用睡地上了。”

虞书鹤扬了扬眉，嘴角弯弯：“你笑起来真好看。”

她愣了一下，清了清嗓子，撇过脸去，用手给滚烫的面颊降温。

虞书鹤走近她，揉了揉她的头，开始整理行李。

夜色渐浓，窗外的城市逐渐亮起了一道道霓虹灯。居高临下，脚下如同一片闪烁着星光的黑暗海洋，许多“灯笼鱼”在马路上游着。

邵冬吟坐在窗前的软椅上看着窗外，无心欣赏这些风景。她摸着肚子说：“我饿了。”

虞书鹤正在用手机发短信，他闻声抬头，严肃的面孔变得柔软：“想下去吃，还是叫人送餐上来？”

“叫人送餐上来吧。”她去拿床头的电话，问他，“你吃吗？”

“嗯，你吃什么我就吃什么。”

她扫了他一眼，拨通了前台的服务电话。

大约过了半小时，门被敲响。

虞书鹤起身，并没解开防盗链，而是将门开了一条小缝。

一个男人的面孔从门缝里映入他的眼帘，男人正东张西望，很怕别人发现他的模样，没注意到门被打开。

这个男人，正是白天跟踪虞书鹤和邵冬吟的人。

如果他是SAN的人，他会这么快就发现他们换了酒店并且找到他们新入住的酒店房间吗？

他们住的都是高档酒店，如果SAN的人真能这么快就发现他们的行踪，这说明两家高档酒店的内部都有SAN的人。

这可能吗？

据虞书鹤现在掌握的情报来看，这其实是不可能的。SAN的本部虽在泰国，但这个组织在泰国没有多大能力。

他回忆起自己刚刚发的短信，试探着用泰语问了男人一句：“虞振中叫你来的？”

他的短信是发给虞振中的，他告诉虞振中自己搬了酒店，并且说了酒店地址和房间号。

男人听到他的声音，眼睛一亮，疯狂地点头。

他仍是没打开防盗链，问：“证据。”

男人从怀里掏出部手机，打了个电话给什么人。很快，虞书鹤接到了虞振中的电话。虞振中说：“放他进去吧。”说完，便挂了电话。

虞书鹤戒备地打开防盗链，男人闪身躲了进来，背对着门把门关紧，喘了会儿气才平复了紧张的情绪。

邵冬吟向虞书鹤投去一个不解的眼神，虞书鹤回她一个安抚的目光，很快又把注意力放到面前的男人身上。

男人从衣服里拿出一个U盘交给虞书鹤，并且用泰语和他说了很多。

邵冬吟听不懂，但是看虞书鹤神情越来越凝重，就知道男人说的一定不是好事。

男人说完，把他拿着的手机也交给了虞书鹤，便着急地离开了，一刻也不愿多留。

“他说什么？”

“虞振中让他来告诉我，这些证据不足以证明SAN是虞立文创立的，他说虞振中已经回国找证据去了。”

“怎么会……”邵冬吟眉头紧锁。

早在最初她听到虞立文跟虞嘉烨谈话时，她就知道虞立文是在演戏了。可能是在演戏给她看，也可能是在演戏给虞书鹤看，不论观众是哪个，虞立文这一步的目的只有一个，洗白他在虞书鹤心中的形象。

她早有确切的证据可以证明虞立文就是SAN的高层，不可能像他嘴里说得那么无辜。因此虞立文说的那些话，她只信他指认部分虞家人犯罪的话，其他的一概不信。

看到虞立文演戏的那天晚上，她和虞书鹤已经商量好了对策，决定将计就计。

她本以为一切都在按照计划进行，没想到进行到最后一步，虞立文给他们来了这么一手。

先是把罪责全推到虞振中身上，逼迫虞书鹤尽快去报案，一步步推着他们走到这最后一步，再来一招儿釜底抽薪，把总部这边的证据销毁。

虞书鹤摩挲着手上的U盘，沉思片刻，打开电脑，将U盘插上，边看里面的资料边说：“如果这些东西完全没有用，虞振中就不会大费周章地让人把这个U盘送到我们手里了。”

邵冬吟走到他身后，靠在他坐着的椅子上看他检阅资料。

不知不觉间，时间流逝，一直看到凌晨三点，他们总算把这些资料全部看完。

这些资料确实不能证明SAN是虞立文创立的，但能证明SAN

最早是个跨国洗黑钱的机构，而当时，虞立文已经是SAN中的一员；还能证明SAN在向“违法中介”转型时，虞立文亦有参与到一些案件中，其中就包括虞学文和邵城被杀的案子。

这些证据指向的不只是虞立文，还包括虞振中和少部分虞家人。

“这些，足以让虞立文被判死刑了。”邵冬吟这般说着，神情颓丧，“可我总觉得很难受，没能将他的所有罪行指证出来。”

虞书鹤亦是如此。他靠在床头，手指一下又一下地在屈起的腿上敲击着。

邵冬吟躺在床上，看着天花板，突然间，一个人闪过她的脑海，她掏出手机，翻出备注为陈警官的电话号码，下意识就想拨打过去。

恍惚间看到手机顶端显示的时间，她暂时放弃了，坐起身来说：“你还记得信宁山区的陈东警官吗？他查了黄易的案子，肯定知道SAN这个组织的不对劲。况且陈威案子判决时，官方也没有对外公布SAN的消息，这也说明或许他们正在暗中调察，害怕打草惊蛇，所以没有公布。他们内部应该已经盯上SAN了。”

她顿了顿，说：“不过……虞立文不是一个人，他还有虞嘉烨和宋嘉雯帮他打配合。就算他不方便自己动手，虞嘉烨和宋嘉雯也可以替他出手。他们两人没参与虞立文做的事，完全可以说自己并不知道这些事。就算他们阻挠，他们也可以找理由说是因为跟你的私仇。”

“不，虞嘉烨是真不知道。”虞书鹤目光幽深，“虞立文跟我们说的话半真半假，其中有句话是真的，因为这点我也很清楚。虞嘉烨确实没脑子又冲动，虞立文根本不敢让他知道任何真相。虞嘉烨应该真的以为虞立文做的事都在为我好。”

“陈彤留下的视频很模糊，虞立文或许会想办法否认他跟陈彤的关系。”虞书鹤笑了下，像只看到猎物的狐狸，“我们还有一个人可以配合那个视频用。”

“谁？”

“茉桐，虞立文的情人之一。”

邵冬吟同他对视，眼神相交，一拍即合。

云间城

吴胜邢被电话吵醒，在看到备注的那一刻起床气立刻散了，他接起电话，打着哈欠：“书鹤，这么晚了你不睡干吗呢？”

“你快点开电脑，我有个文件要发给你。”

“什么文件啊？”

吴胜邢掀开被子，套上外套，又打了个哈欠，眼泪都挤出来了。坐在电脑桌前，开了电脑，他耷拉着眼皮登了自己的账号。

很快，一个压缩文件包发了过来。

“这是关于虞立文的证据，你拷贝一下，收好，再把传送记录删除。”

听到这句话，他一下子就清醒了，找出 U 盘，按照虞书鹤说的操作。

虞书鹤又说：“你有茉桐的联系方式吗？”

“茉桐？我朋友有。”

“那你跟你朋友要一下。明天你打个电话给茉桐，你只需要跟她说两件事，一、这个电话是我叫你打给她的，二、这是她的机会，也是她的最后一次机会。”

“什么意思啊？”

“回去再跟你解释，你这么跟她说就行了。”虞书鹤的声音陡然放轻，“我先挂了，我也一晚上没睡了。”

他挂断电话，把手机放在床头柜上充电。

在与他的床隔了不到一米的床上，本来听着他打电话的邵冬吟一个眨眼的工夫就睡着了。她外套没脱，被子没盖，半趴在床边，好似随时要从床上掉下来。

他蹑手蹑脚走到她床边，轻轻抱起她，让她睡正。然后小心翼翼地脱掉她的外套，摊开薄被给她盖好。

他没有立刻回到自己床上，关了灯，坐在床边，就着小夜灯微弱的光亮看着她平和的睡颜，情不自禁地伸出手，用手指细细地描摹着她的轮廓。

指尖划过她的眉，她的眼，她的鼻尖，她的唇……

他的指腹轻贴在她柔软的唇上，依依不舍，不愿挪开。

“真好看。”

他嘴角不自觉地上扬，缓缓俯下身子，在她的嘴角印上他的吻。

一夜好眠。

“也是，虞立文现在一心急着洗白自己，怎么可能再用跟踪这种下三烂的把戏呢。他要真这么做，那他的戏就全都白演了。”走进机场，邵冬吟后知后觉地发现了一点。

在泰国的事全部办完，国内尚有许多事未做，二人临近中午时起了床，立刻就订了机票回国。

“难得糊涂。”虞书鹤不以为意，视线有意无意落在她粉嫩的唇上。

邵冬吟摸了摸自己的唇边：“有东西吗？”

“有，没擦干净。”虞书鹤用指腹从她唇上划过，“好了，没了。”

酥酥麻麻的感觉宛若电流，直冲大脑，邵冬吟只觉头皮一麻，紧接着脸上染了桃花的粉。她看了自己先前擦嘴的手，干干净净的，根本没有任何东西。

虞书鹤一本正经，她也不好问他是不是在耍人。她没注意到，他眼里藏着抹像是偷吃到糖的笑。

下午登机，晚上到了云间城。

回到祖国的土地，邵冬吟莫名觉得很踏实，一放松下来，她捂着嘴打了个哈欠。

虞书鹤拎着两人的行李跟在她身后，“待会儿回家就……”他话说到一半停住，用眼神向她示意正拖着行李向他们走来的一男一女。

邵冬吟看过去，这一男一女，她都不认识。

“你们好，我们刚刚是和你们乘同一架飞机的，坐在你们后面。”只穿了薄衫的女人用一口蹩脚中文说，“第一次来这里，不知道怎么出去，请问你们可不可以帮忙带我们出去？”

邵冬吟与虞书鹤对视一眼，虞书鹤扫了眼女人身后沉默寡言的男人，礼貌微笑：“可以，我们也是要出机场的。”

“谢谢。”女人双手合十对虞书鹤笑得像朵花，掐着嗓子说话，有股撒娇的意味。

邵冬吟听着浑身不舒服，刻意忸怩的声音太刺她耳朵。

“你们是来旅游的吗？”虞书鹤和那女人搭起话来。

“是的，我们第一次来这里旅游，听说这里很好玩。”女人看向邵冬吟，“啊，对了，这是你女朋友吗？”

“嗯。”虞书鹤又扫了眼那男人，“你男朋友？”

“是的。不好意思，他不太爱说话。”女人跟着走出机场，缩了缩脖子，“你们这里好冷哦，我穿这么多衣服，还是觉得好冷。”

邵冬吟看了看自己身上的羽绒服，再看看女人身上的春秋衫，抿了抿嘴。

女人吸了吸鼻子，很不好意思地说：“请问这里哪里有卖衣服的？”

“这里没有，要打车到市区才有。”虞书鹤看向路边，吴胜邢的车已经在等，他礼貌地打了声招呼，“我朋友来接我们了，我们先走了。”

“啊……”女人在原地站了会儿，忽地跑过来想拉虞书鹤。

虞书鹤背后长了眼睛似的往邵冬吟身上靠，恰好躲开女人的拉扯。

邵冬吟睨了眼虞书鹤，虞书鹤耸了耸肩：“没办法，为了躲人嘛。”

旁边那么大位置不好躲，偏往她身上躲？邵冬吟拢了拢衣服，回头问女人：“有什么事吗？”

“请问，我们可不可以跟你们的车一起去市区，我们会给钱的。”女人可怜巴巴地眨着眼睛，冻得鼻涕都要出来了。

“行啊。”邵冬吟爽快地应了。

虞书鹤上车坐了副驾驶位，女人和她男友挤在一起，邵冬吟靠窗挨着女人坐。

女人和男人大包小包的，把后备厢塞得满满的，她和虞书鹤的行李都是一个不大的旅行包，就只能放在车里了。

车出了机场这片区域，光线逐渐暗了下来。

女人身体往前倾，手撑在驾驶位和副驾驶位中间的位置，透过前挡风玻璃看前面的风景。

“哇，你们这边的路好宽哦。”

她总是说着这些看似天真烂漫，实则十分没营养的话。虞书鹤上了车就一声不吭，吴胜邢出于礼貌，陪着这女人说话。

邵冬吟靠在窗户上，望着车窗外。外面黑漆漆的，路灯昏黄的微光不足以穿透暗色的挡风玻璃，以至于——坐在她这一排的人的一举一动都被她看在了眼里。

女人吸引着前面两人的注意力，挡着后视镜。男人趁着邵冬吟看窗外的时候，手伸向了她和虞书鹤的包，在里面摸索了一阵。

可能没摸出什么东西，男人暗暗拉了拉女人的衣摆。

女人会意，坐回位置上，开始跟邵冬吟说话。她说的依旧是没营养的话，聒噪又烦人。

她的春秋衫半松开，挡住她的手，她的手悄悄伸进了邵冬吟的口袋里。

邵冬吟暗自庆幸U盘放在她这儿了，女人很快就能摸走，不然她还得听这女人说半天话。

在车驶进市区之后，女人立刻就说不敢再麻烦了，想要下车。

他们给了吴胜邢两百块钱，拿了他们的行李离开。虞书鹤从副驾驶位下来，到后排跟邵冬吟坐在一起。

“她拿走了？”

“嗯。”

“什么东西拿走了？你们在说什么东西啊？”吴胜邢云里雾里，“哦对了，我给茉桐打电话的时候，她问你们想要她做什么。”

“U盘被拿走了，装着证据的U盘。”虞书鹤回道。

“什么？”

吴胜邢激动地脚踩刹车，尖锐的响声刺激着鼓膜，邵冬吟和虞书鹤因着惯性往前冲。

虞书鹤下意识伸手挡在了她的额前，她的额头狠狠撞在了他的手心里，不疼。

他撞在了椅背上，额头被撞红了一片，除了有一点点疼，也无大碍。

“你干吗突然停车？”虞书鹤坐回到位置上。

邵冬吟在车窗外有远光灯闪过的瞬间看到了他额角处的一块红印。

“对不起。”吴胜邢重新发动车子，“不是，那么重要的东西你们怎么不收好呢？”

“你那边不是已经有一份了吗？这份是鱼饵，不能不丢。”

吴胜邢“哦”了一声。

车内安静下来，车缓缓驶进了邵冬吟所住的小区。邵冬吟和虞书鹤下了车，跟吴胜邢打了声招呼。

目送着吴胜邢的车开走，邵冬吟转头看向虞书鹤，眼睛盯在他额角的红印上。

虞书鹤不明所以，笑着说：“站这儿做什么？”

她走近他，突然踮起脚来，柔软微凉的手指在他额角的红印上揉了揉。她问：“疼吗？”

其实不疼，他却“嗯”了一声。

她充满关切的眼眸就像是一片漾着温柔水花的海洋，他沦陷于此。

她这样看他，他好喜欢。

他目光灼灼地盯着她，她才意识到自己行为的不妥，飞快收了手，朝家走去：“回家吧。”

“我到了。”

这是陈东发来的信息，日期在两天前，也是邵冬吟回国后的第二天。

“书鹤，你回来一趟吧，我有事跟你说。”

这是虞立文在陈东到达云间城的那天，发来的信息。

那天，虞书鹤被虞立文叫回虞家之后，再也没能从虞家出去过。

邵冬吟和陈东躺在冰凉的地板上，上方一块木板距离她的鼻尖只有三厘米。

这环境有点压抑，但她不得不忍。

“咔嚓——”

门锁响了，门被打开。

虞立文笑吟吟地走进来：“书鹤啊，我已经帮你把你父母的案子交给警察了，你就耐心等消息吧。”

虞书鹤坐在沙发上，跷着腿，姿态散漫，眼睛有意无意地扫着角落亮着红灯的监控。

今天入夜时分，虞嘉烨来找他了。

“刚刚停电，有没有被吓着？”虞立文嘴里说着关心的话，脸上只有得意的笑。

“虞立文，这里没有别人了，你还演戏给谁看呢？”虞书鹤自嘲地扯了扯嘴角，“是我输了，你赢了。”

“哎，你这说的什么话，什么输啊赢啊的。”

“虞立文,你已经知道我没有任何精神疾病,还将我关在房间里。你这样演戏，有意思吗？”虞书鹤说，“我真是没想到，我们虞家偌大的家业，到头来竟然落到了你这个外人手里。”

外人——这两个字对于虞立文来说是扎他心口的尖刺，是剜他血肉的利刃。

他脸上的温和面具出现了裂缝：“书鹤，你说话最好注意点。如果你够乖，我还可以让你继续衣食无忧。”

“你一个鸠占鹊巢的人跟我这个虞家的正牌少爷说，让我衣食无忧？”

“虞书鹤！”虞立文脸上笑意全无，“你知道你在说什么吗？”

“我当然知道，虞振中早就已经把所有事都告诉我了。以前我一直都在陪你演戏，现在看来，你技高一筹，你赢了。”虞书鹤讥讽地笑了起来，“但你赢了又有什么用呢？你还是一个让爷爷到死都看不起的人。”

虞立文嘴唇颤抖着，紧紧抿着，瞪着虞书鹤。

“我知道，虞振中早年也看不惯我爸爸，你撺掇他和虞家其他的亲戚跟你一起帮人洗黑钱，成立了SAN。但是后来他良心发现，十四年前他救过我一次，十四年后他彻底叛变了。你知道这是为什么吗？因为你在他心里不值得他信任，他一直想回头，一直怕你拿他做替罪羊，只不过一直没机会罢了。”虞书鹤漫不经心地继续说着，“我知道你现在想要什么。钱有了，你现在想要名声了。你怕你的老底被人挖出来，想彻底脱离SAN了，洗白自己这件事你应该从很早以前就开始谋划了吧？虞振中去泰国本部调你以前的资料，很多都已经被销毁了。虞振中也真是惨，他害怕的事终究发生了，你还是把他做替罪羊推出去了。”

虞立文闭着眼睛，做着深呼吸。

“不过，你说你怎么这么贪呢？贪钱不够，还想贪小姑娘年轻的身体。你以为每个女人都是拿了钱就知道走人的人吗？”虞书鹤掏出手机，点开一个视频展示给虞立文看。

“你手机哪儿来的？”

“这个你先不用管，好好看视频。”虞书鹤用手指点了点手机屏幕，“男主角是你哦。”

模糊的画面摇摇晃晃，镜头渐渐寻找到了光亮，来自卫生间的光亮。卫生间里的男人正拿着手机打电话。

在皮肤摩擦布料的窸窸窣窣声之后，镜头靠近了卫生间，男人的声音清晰了许多。

“我跟你说过了，今年开始，不用再给孙马的家人一分钱！还有其他地方的那些人，也跟他们说清楚，要钱还是要命，自己选。以后，跟他们彻底断绝来往。”

“现在不是以前了，这种犯法的事越抓越严，趁早收手为上策，那些蠢货想做什么就让他们自己做去。你放心，你跟着我干，我不会亏待你的。”

“我在SAN的资料，你逐渐开始给我删，注意，不要被其他人发现。省得他们来找我麻烦。行了，就这样吧。”

镜头仓促间恢复了黑暗，视频结束。

虞书鹤再次播放视频，把进度条拉到五分之一处暂停：“还认识吗？这是你。”

“你！这东西你哪儿来的！”

“你是不是找这东西找了很久？为此杀了陈彤，收买陈威他们去诬告陈佳佳。你没想到吧，有一天，睡在你枕边的人背叛了你，录下了这个视频。”虞书鹤收起手机，“不过那个许秘书，对你倒是忠心耿耿，为了你去绑架我，把自己送进牢里还栽赃了虞振中。让我猜猜你给了他多少钱，一百万，还是两百万？或者……两千万？”

虞立文的手握紧又松开，他居高临下地望着虞书鹤：“虞书鹤，你别忘了，你现在在我手里。你是生是死全看我的意思，你挑衅我？你有这视频有什么用，你发得出去吗？就算发出去，不了解这些事的人，谁知道我在说什么。”

“无所谓，反正我是彻底输了。我只想听你说为什么？我们虞家从来没有亏待过你，你为什么要害死我爸我妈，为什么要霸占虞家？”

“虞家本来就腐朽到根了！你不想想，如果那些姓虞的不贪钱，他们会来跟我一起干这些事吗？他们会答应和我一起创立SAN吗？”虞立文疯狂地大笑起来，又在刹那间收敛了笑，“我被虞家领养回来的时候，虞老爷子一直拿我当继承人教导，他对我的苛刻是你无法想象的，我连笑都不能随便笑。可是有了虞学文之后，他就像变了个人。”

“他把我踹到一边，把虞学文当作虞家的继承人来培养。他把虞学文捧在手心上，虞学文想干什么就干什么。而我呢？我还是连笑都不可以随便笑。我一直在想，虞老爷子想要的是他的亲儿子，而不是虞家的继承人，为什么要把我领养回来？既然如此，那他就要他的儿子，我来继承虞家，不行吗？”

他自问自答：“不行，当然不行。虞家的一切都是为他的宝贝儿子留的。我就是个可以随手丢弃的物品，有用就捡回来用，没用就扔一边。我努力学习，我努力变得更好，可还是不行。因为我不是虞家的血脉，所以不行！”

“我从来不觉得比虞学文差。虞老爷子给虞学文条件循规蹈矩地做事，他不给我条件，那我就自己创造条件。我成立了SAN，SAN让我比虞学文更强。”

“但你做的都是违法的事！”

“那又怎样？我现在不是不违法了吗？你有证据证明我违法吗？”虞立文从口袋掏出一个U盘，当着虞书鹤的面丢在地上，抡起凳子疯狂地砸向那个有拇指大的U盘。

那个小小的U盘上，仿佛聚集了他几十年来的所有怨恨。“你有证据吗！你有证据吗！哈哈哈……”他丢开凳子，一脚踩上被他压扁成碎片的U盘，笑容诡异地摊手，“你没有了，我也没有了。”

虞书鹤淡然地挑了挑眉，似乎并不在意这份证据，问道：“你知道陈彤为什么要录这个视频吗？”

虞立文不屑地讥笑：“她那种女人，不过是想用这种东西来要挟我换钱罢了。”

虞书鹤冷冷淡淡地说着陈彤录下这些的真正目的：“她以为你对她好，为她花钱，是因为爱她。她知道了你跟茉桐在一起，她才录下了这些。她想以此要挟你，让你离开茉桐，回到她身边。”

这些话，出自陈彤的日记。

陈彤太缺爱了，太缺别人对她好了。她不爱虞立文，但她依赖着虞立文对她的好，她把这种依赖当成了爱。

如果不是虞立文，换另一个人这样对她好，她其实也会依赖上那个人。只是虞立文在她初中的时候，恰好出现了，成了她生命中的那个可以依赖的人，供她上了高中，供她上了大学。

最后，那个她依赖的人勾结她的父母，害死了她。

这个敏感的姑娘早就发现了不对劲，把线索藏在送给唯一的朋友陈佳佳的东西里。

她不直接说有两个原因：一方面是直到知道自己可能会死，知道虞立文不是好人，她仍然无法决绝地把能威胁到虞立文的证据放出来，她知道，陈佳佳发现这种线索的可能性不大；另一方面，她不甘心。

这种模棱两可的心态，让她通过这样的方式留下了这样的证据，也留下了她这些年一直藏在心里的话。

她的悲剧，源于生而不养、养而不教的父母；归根究底，终结于她自己。

“嘭咚”一声，床板被掀开，陈东从床框内跳出来，在虞立文的惊愕中一把钳制住他，将他按在地上。

邵冬吟坐在地上，大口大口地呼吸着新鲜空气。虞书鹤惊讶地瞪大眼，将她从地上扶起来，拍干净她身上的灰尘，略带责备地质问：“你怎么来了？不是说好让陈东一个人来吗？还躺床底下，躺那么久很不舒服吧？”他的话越说越柔软。

陈东摁着正在挣扎的虞立文，无言以对。

他躺这么久难道就舒服了？

“老实点，我是警察！”

虞立文闻言，难以置信地瞪着眼睛，说不出话来。

虞书鹤询问完邵冬吟，才将注意力拉回到他身上，笑了笑，说：“是不是想知道你一直关着我，他们是怎么进来的？”

虞立文怨毒地剜了虞书鹤一眼。

虞书鹤指了指墙角闪烁着的监控：“有机会问问你儿子，今天七点钟的时候，电是怎么停的。”

在来见虞立文之前，虞书鹤联系了虞嘉烨。他用言语刺激了虞嘉烨一番，并说这次回去就会继承虞家，继承虞家后的第一件事就是开除虞嘉烨。

虞嘉烨大为恼火，他直接挂了电话。

快到虞家大宅的时候，虞书鹤又打了个电话给虞嘉烨，说虞立文知道虞嘉烨对他不满了，这几天都会让他留在虞家，保护他。

虞嘉烨通过监控看到每次虞立文来看虞书鹤都笑吟吟的，虞书鹤也一直亲昵地喊虞立文大伯，他多次想来找虞书鹤，虞书鹤都没见他。

直到今天，时机成熟，按照计划陈东走他以前从虞家逃跑的路线进了虞家，而他也见了虞嘉烨，并告诉虞嘉烨，七点的时候拉电闸，之后他就会让虞嘉烨知道，究竟虞嘉烨是虞立文的亲生儿子，还是他是虞立文的亲生儿子。

虞嘉烨一听这话就疯了，便按他说的做了。

趁着全宅停电，陈东进了虞书鹤的房间，藏进了他早就偷偷拆松床板的床下。

只是，那时太黑了，他竟然没注意到邵冬吟也一起来了。还好计划完美收官，不然他真怕邵冬吟会出意外。

虞嘉烨呢，也是真的蠢。

如果他仔细想一下就会知道，如果虞立文真的对他不好，他怎么可能在虞立文眼皮子底下给家里装监控，怎么可能在虞家大宅随意进出?

至于手机，那是陈东带来的。

目送虞立文被陈东押走，虞书鹤牵住邵冬吟的手往外走："我们快回家吧。不然待会儿虞嘉烨要来撒泼了。"

邵冬吟任他牵着，跟着他走，眼中映着他精致的侧颜，脑海里闪过许多他对她的下意识举动。

她犹豫了一会儿，红着脸说："我觉得你很好。"

虞书鹤一愣，停下脚步，心“扑通扑通”地在胸腔内狂跳：“你说什么？”

“我觉得你很好。”

“是世界上最好的吗？”

“差……差不多是了。”

“所以你答应和我在一起了？”

他牵着她的手不自觉地收紧，握得她手都疼了。

“嗯。”

她话音刚落，一股霸道的力度把她拥入他的怀中。他紧紧箍着她，她的呼吸间，闻到的全是他的气息。

“好了好了，快走吧，待会儿虞嘉烨要来撒泼了。”她从他怀里抽离，催促他快点走。

虞书鹤真的生气了似的：“他真烦。”

她听到他小声地骂了句脏话。

· CHAPTER 10 ·
永远站在你身边

春节刚过。

虞立文的案子开审了，茉桐作为证人出席，证明了陈彤和虞立文确实存在不正当关系，且存在矛盾。

虞书鹤和邵冬吟坐在观众席，从审理开始，看到审理结束。听到虞立文被判死刑，两人不约而同地心头一轻。

好像对逝去的人都有了交代，对这段日子的努力也有了交代。

离开法院时，邵冬吟意外地看到了陈佳佳的身影。

她背着个雪白的包，做工精致，然而包面上原本有的一块金属镶嵌被抠掉了。

这个包，和陈彤送她的那个几乎一模一样，只不过上面少了一个 LV 的金属 logo。

邵冬吟忽然间觉得自己错了。

陈佳佳和陈彤，都是两个不诚实的姑娘。

邵冬吟小跑着追上陈佳佳，拦住了她。

陈佳佳看见她下意识就想躲避，无处可躲，尴尬地笑了下。

“你登录过陈彤用你邮箱注册的云盘吗？”

陈佳佳茫然摇了摇头。

邵冬吟从包里掏出本子，撕下一张纸，写下登录邮箱和密码以及云盘名称递给她：“有时间看看吧，里面的东西，本来是写给你看的。”

陈佳佳呆呆地接了纸，点了点头。她眼眶一下子就红了，却瞪着眼睛，好似对她来说，哭是一件很丢人的事。

几天后，铺天盖地的报道，将虞家这个屹立多年的世家推到了风口浪尖。

虞立文的所作所为不仅惊世骇俗，还令整个虞家陷入了危机。

虞家近一半的人都或多或少地参与了虞立文当年的洗钱计划，也通过虞立文所创立的SAN掩埋了各自的罪行。

一时间，虞氏企业不仅有相当一部分高层离职，留下的员工也都人心惶惶，害怕虞氏会在这样的打击下一蹶不振。

同时，铺天盖地的报道讲述着邵冬吟在虞立文案中的付出，他们从邵城开始说起，将邵城和邵冬吟这对父女夸成了律师界的一对奇人。

邵冬吟天才律师的名头更为响亮，许多律师事务所都暗地里与她联系，妄图用高薪将她这个香饽饽挖来。

她一一回绝，继续留在原来的事务所里。

不仅如此，她还暂时推拒了所有的案子。

她现在没有心思帮人打官司，她很担心虞书鹤的情况。

打车至虞家，富丽堂皇的宅子比起虞立文在时，显得更为顺眼些。花园里放着的不再是张扬而又古怪的雕塑，而是种上了一丛丛鲜花和一棵棵绿树。

刚移植过来的树光秃秃的，靠门口的一树梅花正开得茂盛，一走进大宅，整个人都浸在了一股香气中。

她听见“咔嚓咔嚓”的声音，看见一个老妇人正在修剪花丛中的杂枝。她见过的，这是虞书鹤的奶奶苏婉。

苏婉察觉到有人在看她，很敏锐地直起身子，优雅从容地对邵冬吟微笑：“来找书鹤？”

“嗯。”邵冬吟对苏婉的感情略有些复杂。

苏婉是邵城的恩师，但也是把邵城拉进虞立文案这个泥潭里的人。

苏婉说话时语速总是不紧不慢：“他在书房处理公司的事务。虞立文留下的烂摊子太难收拾了，他已经两天没休息好了。”

邵冬吟不知该回什么话，沉默片刻，说：“我去找他。”

苏婉“嗯”了一声，在她走到门口时又开了口：“你恨我拖你爸爸下水吗？”

听苏婉这么问，邵冬吟心头反而有种释然。她认真地思考着，回答说：“不。如果我爸爸知道您遇到了那样的困难，他自己也会主动帮忙的。”

是啊，邵城那样的人，是会主动帮别人的。她有什么好责怪别人的呢。

她对着苏婉微微一笑，走进了家门。

问了在客厅擦花瓶的阿姨，走到二楼，推开书房门，她撞进一双略带迷蒙的眼睛里。

看了太久资料的虞书鹤揉了揉眼睛，目光清明过来，看到她登时就笑开了：“冬吟，你怎么来了？”

来看看你——这话在她嘴边打了个转，说出口变成了：“来陪你。”

虞书鹤愣愣地看了她半晌，眼睛笑成了两轮弯月。他站起身大步向她走来，一把将她搂进怀里，在她耳边呢喃：“我一直想听的和你说的这句话很接近了。”

“你想听什么？”他的亲昵还是让她有些面红耳赤，太过分的话她是不会说的。

“你猜？”他说，“那句话你对我说过的，就在这栋房子里。”

就在，演戏的那四天里。

九月，夏季的尾巴，阳光刺眼，温度仍高。

距离虞立文被执行死刑，已经过去了一个月。

看着邵冬吟从老板办公室走出来，王菲菲眼露刻薄，扯着嘴角不满地嘀咕：“又早退？要不是知道她男友是虞总，我都怀疑她是不是老板儿媳妇。整天早退，还不如让她家虞总掏钱给她开个事务所玩玩，她想什么时候下班就什么时候下班！”

“行了吧你。”余宓揉了揉耳朵，“这种话你从去年说到今年，怎么还在说？她都怼过你一次了，你还说？”

要不是她知道王菲菲就是嘴上爱逞能，人还是很好的，她也不会多次规劝王菲菲少说那些闲话。

余宓扫了眼走出大门的邵冬吟的背影，心里也纳闷。

怎么好像从某个她没察觉到的时间点开始，邵冬吟好像完全不介意王菲菲的敌意了。

而且……她看了眼王菲菲……

王菲菲好像还特别怕邵冬吟对她笑，好像邵冬吟一对她笑，她就浑身要起鸡皮疙瘩似的。

余宓挠了挠头，真烦……有这样两个同事，她都不能安心工作了。

仙鹤山公墓。

车在大门处停下，惊起一阵灰尘。

邵冬吟快步走进墓地，老远就看见一排排矮矮的墓碑间站着个西装革履的挺拔背影。

恍惚间，她仿佛看到了一年前，那个在公墓和人打架的身影。

她兀自笑了下，朝虞书鹤走过去。

比起去年，他的头发剪短了，看上去干练成熟不少。

春节过后至现在，半年多的时间，他将虞家这栋歪斜的大楼扶正，并为其添砖加瓦。当然，这其中有个很重要的原因——虞家这栋大楼的根基，本来就很稳。

他成了人人夸赞的商业奇才，坐上了原本就该属于他的位置。

在他身边站定，一阵微风轻拂过来，吹动她耳边散乱的发。她刚要抬手，一只五指纤长的手先她一步，帮她理好了调皮的头发。

她望向他，他满是温柔的眼眸将她包裹着。

“我记得你们虞家有自己的墓地，你要给你爸妈迁坟吗？”今天他找她来墓地，是要说这个事吗?

他“扑哧”笑出声，没想到她脑回路这么清奇。他揽住她的肩膀，低垂眼眸，注视着墓碑上并列刻着的名字：“我爸妈的尸骨找到后不久，我爷爷就死了。奶奶一门心思扑在爷爷身上，忽略了我爸妈。虞立文就在仙鹤山买了这块墓地把他们合葬了。”

他说：“以前我一直想，以后一定要把爸妈的骨灰迁回虞家的墓地。现在觉得，所谓虞家的墓地，其实跟这个公墓也差不多。说是一家人，可你看看，我的家人们，现在有多少正在监狱蹲着呢。再说……”他牵住她的手，往右侧走了三米，停在一个写着邵城名字的墓碑前，“你不觉得很有缘吗？我爸妈住那边，你爸住这边。中间还有没人住的墓地，以后我们可以住中间。”

邵冬吟哭笑不得：“你这想得也太远了。”

“是有点远。但是为了防止别人把我们以后住的位置占了，我已经把中间的墓地都买下来了。那个，那个，还有那边那个，都是我们的。”他笑道，“等我们老了，你可以挑一个你喜欢的。”

说完，他突然“扑通”一声跪在了邵城的墓前，不再嘻嘻哈哈，庄重而又严肃地说：“邵伯伯，我是虞书鹤，您还记得我吗？我和您女儿邵冬吟在一起了，我想娶她，您同意吗？”

我想娶她——这四个字如惊雷般在她耳边乍响，震得她瞪大眼睛，脑袋发蒙。呆滞间，她又听见他说：“爸，您要是不说话，我就当您同意了，谢谢爸。”

他一口一个爸叫得顺溜，握成拳的手却能透露出他的紧张。

为了这一天，为了不让邵冬吟拒绝他，他练习过千百次。可是真正到了这一刻，他还是紧张。

邵冬吟回过神来，不知该从哪儿先吐槽。她憋了半天，说：“你想叫我爸怎么说话？”

虞书鹤站起来，面向她，说：“不管这个，反正爸已经同意咱俩的婚事了。”他从口袋里掏出一个精致的盒子，单膝跪地，对着她打开，“冬吟，嫁给我吧。”

盒子里戒指上的钻石在阳光下闪耀着，亮花了人的眼。邵冬吟盯着这枚戒指，双唇紧抿。

“我想我们活着的时候，能同床共枕，能长相厮守。我想我们死后，我的名字能刻在你的名字旁边，我能和你一同长眠至天荒地老。”他严肃认真地说，“我想永远跟你在一起，活着的时候在一起，死了也能在一起。活着的时候，看到我们的人都会知道我们是夫妻；死了之后，看到我们墓碑的人也都会知道我们是夫妻。”

“如果有来世，我也还想和你在一起。”

邵冬吟红唇轻启的同时伸出手，拿上戒指往自己手上套：“你想得真的太远了。”

“不远。一辈子虽然很长，但是和你在一起的时候，每一分每一秒仿佛都变快了。”他站起来，把盒子收起，从她手上把戒指拿过来，一手执着她的手，一手给她的中指戴上戒指，难以掩饰的欣喜在他眼里闪耀，“和你在一起之后我突然很怕死亡，我怕死亡将我们分开。但是看到我爸妈，我又认为……即便是死亡，也无法将我们分开。”

“我想要永远跟你在一起。”他抚摸着她戴着戒指的手指，轻轻柔柔的声音中带着庄严与笃定。

“行了，我已经答应你的求婚了。”邵冬吟抚摸着钻戒，“但是永远这种话，不能轻易承诺的。”

在她的记忆里，邵城和孔雪柳的感情，也是好到互相许诺说永远的。

然而……世事无常。

她看着邵城的墓碑，笑了一下，笑容有些苦涩：“什么是永远呢？”

“永远就是……直到我的意识从这世界上消亡的最后一刻，我依然记得我爱你。

“我的生命走到尽头之后，活着的后人还会记得我爱你。

“当这世界上不再留有我们的任何痕迹，已经流逝的时间的某一处，会一直铭刻着无法磨灭的我爱你。”

邵冬吟呆呆地看着他，他在很认真地用他所能说出来的词汇描绘他对她的永远。

当回到家后，邵冬吟跟孔雪柳说了虞书鹤向她求婚这件事。

孔雪柳只是不咸不淡地应了一声，坐在沙发上继续看电视、喝水。喝完水，她很自然地将自己的杯子与邵城的杯子摆在了一起。

“妈，我爸是不是对你说过永远爱你？”

孔雪柳的视线终于从电视上挪到了邵冬吟身上：“怎么了？”

“可是他去世了，这还算永远吗？”

“算。”孔雪柳的视线又回到了电视上，漫不经心地说，“你爸永远住在我心里。他说的永远，我永远记得，这就是他对我的永远。”

春天，草长莺飞的时节。

阳光穿透层层叠叠的树叶在地上投下一片片斑驳光影，仿佛一个艺术家在这片大地上所作的奇妙而璀璨的画作。

茂密树林间，一条干净无尘的小路直通大宅。

这宅子有三米宽的大门，门上涂了新鲜的红漆，挂了艳丽的红绸，门前柱上刻着蟠龙，栩栩如生。

门内的园子里花丛茂盛，淡淡花香混着宜人清新的空气，将整座古色古香的大宅笼罩着，呼吸间都叫人觉得身心舒坦。

帮佣们忙里忙外，在大堂布置宴席，请来的婚庆公司正忙着布置会场。

这是虞家的老宅，亦是苏婉自虞学文和老伴死后，一直住到被虞书鹤接回城里的地方。

今天，这里将会举办一场婚宴。

邵冬吟坐在梳妆台前，一身正红，特意请来的服装师正帮她整理里三层外三层的嫁衣，化妆师正把她的长发盘起，为她戴上点翠凤冠与各种钗子。

从前她没想过自己会结婚，更没想过自己会办一个中式婚礼。虞书鹤跟她提起的时候，她想象了一下，觉得这样的婚礼很不错。

现在嘛……她觉得头冠有点太重了。

大门被突然推开，一个穿着简约红袍，束着头冠，作男装打扮的人走了进来。

邵冬吟从镜子里看到，进来的是米娅。

也是，苏婉很讲究中式的规矩，礼成前是不许虞书鹤来见她的。苏婉甚至本来还打算把她压箱底的，虞家一辈一辈传下来的点翠凤冠给她戴。

只是她和虞书鹤都觉得戴古董不太好，就找人定做了一套。

米娅不知从哪儿弄了把扇子来，故作潇洒地摇着，往邵冬吟坐着的椅子上一靠，注视着她身上的嫁衣，眼睛发直：“你这衣服真好看，比吴胜邢穿的那套好看多了。”

吴胜邢今天穿伴娘装，米娅今天穿伴郎装。

本来吴胜邢该是穿伴郎装的，但米娅觉得她个子比吴胜邢高，当伴娘不好看，硬要穿伴郎装。二人争执不下，玩了出石头剪刀布。

吴胜邢输了，去穿了伴娘装，米娅如愿以偿穿了伴郎装。

“那肯定的呀，伴娘伴郎不能抢新娘新郎风头的。”服装师说。

“没事，就吴胜邢那样……”

“我哪样？”

说曹操曹操到。米娅话音刚落，吴胜邢就进来了。

他穿着红裙子，戴了假发，盘了发髻，一脸幽怨：“要不是这是书鹤结婚，这伴郎我就不当了。”

邵冬吟憋着笑，故作淡然：“挺好看的。”

“你来干吗啊？”

“书鹤让我过来看看。他本来想自己偷溜过来的，给奶奶拦住了。”吴胜邢为虞书鹤打抱不平，“奶奶也太严格了。”

邵冬吟回过头看他，他一脸怨愤，好像被拦的是他一样。

她想了想，问出了一直以来藏在心里的疑惑：“你为什么那么帮书鹤？”

“嗯？”吴胜邢没想到她会问这个，一时间有点蒙，他想了会儿，“我爸的事务所是书鹤爸妈赞助才能开起来的，我跟书鹤从很小的时候就认识了。我爸一直跟我说，要我好好照顾他。对我来说，他就像我亲弟弟一样。他如果有事，我当然会尽最大的能力帮他。”

他顿了顿说：“而且在我的记忆里，小时候的书鹤很可爱的，又乖又聪明，很会照顾人。他爸妈去世后，他才变成现在这样，看谁都嫌弃……”他有些无奈。

看谁都嫌弃?

邵冬吟认真回想了一下，虞书鹤看她的时候，那双眼睛亮得像是包含着日月星辰，完全没有嫌弃。

“冬吟。”米娅噘着嘴，拉了拉她的衣袖，唤回她的思绪，“如果你有事，我也一定会尽全力帮你的。”

邵冬吟眼前又浮现出她白皙的脸上青一块紫一块的模样，她严肃地说：“如果我遇到事，在帮我之前，我希望你能先确保自己的安全。”

米娅吸了吸鼻子，眼眶红红的，一把将她抱住：“宝贝，我舍不得你嫁人，呜呜呜……”

吴胜邢看不下去了，撇了撇嘴，一声不吭地离开了。

虽说虞书鹤对谁都一副嫌弃的模样，但是……他回忆起他以前惹到人的时候，虞书鹤虽不爱搭理他，还是帮他出头了。

算准时间，给邵冬吟盖上红盖头，孔雪柳过来牵着邵冬吟往会场走。

一路无话，她被红盖头遮着眼，只能隐隐听到孔雪柳吸鼻子的声音。

“妈。”

“做什么？”

果然，孔雪柳的声音有点沙哑。

“我嫁人了。”

孔雪柳问：“你开心吗？”

“嗯。”

“那就行了。”孔雪柳说，“他要是对你不好，你就直接离婚回家来。你是律师，你知道该怎么为自己争取最大权益，不要藏着忍着，没必要。”

邵冬吟鼻子发酸，眼眶有点湿润，她应了声：“好。”

不过，她相信虞书鹤不会对她不好。

他们在正厅拜了堂，拜完堂该由伴娘扶着新娘回屋去换身敬酒服。

虽是中式婚礼，但现代该有的礼数还是不能少的。

虞书鹤跟上邵冬吟的脚步，让米娅先吃饭去，由他扶着邵冬吟回房间。

邵冬吟仍披着红盖头，看到衣摆知道自己身旁换了人，说：“奶奶怎么同意你来的？”

“都拜过堂了，怎么不能来见你？”虞书鹤说，“马上你都要换衣服了，我还没揭盖头呢，这可不行。”

他不正面回答，就知道他是偷跑过来的。邵冬吟轻笑了下：“那你揭吧。”

“不行，回屋揭。外面人多，我怕他们看到我的新娘。”

“这里哪有人？”

“万一突然跑出个人呢？”

他陪着她你一言我一语到了新房，拉住她坐到床边，又到门口将门关上才回来挑开她的盖头。

他好似沉迷于她，目光痴迷地凝视着她：“跟我想的一样好看。”

邵冬吟眼珠子转了转，凑在他耳边，说：“我会永远陪着你，永远站在你身边。”

这是他想听的，她在城中的宅子里说过的话。

虞书鹤笑着眯了眯眼：“不许骗我。”

邵冬吟调侃道：“你放心，我可不像你一样会撒谎。”

虞书鹤面上笑容褪去，板着脸说：“我从没对你撒过谎。”

“你有。”

“我没有。”

“你那时候找我……”

“我找你的目的就是我说的那样，是你误会了。”

她愣住了，他反倒笑起来。

“晚上跟我解释清楚。”

“今晚不行，春宵苦短，没时间解释。”

邵冬吟面上一红，喉间哽住。

他在她耳畔低喃：“等以后。”

他有一辈子的时间可以跟她解释所有的事。

他有一辈子的时间可以让她陪在他身边，听他慢慢说。

－全文完－